講談社文庫

# 殺人方程式

## 切断された死体の問題

綾辻行人



講談社

『殺人方程式——切断された死体の問題——』目次

――親愛なるOに――

# プロローグ(1)　——ある犯罪の光景——

一九八八年六月十二日(日)　3:00 a.m.

昨夕から降りつづいてやまぬ小雨。濡《ぬ》れそぼった深夜の街——。

閑静《かんせい》な住宅街、その外《はず》れに建つ家の一階。明かりの点《つ》いた部屋の窓。じっとりと重く湿気を含んだ闇に身を潜《ひそ》め……。

……広い洋間の光景。

男と女が、差し向かいで話をしている。いや、話をしている、といった雰囲気ではない。何やらひどく険悪なムードが感じられる。

男が立ち上がり、女に近寄っていく。しゃがれた声が、ぼそぼそとその口から発せられる。女の方は白い寝間着《ねまき》姿である。茶色い革張《かわば》りの寝椅子《ねいす》に腰かけて、冷然と相手を見つめている。

男の表情は醜《みにく》く引きつっている。てらてらと脂《あぶら》ぎった額《ひたい》。たるんだ頬《ほお》と顎《あご》の肉をひくつかせ、分厚い唇《くちびる》をしきりに舌で湿らせながら、じりじりと女の方へ近づいていく。

——と。

充分に間《ま》を詰めおえた男が、いきなり女に飛びかかった。女は——男がそういった行動に出ることを予期していなかったようだ——短い悲鳴を上げた。微《かす》かに、窓のガラスが震えた。

女の華奢《きやしや》な身を押し倒し、男が馬乗りになる。長い黒髪が寝椅子の上に乱れ広がる。大きく開いた口を片手で押さえつけながら、男は上着のポケットから黒いネクタイを取り出し、女の細い首に巻きつける。そして……。

……喉《のど》に喰い込んだネクタイ。

白眼《しろめ》を剝《む》き、唇の端から舌を垂《た》らした女の形相《ぎようそう》。

ずんぐりとした肩を激しく上下させながら、男は動かなくなった女の身体から離れた。蒼《あお》ざめた顔で、きょろきょろと部屋の中を見まわす。

やがて深い息を一つつくと、男は気ぜわしげに次の行動を起こした。

…………

…………

…………

……とにかく眠ろう、と思った。

とにかく眠ってしまおう。

眠って、明日になれば、これから自分がどうしたらいいのか、その答えが見つかるかもしれない。

# プロローグ(2)——新聞記事——

一九八八年六月十三日（月）の朝刊より

『JR横浜線で中年女性、飛び込み自殺』

十二日午前五時頃、東京都M市＊＊町、JR横浜線の境川《さかいがわ》鉄橋付近で、始発の下り普通列車に女性が轢《ひ》かれて死亡する事故が起こった。

境川はM市と神奈川県S市との境界を流れる川で、事故があったのはM市側。踏切から約五メートル離れた、鉄橋のすぐ手前だった。運転士の話によれば、女性は最初から線路上にうつぶせに倒れていたとのこと。すぐにブレーキをかけたが間に合わなかったという。

M署では、飛び込み自殺として現場の検証および遺体の回収にあたったが、遺体は轢断《れきだん》された上、列車の車輪に巻き込まれて川に飛び散っており、作業は難航している。

自殺者の身元はいまだに不明。発見された遺体の各部より、四十歳前後の中年女性、としか分かっていない。

一九八八年六月十四日（火）の朝刊より

『JR横浜線の飛び込み自殺、遺体は新興宗教団体の女性教主』

十二日早朝に起こった、JR横浜線境川鉄橋手前での飛び込み自殺の遺体は、神奈川県S市＊＊町の貴伝名《きでな》光子《みつこ》さん（四四）のものであることが判明した。光子さんは、S市を中心に布教活動を行なっている宗教法人〈御玉神照命会《みたまがみしょうめいかい》〉の教主で、十一日夜に同会の本部ビルを辞したあと、消息を絶っていた。十三日午後、妻の不在を心配した夫の貴伝名剛三《ごうぞう》さん（五〇）からの通報で、前日の自殺者が光子さんだと分かった。なお、遺書の類《たぐい》が発見されておらず自殺の動機が不明なこと、遺体の状態に不審な点が見られることなどから、M署では、他殺の疑いもあるとして引きつづき捜査を進める方針である。

# プロローグ(3)　——犯罪計画——

一九八八年八月某日

二種類の刃物が必要だ。

一つは、大ぶりな肉切り包丁がいいだろう。もう一つは、なるべくコンパクトに折りたたみのきく鋸《のこぎり》。——この両方が必要だ。

包丁だけだと骨を切断するのが大変だし、鋸だけだと肉が刃に絡《から》まって往生《おうじょう》する。包丁でまず筋肉と脂肪《しぼう》を切ってから、鋸で骨を断つ。これが最《もっと》も効率的な方法だろう。

手袋が要《い》る。もちろん、指紋を残さないためだ。巷《ちまた》に氾濫《はんらん》する推理小説や刑事ドラマで、これだけ「指紋」の概念が常識化してしまった今でもなお、現場に指紋を残していく犯罪者がいるというのは、まったく不思議なことだと思う。

それから、ロープ。なるべく細くて軽くて、しかも丈夫なものでなければならない。

それから――。

大きな袋が必要だ。ちょうどいい品を探さなければならない。できれば水を通さないもの。ゴミ用のポリ袋ではちょっと小さすぎるし、弱すぎる。もっと大きな、頑丈《がんじょう》な袋が必要だ。例えば、そう、登山用の寝袋《シュラフ》などはどうだろうか。

それから――。

ロープとは別に、細くて丈夫な紐《ひも》が要る。これは、太めの釣り糸を使えばいい。この糸の先を結びつけるボール。穴をあけて通せるようなものが望ましい。テニスの硬球あたりが適当だろう。

それから――。

最後のこれは、もしかすると少々難物《なんぶつ》だ。市販のもので恐らく可能だと思うが、うまく使えるように手を加えなければならないかもしれない。強度の確認を事前にしておく必要もある。が、まあ何とかなるだろう。いや、何とかせねばならない。

以上の品々を、後に捜査の手が及んでも決して足がつかないよう、細心《さいしん》の注意を払って集めること。焦って不用意な買い物をするようなことさえなければ、大丈夫だ。大丈夫だ。

…………

…………

…………

……どうしてだろう。

どうして自分は、こんな方法でこの犯罪を行なおうとしているのだろうか。

ある側面から見れば、これは非常に優れた方法だ。けれどもその反面、しごく危険でもあるし、馬鹿げたやり方だともいえる。

あの男に対する殺意は――これは、決して揺るぎのない意志として存在する。いかなる手段を使ってでも、あの男を殺してやりたいと思う。今それをしなければ、きっとこの先、死ぬほど後悔することだろう。

しかし――。

他にもっと簡単な方法があるのではないか。

選択肢は無数にあったはずだ。そこから、状況に最も適合する方法としてこの計画を案出したはずなのだが。

もしかしたら自分は、知らず知らずのうちに、思考の袋小路《ふくろこうじ》に踏み込んでしまっているのかもしれない。目的と手段、手段と目的の、転倒？　循環《じゅんかん》？　……

……いや、今さら考えまい。

たとえそうであろうと、もう構わないではないか。

この状況下で、この条件下で、こういった計画を思いついてしまったこと――その偶然の交差自体が一つの運命だったのだ。偶然、運命――神の、いや悪魔の、あまりにも見事な配剤……。
……そうだ。
そうだとも。
…………
…………
…………

# I　事件を演出する七つの場面

## 1

時・一九八八年八月十五日（月）10：30 p.m.
所・〈御玉神照命会〉本部ビル　ペントハウス

「悪いが、今夜はもう帰ってもらう」

バスルームへ向かいかけたところで、そう云われた。

「えっ？」

驚いて、美耶《みや》は振り向いた。

「帰れって……」

少し首を傾《かし》げて、男を見返す。男は裸のまま、ベッドの傍《かたわ》らのアームチェアにずっしりと腰を沈め、煙草《たばこ》をふかしている。ナイトスタンドの光の陰になって、顔の表情は読み取れなかった。

「今から?」

「云ってなかったかな」

しゃがれた低い声とともに紫煙《しえん》が立ち昇り、スタンドの明かりの中で小さく渦《うず》を作る。

「今夜はちょっと用がある。埋め合わせはいずれするから、すまんが帰ってくれ」

用がある? ――〝お籠《こ》もり〟の最中に、いったいどんな用があるというのだろう。

それを尋ねることなど、しかし美耶にはできるはずもなかった。

男と自分との、現実の距離関係・力関係を、ここで改めて思い知らされる。もとより、普通の愛情で結ばれた仲だとは思っていない。男はベッドで月並みな愛を語るが、結局のところ自分は、彼の〝愛人〟の一人でしかないのだ。

軽い憤《いきどお》り。自己嫌悪《けんお》とやりきれなさ――。

くるりと背を向け、逃げるような足どりで部屋を出た。浴室に飛び込むと、全開にしたシャワーの水を頭から浴びる。

(あのスケベ教主!)

わざと、心の中で毒づいてみる。

(誰が、好き好んであんな年寄りなんかと……)

斎東《さいとう》美耶、二十八歳。男――貴伝名剛三とは、父と娘ほども年齢の開きがある。

〈御玉神照命会〉――ここ神奈川県S市を本拠地として、この十年余りで急速な成長を遂げた新興宗教団体の「教主」が、貴伝名剛三である。もっとも、彼が「教主」の名を得たのはつい最近のことだ。それまでも彼は、「会長」という肩書の下に教団の運営における実権を握ってはいたが、会員の尊敬・信奉《しんぽう》の対象であり、もって会の最高権力者と認められていたのは、あくまでも前教主——剛三の妻、貴伝名光子なのだった。

その光子があんなことになったのは、二ヵ月前、六月中旬《ちゅうじゅん》のこと——。

S市と隣りのM市との境界線上を流れる、境川という川に架かったJRの鉄橋付近で、飛び込み事故があった。死体はばらばらに轢断され、車輪に巻き込まれて川に散らばったという。それが貴伝名光子だったのである。

『〈照命会〉女教主、謎の死⁉』

週刊誌などでも大きく報道されたあの事件のことを思い出すたび、美耶はとても複雑な気分になる。

事件は当初、単なる飛び込み自殺と見られた。ところが、捜査が進むにつれて、自殺にしてはおかしな点が次々と出てきた。

最初からその女性は線路の上に横たわっていた、列車が近づいても身動き一つしなかった、という運転士の証言。現場がS市の自宅からかなり離れた場所であるにもかかわらず、彼女が白い絹製の寝間着を着ていたこと。遺書がなく、自殺の動機がはっきりしないこと。加えて——。

「死体の状態に、ちょっと気懸《きが》かりなところがありましてね、他殺という線も出てきているんですよ」

事件の数日後、S市で美耶が開いているブティックを訪れた刑事の言葉。

「十一日の夜から翌日にかけて、貴伝名剛三氏があなたと一緒におられたというのは本当ですか」

と、美耶は質問された。

「いや、これは一応、捜査の手順のようなものなので。貴伝名氏を特に疑っているというわけではないのです」

はい、と彼女は答えた。確かにあの夜、貴伝名剛三は自分の部屋に泊まっていった、と。

あの日——土曜日の夜は、パトロンである剛三が美耶のマンションに通ってくる夜だった。いつものように、午後十時には彼はやって来た。そうして翌日の昼頃まで一緒に過ごす。彼の浮気は、妻の光子も黙認するところだったらしい。

あの夜、確かに剛三は美耶の部屋に泊まった。だが、刑事には云わなかったことが一つある。夜中の二時頃に一度、彼は外へ出ていったのだ。

眠っていた美耶は、玄関のドアが閉まる音でそれに気づいた。剛三は美耶には告げず、こっそりベッドを抜け出していったのだった。やがて窓の外から聞こえてきた、車のエンジンの音……。

二時間余りの後、剛三は帰ってきた。目を覚ました美耶に対して彼は、寝つかれないのでドライブに行ってきたのだ、とだけ説明した。

境川の鉄橋付近で女性の飛び込み自殺があったことは、十二日の午後にテレビのニュースで知った。その時はあまり気に留めもしなかった。そして翌十三日の昼前、店にかかってきた剛三からの電話で初めて、美耶はその女性が光子であったことを知らされたのだった。

「もしも警察の人間がやって来たら――」

剛三は云った。

「十一日の夜から十二日の昼まで、ずっと一緒にいたと証言するように。間違っても、夜中に私が出ていったことを話してはいけない」

強い命令口調だった。

自殺だったんでしょ、と美耶は訊《き》いた。それともあの夜、まさかあなたが奥さんを？

それはない、と彼は即座に否定した。

「あれはまったくの偶然だ。が、警察はそう受け取ってはくれん。連中は何でも疑ってかかる。そんなことで、くだらん容疑をかけられたくはない」

その言葉を、美耶は信じることにした。

剛三が夜中に黙って外出するのは何も今回が初めての話ではなかったし、それにそう、何よりも、今ここで彼というパトロンを失うことを恐れたのだった。これといった取り柄もなく、さして美人でもない自分が、大した苦労もなしに人並み以上の暮らしを送っていられるのは、彼の存在があってこそのこと――と、その程度の計算高さは美耶にもあった。

(本当のところはどうなんだろう)

冷たいシャワーで身体のほてりを鎮《しず》めながら、想いを巡らせてみる。

(彼女は自殺したの？　それともやっぱり、誰かに殺されて？)

事件の捜査は、その後どういう方向で進められているのだろうか。あれ以来、刑事たちが訪ねてくることはないけれど。

(彼が奥さんを殺した？)

(――まさか)

光子が死に、剛三は教主の座についた。「会長」と「教主」とが、照命会という組織においてどれほどの差異があるものなのか、部外者である美耶にはよく分からない。けれども、剛三と光子の夫婦仲がすでに冷えきっていたこと、剛三が美耶をはじめとして外に何人かの愛人を囲っていることなどを考えると……。

濡れた髪を搔《か》き上げ、ぶるぶると頭を振る。

(考えない考えない……)

壁、床、浴槽、すべて大理石で造られた広いバスルーム。先ほどの寝室、リビング、書斎《しょさい》……どれもが、ゆったりとした贅沢《ぜいたく》な造りの部屋である。

先週の月曜日、初めてここへ呼びつけられた時には驚いた。教団ビルの「神殿」で〝お籠もり〟の最中だというから、もっとまったく違った環境を想像していたのだ。

S市の東端、境川のほとりに建つ御玉神照命会本部ビルの屋上。プラネタリウムのような半球形の「神殿」に隣接して造られたペントハウス。——神殿での〝儀式〟や泊まり込みの仕事に備えて用意された、教主専用の仮住居である。

〝お籠もり〟の間、教主は神殿およびこの住居スペースから一歩も外へ出てはならないという話だった。来客も、基本的には受け付けない。当然、愛人の訪問など許されようはずもないのだが、あくまでもそれは表向きの話というわけらしい。

今夜ここへやって来たのが、午後八時半頃だった。つい二時間ほど前のことだ。

ビルの玄関に詰めていた守衛の若い男の、ねちっこい視線を思い出す。美耶が名を名乗ると、「聞いてますよ」とぶっきらぼうに云って、屋上神殿へ直通のエレベーターを示した。顔を伏せ気味に足を速める美耶の姿を、服の上から身体の品定《しなさだ》めでもするように見送っていた、あの糸を引くような目……。

先週は、翌朝ビルが開かれてから人に紛《まぎ》れて出ることができた。ところが、今夜は今からもう帰れと云う。またあの守衛の前を通らねばならないのかと思うと、気が重くなった。

(それにしても、これから「用がある」って、いったい何なんだろう)

シャワーを止め、脱衣室に出る。化粧台の鏡に白い裸身を映しながら、半《なか》ば戯《たわむ》れに、その手前に置いてあったヘルスメーターの上に乗ってみた。

四十二キロ。

このところ食べすぎかなと思っていたのだが、むしろやや減少気味のようである。

これでもう少し美人ならな、と今さらのように思う。そうであれば、いつまでもあんな男の愛人に甘んじてなどいないのに。

お世辞《せじ》にも、素敵なオジサマなんて云ってやらない。ひどい猫背にたるんだ胸板、脂ぎった顔に、鼻の横には大きなホクロ……。〝お籠もり〟を始めてからの短い期間だけでも、運動らしい運動をしないせいだろうか、ますますでっぷりと腹が出てきたように見える。

情事が済むや否《いな》や帰れと云われた、そのことへの腹立ちも手伝って、美耶のパトロンに対する評価は普段にも増して辛辣《しんらつ》になった。

いっそ剛三も、光子のようにあっさりと死んでくれればいいのに、と本気で思うことだってある。受取人として美耶を指定した生命保険——今年の初めに彼女がせがんで加入させたものだ——あれが下りれば……。

バスタオルを胸に巻き、脱衣室を出る。寝室を覗《のぞ》くと、剛三の姿はもうなかった。リビングで酒でも飲んでいるのだろうか。

のろのろと身づくろいを始めた——その時、サイドテーブルの上の電話機が、柔らかな電子音を発した。

音は二度ばかりでやんだ。他の部屋で、剛三が受話器を取ったらしい。

美耶は寝室を出、足を忍ばせてリビングの方へ向かった。別に盗み聞きをしようと意図したわけではない。ただ、何となく気になったのだ。

「……ああ、分かっている」

押し殺したような剛三の声が、半分開いたドアの向こうから聞こえてきた。

「ん？　ああ。約束どおり、誰にも云ってはいない」

相手は誰だろう。

「——ああ。うむ。分かった。そっちの指示に従おう」

男だろうか。それとも女？　今夜の「用」に関係のある人物なのだろうか。

応答の口ぶりからだけでは、何とも判断がつかない。しかし何か、普段とは違う切迫したものが、その声の響きからは感じられた。

「うむ。——よし。じゃあ……」

受話器が置かれ、剛三の立ち上がる音がする。

美耶はびくりと、寝室の方へ踵《きびす》を返した。

## 2 時・一九八八年八月十五日（月）10：50 p.m.
## 所・〈御玉神照命会〉本部ビル ペントハウス

斎東美耶が不機嫌な顔で帰っていった直後、再び電話が鳴った。リビングのソファで考えごとをしていた貴伝名剛三は、憮然《ぶぜん》と顔をしかめ、吸いかけの煙草を灰皿に置いて受話器を取った。

「あ、わたしです。突然すみません」

聞こえてきたのは、よく知った女の声だった。弓岡妙子《ゆみおかたえこ》。この御玉神照命会の広報部長であり、剛三の現在の愛人の一人でもある女だ。

「あの、自宅からなんですけど、実は……」

硬質の声で口速にまくしたてようとする、その言葉を遮《さえぎ》り、

「また、妙な人影がうろついているとでも？」

半ばうんざりとして剛三は云った。

「お前の被害妄想だと、何度も云っとるだろうが」

「あ、ええ。でも、やっぱり変なんです。わたし怖いんです。いつも誰かに見張られてるような気がして。相変わらずマンションのそばを怪しい女がうろうろしていたりするし。昨夜だって、わたしの部屋の窓の外に……」

「思い過ごしだ」

「でも会長、やっぱりわたしには、光子様が生きていて……」

「いい加減にしろ！」

思わず剛三は怒鳴りつけた。

「あいつは死んだんだ。お前も死体を見たろうが」

二ヵ月前、警察病院の死体安置室で対面した光子の死体。列車に轢かれ、ばらばらになったあの死体。——着ていた白い寝間着は、確かに妻のものだった。推定された年齢も再現された背格好も、彼女のそれらと合致した。

しかし、問題はあの顔だ。

首の付け根で切断された頭部は、その勢《いきお》いで川に落ち、下流へ流されていったという。その時の破損、そして発見が遅れたために起こった腐敗によって、剛三が確認させられた彼女の顔は、とても正視に耐えるような代物《しろもの》ではなくなっていた。

あんな顔を見せられて、いったい誰が、これは光子のものだと断言できただろう。

指紋や歯型の照合も当然ながら行なわれたが、実際に見たあの死体の状態を考えると、その信頼性がどの程度のものなのか、剛三も疑問には思う。一緒に警察へ行ってあの死体を見せられた妙子が、光子は生きているという妄想に捉《とら》われるのも、だから無理はないのかもしれない。

が、それにしても――。

この二ヵ月間の妙子の様子は、尋常《じんじょう》ではないと思う。完全に怯《おび》え、理性を失いかけている。普段、人前では平静を取り繕《つくろ》っているけれども、剛三と二人きりになるとほとんど神経症的な言動を見せる。照命会の内部にいて、剛三と愛人関係を続けてきた後ろめたさが、そういった心理状態へと彼女を追いやってしまったのだろうか。

この数年間、単なる愛人としてだけではなく、有能な剛三の片腕として、彼女は会の経営・発展に貢献してきた。だからそうそう無下《むげ》に扱うわけにはいかないが、それにしても……。

「どうかしてるぞ。一度病院へ行って診《み》てもらったらどうだ」

なおも喚《わめ》きたてる妙子に厳しい言葉を吐きつけ、剛三は電話を切った。しんと、何かしら気まずい静寂《せいじゃく》が広いリビングに漂う。

灰皿の煙草を揉《も》み消しながら、

（どいつもこいつも――）

剛三は思う。

（まったく、どいつもこいつも……）

いま一番せっぱつまった状況に立たされているのは、お前たちじゃない。この俺なんだ。一番恐れを抱いているのも――そうであってしかるべきなのも、この俺なんだ。それを……。

昨夜は昨夜で、深夜の一時という時間に浜崎《はまざき》サチから電話があった。彼女もまた、現在剛三が関係を続けている愛人の一人で、このS市内でスナックを持たせてやっている。

「ねえ、今から行ってもいい?」

すっかり酒に酔っていることが、その口ぶりで分かった。

「ね、今から行くからさ、和樹《かずき》の認知の書類、作ってよぉ」

和樹というのは、三年前にサチが生んだ子供の名だった。あなたの子だ、と彼女は云う。認知してくれと、ことに最近うるさい。

いずれ認知はする、と剛三は応えてきた。確かにあの子供は自分に似ているし、その心当たりもある。下手につっぱねて、裁判沙汰《ざた》になどされるとたまったものではないし……。

これまでそれができないでいたのは、ひとえに妻光子のせいだった。

最初は愛しもした。彼女は人並み外れて美しかったし、彼女が持つ神がかり的な能力に対してはそれなりの敬意を抱いてもいた。しかしやがて、そういった非凡な妻の存在が、剛三にはうとましく、耐えがたいものに思えてきたのだった。

設立した教団の〝経営〟に奔走《ほんそう》する剛三の姿を、彼女はいつも、哀《あわ》れな動物にでも向けるような目で見下ろしていた。彼が外に愛人を作りはじめた時も、そうだった。彼女はことごとく彼の行動を見通していたが、何一つ咎《とが》めようとはしなかった。三年前、サチが和樹を生んだ時にしても……。

彼女の目。いつも冷然と、相手の心の奥底まで見すかしていた、あの黒い瞳《ひとみ》。

結局のところ剛三は、あの瞳が怖かったのかもしれない。だから――。

だから二ヵ月前のあの夜、剛三は光子を殺したのだった。

あの瞳から自由になるために。自分がここまで育て上げてきたこの教団を、真の意味で我がものとするために。

光子が死んだ今、サチの子供を認知してやることはやぶさかではない。しかし、そのためにはもう少し時間が必要だった。この〝清め〟の儀式を終え、晴れて自分が照命会の教主となった、そのあとで……。

そのことは、何度もサチには話しておいたはずだった。なのに、酔った彼女はしつこく彼に絡み、今からそっちへ行くと云って聞かなかった。

「いい加減にしろ！」

と、その時も剛三は怒鳴りつけた。

「でないと、もういっさいお前のことは知らんぞ。子供の認知もしてやらん」

「何よぉ、偉そうに」

サチは不確かなろれつで云い返してきた。

「悪党ぶってるだけで、ずっと光子さんが怖くて仕方なかった小心者《しょうしんもの》のくせに。本当に光子さんは自殺したの？　あんたが殺したんじゃないの。殺しても、まだ怖いんでしょ」

「馬鹿もん。とっとと店を閉めて寝ろ」

「何よ、その云い方」

「うるさい！」

あんたなんか死んじまえばいいのよ、と、電話を切る間際《まぎわ》にサチは叫んでいた。相当に酔っ払っていたようだが、それにしてもあの取り乱しようは普通ではなかった。こっちもこっちで激昂《げっこう》して、和樹のことを「誰の種かも分からんような子供」などと云ってしまった、そのせいもあったのだろうが。

午後十一時十分。

剛三はのろのろとソファから立ち上がった。着替えを済ませてしまうと、重い足どりで書斎に向かう。

デスクの抽出《ひきだし》から、一通の封書を取り出す。先月の初め、この屋上で〝お籠もり〟を始める前に、自宅に届いた手紙である。

次はお前の番だ

たったそれだけの文句が、黒いボールペンで、定規を当てて書いたようなぎこちない字で記されていた。

『次はお前の番だ』

どういう意味だろう。そしていったい誰が、こんなものを書いてよこしたのだろう。

この手紙のことは、誰にも話していない。話せるはずもない。完全に心を許せる者など、今の彼には誰一人としていないのだから。

二ヵ月前のあの夜、剛三は斎東美耶の部屋を抜け出し、車を飛ばしてまっすぐに自宅へ向かった。この本部ビルからだと、歩いて二、三十分の場所だ。特別な〝儀式〟でもない限り、教主がこのペントハウスに寝泊まりすることはない。光子は、その夜は家へ帰っているはずだった。

眠っているだろうと思っていた彼女がまだ起きていたのは誤算だったが、呆気《あっけ》ないほどにうまく事は運んだ。一階の居間で、用意していったネクタイで首を絞め……。

強盗の仕業《しわざ》に見せかけるつもりだった。部屋を荒らし、勝手口の鍵《かぎ》を外し、目ぼしいものを持ち出して川に捨てた。そうして美耶のマンションに戻り、後に彼自身が妻の死体を〝発見〟する予定だった。単純な計画ではあるが、美耶がアリバイを証明してくれさえすれば決して捕まることはないと、そこのところは妙に図々《ずうずう》しく構えていた。

ところが……。

どうして光子の死体が、部屋から消えていたのだろうか。——実は完全に死んではいなかった？　仮死状態になっていただけで、息を吹き返した？　まさか……いや、それにしても、どうしてその彼女が、境川鉄橋の手前の線路上などに横たわっていたのだろう。その答えを知っているのが、あるいはこの手紙の主なのかもしれない。とすると、『次はお前の番だ』というこの言葉の意味は……。

分からないことが多すぎる。恐れるべきことが多すぎる。対処しなければならない問題が多すぎる。

剛三は暗澹《あんたん》たる気持ちで、差出人不明の手紙を封筒ごと捻《ひね》り潰《つぶ》し、屑籠《くずかご》に放り込んだ。

（とにかくまず、今夜だ）

と、彼は怯えた心に云い聞かせる。

## 3　時・一九八八年八月十五日（月）11：50 p.m.
## 所・〈御玉神照命会〉本部ビル　玄関受付～

「……南海上から、発達した低気圧が近づいています。このため今夜から明日にかけて、引きつづき不安定な空模様が続く見込みで……」

テレビの天気予報をぼんやりと聞きながら、浅田《あさだ》常夫《つねお》は欠伸《あくび》混じりに大きく身を伸ばした。

このところ、日中の暑さのせいで睡眠が足りていない。今年は冷夏だというが、彼の住むアパートの蒸し暑さといったらない。冬は冬で辛《つら》いが、こうなると真夏の夜勤もずいぶんと応えるものだ。

照命会本部ビルの玄関。入ってすぐ右手にある受付窓口の中――。広いガラス窓越しに、玄関の様子が隅々まで見て取れる。両開きの自動ドアの外にはシャッターが下りているが、その横にある細いガラスドアは終夜開いたままだ。ビルの二箇所に設けられた非常口は、内側からしか開けられないロック機構だから、夜間外から人が入ってこられるのはこのガラスドアだけである。とりあえず、ここから出入りしようとする人間をチェックするのが浅田の仕事だった。

夜勤は二交替制で行なわれる。午後六時から午前一時までが浅田、そのあと午前八時までがもう一人という分担だった。交替の時間には、ビルの内部および周辺をひととおり見てまわらねばならない。

テレビの横で、小型の扇風機が回っている。生暖《なまあたた》かく湿《しめ》っぽい風を頬に浴びながら、

(こんなでっかいビルを建てて、相当儲《もう》けているだろうに、夜間の守衛には冷房もなしとはねえ)

つい愚痴《ぐち》を吐きたくなる。

るだけだ。

浅田自身は照命会の信者ではない。会員である伯父《おじ》の紹介で、ここの警備員に雇《やと》われている。

伯父をはじめ、教団関係者からはしつこく入会を勧められるが、とんでもない。生まれてこのかた、仏壇《ぶつだん》に手を合わせたこともないのだ。決して安くはない会費を取られた上、わけの分からないガラス玉をありがたがって拝んでいる連中の姿は、浅田の目には滑稽《こっけい》以外の何物とも映らない。

今夜の相棒の塚原雄二《つかはらゆうじ》は、熱心な会員である。今は奥の仮眠室で休んでいるが、起きて顔を合わせている時には、何故《なぜ》入会しないのかとうるさくて仕方がない。相手がふたまわりも年上である手前、いつも適当に笑いを繕っていなしているが、これが若い奴ならば殴りつけてやるところだ。

まったく、宗教——それもこんな胡散《うさん》臭い新興宗教に頼らなければ生きていけないとは、情けないことこの上ない。

もっとも浅田とて、自分がそう威張れた人間ではないと分かってはいる。高校中退で前科者、取り柄といえば若さだけの自分を、けっこういい給料で雇ってくれているのだから、ここは良しとしなければならないのだが……。

壁に掛けられた時計の針が、十二時に重なった。

(あと一時間か)

とにかく今夜は、やたらと眠い。さっさと交替を済ませて、仮眠室に引っ込んでしまいたい。

テレビのチャンネルを変えようと腕を伸ばした時、傍らの卓上で電話が鳴った。

（あん？）

この時間に、ここへ電話とは珍しい。多少いぶかしく思った。

「はい。もしもし」

「浅田君か？」

しゃがれた男の声である。つい数時間前、同じ電話で同じ言葉を聞いたばかりなので、その主はすぐに分かった。

「貴伝名だが」

「あ、はい」

思わず、椅子の上で姿勢を正していた。

「教主様」が、今頃また、ここへ何の用事だというのか。

照命会の新教主、貴伝名剛三は、現在このビルの屋上で〝お籠もり〟の最中である。その彼から一度目の電話があったのは、午後六時過ぎ、浅田が本日の勤務に入った直後のこと——。

八時半頃に斎東美耶という女性が自分を訪ねてくるはずだから、速《すみ》やかに上へ通すように、との命令だった。

やれやれ、またかい、とあの時は思った。それまでにも何度か、〝お籠もり〟中の彼から同様の依頼を受けたことがあったからだ。

しかも、それが毎回違う女だった。

一人は弓岡妙子という、あれはこの教団の幹部の一人だ。もう一人は浜崎サチとかいう名前だった。化粧の厚い、三十代半ばの美人……。

くれぐれもこのことは内密にな、と云って、剛三は浅田に口止めの報酬を約束した。塚原などの熱心な信者に知れると大問題なのだろうが、その点、浅田は教主がどこで何をしようと知ったことではない。

斎東美耶という女は、確か先週の月曜にもやって来た。ショートヘアの、小柄な若い女である。大した美人ではないが、悪くないプロポーションをしていた。剛三と女との年齢差を考えると、浅田にしてみればあまりいい気持ちはしなかった。

訪れた女たちは、その夜はここに泊まっていくのがこれまでの例だったが、今夜は違っていた。二時間余りして下りてきたかと思うと、美耶は浅田の視線から顔をそむけるようにして、そそくさとビルを出ていった。それが、だから、今から一時間ほど前のことである。

(今度は何の用だってんだい)

結構な相手の身分に大いなるジェラシーを覚えながらも、

「何のご用でしょうか」

丁寧《ていねい》に尋ねた。

(また女が来るとか?)

(一晩に二人のお相手なんて、しかしあのオッサンにできるのかねえ)

「あ、ああ、実は――」

自分から電話をかけてきておきながら、剛三は虚を突かれたように、一瞬うろたえた声音《こわね》になった。

「実はだな、ここの窓から、下に怪《あや》しい人影が見えたのだ」

「人影?」

「裏手の、川の方に。気になるから、すぐに見てきてほしいんだが」

「はあ」

「いいな。すぐに、だぞ」

強く念を押してから、

「異状がなければ、それでいい。報告は要らん」

ふと思い出したように、剛三はそう付け加えた。

＊

真夏の深夜。

風はなく、空は暗く重い。午後から降ったりやんだりしていた雨のせいで、外の地面は黒く濡れていた。

この本部ビルが建造されたのは、六年前のことだと聞く。

教団の開祖、貴伝名光子が、今から二十年前にある「啓示《けいじ》」を受けた、その場所がこの近辺だったらしい。照命会がこのS市を「聖地」として布教活動の拠点にしているのも、そもそもそういった理由によるのだという。

ビルの前庭は広い駐車場になっている。直径二メートルばかりの、白い球形のオブジェを中心に据えた噴水が、その中央で水音を立てていた。鉄筋四階建ての建物の周囲は、ぐるりと芝生《しばふ》で取り囲まれている。

懐中電灯を片手に、浅田は玄関から左へ、ビルの裏手に回り込むコンクリートの舗道《ほどう》を進んだ。

(怪しい人影ねえ)

はっきり云って、気乗りがしなかった。苛立たしくもあった。

どうせ何かの見間違いに決まってる。どうもあの教祖様、二ヵ月前に女房が死んでから、自分の身辺に関して神経質になりすぎているようだが……。

通りかかったついでに、非常口のドアを調べてみたが、しっかりと施錠《せじょう》されている。壁に並んだ窓のどれにも、何も異状はなかった。三階に一つ、明かりの点いた窓があるのは——あれは、事務局長の野々村史朗《ののむらしろう》が居残りで仕事をしているのだ。

ビルの裏手——東側にあたる——は、境川という川に面している。神奈川県と東京都の県境を流れる川だが、そんなに立派な河川《かせん》ではない。川幅はせいぜい二十メートル程度だろうか。

まっすぐにそそり立つビルの壁。一メートル弱の隙間《すきま》をおいて金網のフェンスがあり、その外側はすぐに境川の土手である。対岸の平地に比べ、こちらは丘陵《きゅうりょう》を切り開いて造成された土地であるため、コンクリートで固められたこの土手は、ほぼ垂直に、五、六メートルの落差をもって直接川面《かわも》に達している。

(川の方って——、どこにそんな人影を見たってんだ?)

ビルの壁とフェンスの間に、懐中電灯の光を差し入れた。

コンクリート敷きの、暗い地面。そのずっと奥まで目を凝らしてみたが、怪しいものは何もない。

(異状なし、ですよ)

金網越しに下の川面を覗いてみた。

曇った空には、星の明かりもない。前庭の外灯の光もここまでは届かず、ただ流れる水の音だけが、湿っぽい闇を伝わってくる。水量が増えているのか、その音は普段よりもいくらか大きく聞こえた。

（異状なし異状なし……）

対岸に建つ六階建ての建物――〈レジデンスＫ〉というマンションの影にちらりと目を投げてから、浅田はその場を離れた。

４

時・一九八八年八月十六日（火）０：05 a.m.

所・〈御玉神照命会〉本部ビル　三階事務局長室

野々村史朗にとって、自らが事務局長を務めるこの〈照命会〉の教えは、この十数年間ずっと真摯《しんし》な信仰の対象だった。開祖貴伝名光子を真の「生き神様」だと信じ、大いなる尊敬と畏怖《いふ》の念を抱くことができた、それゆえにである。

だから、彼女があのような死に方をし、そのあとを夫の剛三が引き継ぐことになった今、彼の信仰心は大きく揺らぎつつあった。

確かに、光子がこの地で受けた「啓示」とその時に得た霊的能力を、〈御玉神照命会〉という組織によってここまで世間に広めてこられたのは、剛三の働きに負うところが大きい。

そういった点で、彼が非常に有能な男だとは認めよう。

光子が死に、急遽《きゅうきょ》開かれた幹部会議において後継者の選定が行なわれた。それまで「会長」を務めてきた剛三が新教主を兼務するという、妥当《だとう》といえば最も妥当な結果となった。

しかし——。

この決定に対して、野々村は強い疑問と危惧《きぐ》を感じざるをえないのだ。

野々村が照命会に入信したのは、今から十二年前、彼が三十歳の時である。その頃、彼はS市内の総合病院に入院中の重病患者だった。

本人には知らされてはいなかったが、医者も家族も、一時はほとんど回復を絶望視していたらしい。彼自身も、何となくそういった雰囲気《ふんいき》を肌で感じ取っていた。

そんな時、貴伝名光子が病室の彼を訪れたのだった。母親が、不思議な力で病気を治してしまう生き神様のことを聞きつけ、藁《わら》にもすがる想いで連れてきたのだという。

あの時のあの気持ちを、いったいどう表わしたらいいだろう。

当時、光子は三十二歳だったはずだ。白いブラウスに黒のスカートという地味ないでたちで現われた彼女は、己れの病のことも忘れ、思わず息を呑むほどに美しかった。まっすぐに切り揃《そろ》えた前髪の下で、大きな黒い瞳が、澄んだ慈悲深い輝きを発しながら野々村の顔を見つめた。

不思議と、その美しさの中には女盛りのなまめかしさはなかった。汚《けが》れを知らぬ少女がそのまま年を取ったような、そんな印象だった。

「私たちの命は、すべてこの星――地球というこの丸い星から賜《たま》わったものです」

病に疲れた心が真っ白に洗われるような、奇妙な心地で聞いた彼女の言葉を、今でもはっきりと覚えている。

「力は、ですから、御玉《みたま》――この星と同じ形をした、丸いものの内に秘められています。傲《ごう》慢《まん》な人間たちは、ただ、そこからその力を引き出す術《すべ》を知らぬだけなのです」

彼女はベッドのそばに跪《ひざまず》き、彼の胸に手を当てて目を閉じた。しばらくの間その唇が、聞き取れぬほどの微《かす》かな声で何かの言葉を唱えた後、彼女は彼に、直径三センチほどの透明なガラス玉を手渡した。

「この玉の中に、あなたを救う力が宿っています。常にこれを握りしめ、祈りなさい」

それですべてだった。

そして――、彼はその後、医者や家族も驚くほどの速さで、回復不能とも云われていた難病から立ち直ったのである。

(彼女の力は本物だった)

野々村は思う。

(何よりの証拠が、この私だ)

二ヵ月前に光子が悲惨な死を遂げた時、だから、この教団はもうおしまいだと思った。

夫の剛三に、光子のような力がないことは分かっている。彼はただの有能な「経営者」でしかない。それどころか、品性下劣な俗物《ぞくぶつ》ですらある。

唯一の希望といえば、光子の血を引いた一人息子の光彦《みつひこ》だが、若い彼は、母親はともかく、父親があの手この手で大きくしてきたこの教団のことを毛嫌いしている。将来的にはどうか分からないが、今のところはいかに説得しても無駄だろう。

もっとも、いくらそのような危惧を抱いたところで、野々村一人の力ではどうしようもないというのが実情だった。事務局長といっても、しょせんは会の雇われ幹部にすぎない。教団の経営は、今やほぼ百パーセント、剛三によって掌握《しょうあく》されている状況なのだ。普通のやり方でそれに盾つこうとしても、あっさりと〝追放〟されてしまうだけだろうから――。

とりあえず今の彼にできるのは、亡くなった開祖光子の偉大さを、少しでも後世に伝える努力をするくらいのことだった。そのために、彼の目から見た貴伝名光子の実像を、「伝記」というスタイルで文章にしようと決心した。

今夜こうして、こんな時間までこの本部ビルに居残っているのも、その原稿の執筆のためである。妻や子供たちは盆で岩手の郷里へ帰っているが、一刻も早くこれを完成させたいと願う野々村にしてみれば、のんびりとそれに付き合っている場合ではなかった。

（それにしても――）

最近覚えたワープロのキーボードに指を広げたまま、野々村は思う。

(新しい教主の、あの堕落ぶりはどうだろう)

貴伝名剛三は、現在このビルの屋上にある神殿で〝お籠もり〟を行なっている。それは、教主の名を引き継ぐために必要と定められた〝清め〟の儀式であった。

教団の「理事会」および「理論研究部」によって作成された「会則」によれば――。教主逝去《せいきょ》の折りには、教主自らの特別な遺志がない限り、原則として開祖貴伝名光子の親族の中から、幹部会議において次代教主を選定すること。選ばれた者がそれを受ける時には、九十日間俗界から離れ、聖地神殿に籠もって心身を清める儀を執り行なうこと。

これにのっとり、先月の初め――七月二日の午前零時より、剛三は〝お籠もり〟を始めた。今日でだいたい、定められた期間の半分が過ぎたことになる。

〝お籠もり〟の間、教主は一歩も神殿および神殿付属の住居スペースから出てはならない。緊急の用や食事の差し入れ以外は、外部の者がそこを訪れることも禁止されている。そうして彼は、この星の中心に宿る「力」に己れの心を通わせるべく、神殿に祭られた「大御玉《おおみたま》」(いわば、教団の御神体《ごしんたい》)の前で瞑想《めいそう》を続けなければならないのである。

ところが――。

開祖の伯母《おば》としてかなりの発言力を持っていた橋本寿子《はしもとひさこ》が四年前に病死して以来、教団運営の実権をほぼその手中に収めてきた剛三にとって、光子が死んだ今、もはや気に懸けるものなど一つもない、というわけか。〝お籠もり〟を始めて一ヵ月も経たないうちから、のうのうと愛人たちを呼び込んでいるらしいことに、野々村は勘づいていた。

決定的な証拠を用意し、剛三の「堕落」を糾弾《きゅうだん》しようかとも思った。しかし、今の教団内の力関係を考えると、そんなまねをしても無駄であることは目に見えている。

あんな男——あんな俗物を、どうして光子は夫として認めつづけてきたのだろう。

剛三が外に何人かの愛人を囲っている事実に、彼女は当然気づいていたはずだ。気づいていて、それを咎《とが》めるそぶりなどまるで見せなかった。そのような俗事は自分には無関係だとでも云わんばかりに、常に気高《けだか》く、神々《こうごう》しい光をあの黒い瞳に浮かべ、夫に対していた。

(やはり——)

野々村は心の底で思う。

(やはり、光子様は自殺されたのではなく……)

彼女が自殺などするはずがない。彼女は、そうだ、殺されたのだ。

その犯人が剛三であることを、野々村はほとんど確信している。だが、この会の内部にいる限り、到底そんな意見を口に出して云えはしない。

(もしも本当に、あの男が光子様を殺したのなら)

(もしもそうならば、私は……)

緩《ゆる》く首を振りながら、野々村は椅子から立ち上がった。

腕時計を見る。いつのまにそんな時間が経ったのか、もう夜中の十二時を回っていた。

明かりの消えた、暗い廊下に出る。そうして突き当たりにあるトイレのドアへ向かった
——その途中で、
(おや?)
野々村はふと足を止めた。
(これは……)
エレベーターの扉の前だった。並んだ二基のうちの右側——屋上へ直通のエレベーター
(メインテナンスのため扉は各階に設けられている)の、階数表示のランプが、[4]から
[3]へと動いたのだ。
(誰かが、このエレベーターを使っている)
[3]から[2]、そして[1]へ——。
野々村が見守る中、ランプの点灯は上から下へと移動していき、そして止まった。

## 5

時・一九八八年八月十六日(火)0:30 a.m.
所・〈レジデンスK〉603号室

その電話がかかってきた時、映美《えみ》はちょうどコーヒーの用意をしているところだった。

小ぎれいに片づいたキッチン。木製のカウンターで仕切られた向こうは、広々としたリビ

ング&ダイニングである。

映美はコーヒーに目がない。多い日は、どうかすると一日に十杯近くも飲む。ただし、それはおいしいコーヒーに限ってのことだ。インスタントや缶コーヒーはコーヒーとは認めないし、まずいコーヒーを出す喫茶店に出遭うと放火してやりたくなる。

だから、彼女が貴伝名光彦と付き合いはじめ、この部屋を訪れるようになって真っ先にしたことは、コーヒーメイカーのプレゼントであった。こんないいマンションに一人で住んでいながら、彼は安物のインスタントしか置いていなかったのだ。

岬《みさき》映美、二十四歳。横浜市にある某コンピュータソフト会社に勤めるＯＬ。職種は自称ゲームデザイナー。実質は、今のところまだお茶汲《く》み兼資料整理係である。

生まれ育った町は長崎だった。高校の時、父親の転勤で東京に越してきた後、大学は京都の某女子大で英文学を専攻した。卒業・就職後は、S市で独立生活を始める。

その彼女が横浜のとあるプールバーで貴伝名光彦と知り合ったのは、今年の二月のことだった。

最初はまるでそんな気ではなかったのである。ところがだんだんと一つ年下の彼に惹《ひ》かれていった——その大きな心情の変化には、映美自身もずいぶんと驚き、戸惑ったものだ。

こんなはずじゃなかったのに——と思いながら、しかし、光彦が内に秘めた何かとても真《しん》摯《し》なものを感じ取っていた。初めてこの部屋に泊まった夜、その真摯さは彼の孤独の裏返しなのだと気づいた。できることならば、いつもそばについていてあげたいと彼女に思わせる、それほどに彼は孤独だったのだ。

この盆休み、仲の良い友人たちは皆、首都圏を離れて海だの山だの海外だのへ羽根を伸ばしにいっている。旅行好きの彼女がそれに加わらず、旅行嫌いの光彦に付き合ってこの部屋にいるのは、現在の〝恋人〟に対する微妙な想いの、一つの証拠だといえた。

〈ロト〉と愛称を付けたコーヒーメイカーに豆をセット。スイッチを入れると、ガリガリと甲高い音を立ててミルが回りだす。

「また手を当ててる」

リビングのソファからこちらを窺《うかが》っていた光彦が、そう云って笑った。

「だって、この音だもん。つい……ね」

唸《うな》りを上げるコーヒーメイカーの上に載せた掌《てのひら》に、ぐっと力を込める。いくら力を込めても騒々しい音に大した変わりはないが、そうして押さえつけずにはいられないのだ。コーヒーは大好きだけれども、豆を挽《ひ》く時のこの音だけは勘弁してほしい。

何秒間かの忍耐が終わった――その時、カウンターの上の電話が鳴りはじめた。

「おやおや」

ソファから腰を上げ、光彦が電話に向かった。

「誰かな、今頃」

立ち上がった彼は、非常に背が高い。映美も決して小柄な方ではないが、向かい合って立つと、彼の胸許《むなもと》ぐらいにしか目の位置が来ない。

「はい。貴伝名ですが」

いまどき珍しく、さらさらの髪を長く伸ばしている。シャワーを浴びて濡れたその横髪を左手で掻き上げながら、光彦は受話器を耳に当てた。

「もしもし。どなた……」

と、その声がぴたりと止まり、細く白い頬が微かに引きつった。

「…………」

(誰からなんだろう)

光彦のその反応を、映美は敏感に見て取った。

(電話に出てこんな顔するのって、初めてだ)

「…………」

受話器を握ったまま、光彦はやや受け口の薄い唇を一文字に結んでいる。電話の相手の低い声がぼそぼそと洩《も》れ出すのを、映美の耳は拾った。

「――で?」

やがて、突き放すような尖《とが》った声で光彦が云った。

「どうしろって云うんだ」

明らかに、映美や、映美が知っている何人かの彼の友人に対する口調とは違っていた。何か、そう、敵意と憎しみに満ち溢《あふ》れたような。

「――今から？　そこへか。――違う？　どこ……あんた、どこからかけてるんだ」

敵意と憎しみ。光彦がそういった感情を抱いている相手を、映美は一人しか知らない。貴伝名剛三。光彦の父親にあたる男……。

「――ああ。よし。分かったよ。しかし本当だろうな」

光彦は現在、M市内にあるT＊＊大学の大学院に籍を置いている。修士課程修了後は、さらに上へ進むつもりらしい。専攻は地球物理学だという。

知り合った当初、彼は自分の家族についてほとんど語ろうとしなかった。ただ、言動の端々から、どうやら彼が、なにがしかの強いコンプレックスをその家族について持っていることは察せられた。

映美が思い切って彼に質問してみた――あれは確か、五月の初め。この部屋を訪れた、三度目の夜のことだった。

彼はその時、黙って部屋の窓を開けた。そして裸足《はだし》のままベランダに出ると、何となく卑屈な感じに唇を曲げて映美を手招きした。

「あれだよ」

六階のベランダのフェンスから少し身を乗り出し、彼はまっすぐに右方向を指さした。

「あれが、僕の家庭のすべてさ」

レジデンスKという名のこのマンションは、M市の西端、神奈川との県境を流れる境川という川のほとりに建っている。その川を挟んだ向こうに、大きなビルの影があった。弱い星明かりの下、黒い川の流れの中からまっすぐ立ち上がるようにして、ぼうっと白くコンクリートの壁面が見えた。

「〈御玉神照命会〉本部ビル——。前にもちょっと云ってたろう。僕の母親は、あの教団の教主様なのさ。

彼女はあの上の神殿で、日夜、御神体に向かって祈りを捧げている。そもそも彼女の『生き神様』として最初の仕事が、他ならぬこの僕の命を救うことだったらしいんだけどね」

いま思うと、あの云い方が彼にとってせいいっぱいの、自分を生んだ女性に対する愛情の表現だったに違いない。

「あの人が持っているっていう超自然的な力を、僕はほとんど信じちゃいない。けど、僕だって宗教そのものを否定しようとは思わないから、ま、それはそれでいい」

光彦は言葉を切り、ちらと映美の反応を窺った。

(あの時、わたしはどんな顔をしていただろう)

(どんな気持ちで、彼の話を聞いていたんだろう……)

「問題は父親さ」

吐き出すように云う彼の目には、明らかに強い敵意と憎しみの色があった。

「クズのような男でね。父親といっても、血はつながっちゃいない。僕は小さい頃から、ひたすらあいつを軽蔑《けいべつ》しつづけてきた……」

そしてその約一ヵ月後、彼の母親、貴伝名光子が無残な死に方をした時――。

葬儀が済んだ次の日の夜、映美は光彦に呼ばれてここへやって来た。その時、彼女の前では涙こそ見せなかったものの、光彦は蒼白《そうはく》な顔で、思いつめたような声で呟《つぶや》いていた。

「あいつが、殺したんだ」

あの事件の捜査がどういう状況なのか、はっきりとしたところは公表されていない。が、一時期注目された他殺説については、結局これといった決め手が摑《つか》めぬままらしい。新聞や雑誌などでの報道も、最近ではまったく見かけなくなってしまったが……。

あいつが殺したんだ――と、光彦は何度も繰り返し云っていた。アリバイがあるというが、そんなものはでっちあげに決まっている。あいつが母さんを殺して、自殺に見せかけたんだ、と。

その彼の父、貴伝名剛三から、いま電話が？

「――ふん。教主様も落ちたもんだな。まあいいさ。こっちも、あんたとはいずれケリをつけたいと思ってたんだ」

（やっぱり……）

「——ああ。じゃあな」

受話器を置いた光彦の顔は、冷たくこわばっていた。少しの間、黒い電話機にじっと目を落としていたが、やがてコーヒーメイカーの前に佇《たたず》んでいた映美の顔を見やり、

「悪いけど、今から出なきゃならなくなった」

と云った。

「お父さんからだったの？」

「ああ」

「今から、会いに？」

「うん。そういうことになった」

「何でこんな時間に……」

「向こうの都合さ」

カウンターに片手をついて、光彦は眉を寄せた。

「神殿での〝お籠もり〟を抜け出して、横浜に向かう途中らしい。本来、照命会の教主は、聖地であるS市からは出ちゃあいけない決まりなんだけどね。——で、折り入って話があるって云うんだ」

「これから横浜まで？」

「車を飛ばせば、一時間で行ける」

「悪いけど、行かないわけにはいかないんだよ。あいつと二人で話しておかなきゃならないことが、どうしてもあるから」

「お母さんのこと？」

「——そうだよ」

光彦は、カウンター越しに見つめる映美の目から、申し訳なさそうに少し顔をそむけつつ、

「悪いけど、だから今夜は……」

「コーヒー、飲んでいくでしょ」

できるだけ明るい声で云って、映美は微笑《ほほえ》んだ。

「居眠り運転は厳禁よ。いつだったか、ほら、二人でドライブへ行った帰り！　あの時なんかわたし、もう駄目だって思ったんだからね」

「あっ、あれは……」

「弁解はナシ」

映美はサーバーのコーヒーをなみなみとカップに注《そそ》ぎ、光彦に差し出した。

「気をつけてね」

「ああ、大丈夫さ」

「わたしは適当に帰るから、気にしないで。どうせ今夜は、家にちょっと持ち帰りの仕事があったの。だから……ね」

「ごめんよ。もしも嫌《いや》じゃなければ、明日また……」

「朝ご飯、作りにきてあげる。起きるのは、どうせ昼頃よね」

「ありがとう」

と云って、光彦はブラックのままコーヒーを啜《すす》った。

「優しいね、君は」

（そんなことないわ）

映美は複雑な気持ちで、自分のカップを取った。

（そんなことない……）

6　時・一九八八年八月十六日（火）２：10 a.m.
　　所・〈レジデンスK〉２０１号室

「は、はい」

三度目のコールで受話器を取った時、岸森範也《きしもりのりや》の手はその声と同様に震えていた。

「き、岸森です。ああ、ど、どうも……」

かけてきたのは、例の人物だった。

午前二時十分。

予定の時間を十分過ぎている。この十分間が、小心者の彼にとってどれだけ長く感じられたことか。

「――はい。え、ええ。誰もいません」

やや息が乱れているようではあったが、受話器から聞こえてくる声はしごく冷静だった。

岸森は身を硬くして、相手の指示を待った。

〈レジデンスK〉の二階、201号室。岸森範也は、この部屋に一人で住むT＊＊大学経済学部の学生である。

小田急《おだきゅう》とJRの駅がある中心街から北へ十数キロ離れた場所に、このマンションはある。ここ数年、急速なベッドタウン化が進むM市だが、この辺りは、住宅地としてはまだ開発途上にあるようだ。境川のほとりにぽつんと建つレジデンスKは、鉄筋六階建て、壁を赤茶色の煉瓦《れんが》造り風にアレンジした瀟洒《しょうしゃ》な建物だった。

多少交通が不便ではあるが、閑静《かんせい》な環境に造られた高級マンションである。学生の一人暮らしには身分不相応ともいえたが、岸森はまるでそんなふうに意識したことはない。

名古屋で幅をきかせている不動産会社の社長を父親に持つ。別にこれといったポリシーもなく、ただ親元から離れたいという理由だけで、東京のいくつかの大学を受験した。結果は、私立のT＊＊大一校だけに補欠合格となったが、補欠であろうが何であろうが合格してしまえば勝ちだ。一人息子の範也には徹底して甘い顔を見せる母親にねだってこのマンションを買ってもらい、一昔前の苦学生が見れば絞め殺したくなるような優雅な生活を始めたのが、二年前の春だった。

ご多分に洩《も》れず、趣味は車である。

これまた母親に買ってもらったプレリュードをめいっぱいドレスアップし、夜な夜な首都圏を徘徊《はいかい》する。車と、一流ブランドで固めた最新のファッション、高校時代からディスコで磨いたダンスの腕前に惹《ひ》かれて集まる女の子たちを相手に、あちこちの情報誌で仕入れた知識を総動員して〝充実した夜〟を過ごした。もちろん、大学の講義にまともに出席したことなど、数えるほどしかない。

ところが――。

そんな彼の、怠惰《たいだ》で平穏《へいおん》な（もっとも彼自身は、それを怠惰だとも平穏だとも感じていなかったが）学生生活が、今や破滅の危機に晒《さら》されようとしていた。――破滅。これまで二十年間の人生において、己れの身に降りかかろうとはついぞ思ってもみなかった言葉だ。

一ヵ月前――そろそろ今の車にも飽きてきたなと、郷里の母親に小遣いをせがむ文句を考えていた、その矢先の出来事だった。深夜のドライブの帰り道で、彼は人を轢《ひ》いてしまったのである。

場所はこの近くだった。街灯が少ないのと強い雨が降っていたのとで、非常に視界が悪かった。加えてその時、彼はかなり酒に酔ってもいた。

スピードがどのくらい出ていたのか、よく分からない。自分が酔っていることは自覚していたので、運転には普段以上の注意を払っていたつもりだった。しかし、もうすぐマンションに着くなというところで気が緩んだのかもしれない、点滅信号の横断歩道を渡っていた歩行者の姿にふと気づき、あっと思った時にはもう遅かった。

ブレーキの悲鳴。鈍い衝撃。ほぼ百八十度向きを変えて止まった車……。

深夜の路上にはそして、黒い背広を着たサラリーマン風の男の身体が転がっていた。

(何で今頃、こんなとこ歩いてんだよぉ)

泣きだしたい気分で、彼は車から飛び出した。

(おい。頼むよ。冗談じゃないよ)

撥《は》ね飛ばされ、路面で頭を強打したらしい。血にまみれ、変形した頭部を一目見て、男がすでに死んでいることが分かった。

しばし呆然《ぼうぜん》と、雨に打たれていた。心地好いほろ酔い気分は跡形もなく消え失せ、強烈な吐き気に胃を押さえなければならなかった。

警察に通報するなど、思いもつかなかった。とにかくどうやってこの弁解しようのない罪から逃れるかだけを、本能的に考えていた。

辺りを見まわした。

深夜三時。人通りはまったくない。道路沿いには、少し離れて団地があるだけで、事故の音に気づいてそこから人が出てくる気配もない。幸いなことに、道を走ってくる車のライトも見えなかった。

とにかく大急ぎで車を寄せると、死体を助手席に担《かつ》ぎ入れた。頭以外には大きな傷がなかったので、服や車の座席は、さほど血で汚れずに済んだ。そして、死体を近くの雑木林の中に捨てた。それ以上遠くまで運んでいく勇気など、とてもなかった。

部屋に帰り、シャワーを浴び、何とか心を鎮めながら考えた。

ガレージから部屋へ戻る途中、エレベーターの前で、降りてきた若い女とすれちがった。よほどこちらが青い顔をしていたのだろう、少々不審げに首を傾げていたが——、別に気にすることはあるまい。

路面の血溜《ちだ》まりは、雨が洗い流してくれる。いずれ林で死体が見つかり、轢き逃げの事実が発覚するとしても、それまでにはいくらか時間がある。

母親に電話をして泣きつこうかとも思った。しかし、事が事だけに、それもためらわれた。人を一人、殺してしまったのだ。今まで困った時にはどんな援助でもしてくれた母親だが、これぱかりは……。

血の付いた服と車のシートカバーは、その夜のうちにポリ袋に詰め、ゴミに出した。一階のガレージに入れた車のボディを点検し、翌日すぐに、なるべくこの町から離れた修理屋を探して、へこんでいたバンパーの修理を頼んだ。

一週間後、男の死体が発見されたことを新聞で知った。しばらくは眠れぬ夜が続いたが、警察の手が自分に及ぶ気配はいっこうになかった。死体発見が遅れたこと、夏場で腐敗の進行が速かったことなどが、捜査の大きな障害となったらしい。

それでもう、大丈夫だと思ったのだ。轢き逃げ犯の検挙率はきわめて高いというけれども、自分の場合は非常にラッキーだったのだ。その幸運を、それまで信じたこともない神様に感謝したい気持ちでさえあった。

(なのに……)

なのに、何ということだろう、結局それはほんの束《つか》の間《ま》の安息にすぎなかったのである。

「轢き逃げの罪は重い」

今月の初め、夜中にいきなりかかってきた電話でその、、声がそう告げた時、岸森は何が何だか分からなかった。あの夜の事故のことは、彼の心の中では早くも、現実ではなくただの悪い夢だったのだ、という都合のいい認識に処理されつつあったからだ。

自分はあの夜お前が起こした事故の現場を見ていた者だ、と声は云った。その正確な日時、岸森が事故後に取った行動、そして事故の翌日に彼が車の修理を頼んだ店の名前まで、声の主は知っていた。

決して悪いようにはしない、とさらに声は云った。そちらの出方次第で、自分が目撃した事実は永遠に闇に葬《ほうむ》ってやってもいい、と。

その瞬間から岸森は、自らの意思で己れの行動を決める自由を失ってしまった。何が何でもその声の指示に従わざるをえない立場に追い込まれてしまったのである。

目撃者は、金品を要求しはしなかった。その代わりに、今……。

「——はい。分かってます」

受話器を握った手に脂汗が滲《にじ》む。岸森は、見えない相手に向かって深く頷《うなず》いた。

「大丈夫です。——は、はい。それはもう……。だけど、本当に約束は守ってくれるんでしょうね」

心配しなくてもいい、と相手は答えた。

「分かりました。じゃあ、今からすぐに」

ぷつりと電話が切られた。震える手で受話器を置きながら、岸森は改めて覚悟を決めた。

今夜の機会に、思い切って相手を殺してしまうことも不可能ではないだろう。しかし、こっちには仲間がいる、と釘《くぎ》を刺されてもいた。自分の身にもしものことがあれば、すぐにその仲間が轢き逃げの件を警察に通報する手はずになっている、と。

あるいは、岸森が裏切り行為に出ないようにするためのはったりかもしれないが、もしそうでなかった場合のことを考えると……。

やはり、他にどうしようもない。どうしようもないのだ。

7　時・一九八八年八月十六日（火）4：20am.
　所・〈レジデンスK〉玄関前の路上

〈レジデンスK〉の玄関は、建物の南東の端にある。

外側の扉は二十四時間開放されており、誰にでも出入りが可能だが、ロビーを抜けたところ、エレベーターと階段があるホールの手前に、さらに一枚のドアが設置されている。ここには最新のオートロックシステムが採用されており、居住者の持つカードキーを使わないと開くことができない。外来者は、このドアの脇にある、各部屋へ直通のインターホンで住人に来訪を知らせ、ドアを開けてもらわなければならないのである。

この入口とは別に、一階の半分以上のスペースを占めた専用ガレージからの通用口がある。こちらのドアも同様のオートロック式になっており、部外者には開閉が許されていない。

ちょっとした西洋庭園風の前庭を横切り、アスファルトの小道が、緩いカーブを描いて門へと続いている。大ぶりな赤煉瓦でアレンジされた二本の門柱は、てっぺんにガス灯風の外灯が造り付けられているといった凝《こ》りようである。

その門から少し離れた路上に、一台の黒いマークIIが停まっていた。この場所にこの車が停められて、かれこれ五時間以上にもなる。そしてその中には、じっとマンションの方を窺っている二人の男の姿があった。

「あーあ、いつまでこうやって待たされることやら」

メタルフレームの眼鏡をかけた、若い方の男がぼやいた。助手席のシートを深く倒し、ワイシャツの袖をまくった太い腕を胸の上で組んでいる。いらいらと膝を揺すりながら大きく欠伸をするが、目だけはしっかりと、フロントガラス越しに門の方へと向けられている。

「ま、あんまり当てにしない方がいい」

と、運転席に坐った年上の方――角刈り頭の、四十がらみの男が云う。

「張り込みは忍耐。成功は期待するな。昔いた刑事部の上司が、口癖みたいに云っていた台詞《せりふ》だ」

「好きじゃありませんね。そんな努力至上主義のお説教は」

「問題発言だな。じゃあ何で、こんな仕事を選んだんだ。警察なんて、東大出のキャリアでもない限り、努力主義の代表みたいな世界だろうが」

「そりゃそうですけどね」

「過激派関係の、この手の情報の信頼性がどれほどのものか、分かってはいるだろう」

「ええ。そりゃあまあ」

「今夜か明日にでも動きがある。誰それのところに奴が接触を試みる……。よく似た情報が、都内だけでも十《とお》近く乱れ飛んでるんだ。俺たちがここでこうして張り込んでいるのは、云ってみれば保険みたいなもんだ」

「保険ねえ」

「朝になって、交替が来るまでの辛抱《しんぼう》さ。——コーヒー、飲むか」

「いえ、もうたくさんです」

のろのろと首を横に振って、若い方の男は吸いたくもない煙草を無意識のうちにくわえた。

「——ん？　誰か来ましたよ」

バックミラーに、後方から走ってくる車のヘッドライトが映った。二人の車が停まっているのと同じ側の車線である。大通りから脇に入ったこの道路は、少し先で行き止まりになっているから、やって来る車の目的地はこのマンション以外には考えられなかった。

深夜——というよりも、もう明け方に近い時刻である。こんな時間にマンションを訪れる者が普通いるはずはないので、二人は一瞬、シートから背を剝《は》がして身構えた。

「——何だ」

通り過ぎる車——青いフォルクスワーゲン・ゴルフ——を見送りながら、若い方の男が気抜けしたように呟いた。

「ここの住人ですね。夜中過ぎに出てった車だ」

念のため、左折のウィンカーを出して減速する車のナンバーを手許のメモと照合した。

――間違いない。

ちょうど盆休みの真っ最中で、このマンションの住人も、帰省やリゾートで部屋を空けている者が多いらしい。二人が張り込みを始めてから門を出入りしたのは、今のゴルフと、もう一台、そのすぐあとに出ていった赤いスターレットだけである。ゴルフの運転者は大学生風の青年、スターレットの方は若い女性だった。

「おおかた恋人に呼び出されたかどうかしたんでしょうね。ったく、うらやましいご身分だな」

年上の男は、相棒のぼやきにはもう耳を貸さず、ポットのコーヒーを黙々と紙コップに注いだ。

## 明日香井《あすかい》叶《きょう》のノートより（1）

［事件の発見・通報および現場保存の経緯］

○一九八八年八月十六日（火）午前六時十分、東京都M市＊＊町八十二番地の二、マンション〈レジデンスK〉の屋上にて、男性の他殺死体が発見された。発見者は同マンション管理人の諸口昭平《もろぐちしょうへい》。五時四十五分の起床後、屋上へ行って死体を発見、すぐに警察への通報がなされる。

○通報を受理した警視庁通信指令室からの指示により、ただちに最寄《もよ》りの派出所警官二名（中西孝《なかにしたかし》巡査、田中義隆《たなかよしたか》巡査）および所轄《しょかつ》M署の当直員三名（近藤明広《こんどうあきひろ》巡査部長、森本正浩《もりもとまさひろ》巡査、芳野恵介《よしのけいすけ》巡査）が同マンションに急行、それぞれ午前六時三十分、午前六時四十分に到着の後、現場の保存にあたる。

○同時に、M署刑事一課ならびに警視庁捜査第一課担当係の捜査員全員に召集がかけられ、警視庁多《た》田《だ》硬《こう》太《た》郎《ろう》警部の指揮の下に捜査が開始される。

# Ⅱ　刑事たちによる事件の捜査

## 1

軽くクラクションを鳴らされて、その車に気がついた。鈍色《にびいろ》の曇り空の下、乾いた泥で汚れた銀色のカローラが、渡り切らんとしていた横断歩道の手前に停止している。

「あ……ああ、尾関《おぜき》さん?」

警視庁刑事部捜査第一課の若手刑事、明日香井叶は、一個ずつずれた留め方をしてしまったワイシャツのボタンを直しながら、その車に駆け寄った。運転席でこちらに向かって手を挙げているのは、焦茶色《こげちゃいろ》のハンチングを目深《まぶか》にかぶった中年男である。

「もしかして、〈レジデンスK〉——か?」

いっぱいに開いてあった窓から首を出し、運転者が訊いてきた。

「ええ、そうです。さっき本部から連絡を受けたんです。近くだから、直接現場へ行けって」

「君の車は？」

「それが——」

叶は面目なさそうに頭を掻きながら、

「慌《あわ》てて出てみたら、バッテリーが上がっちゃってて、こりゃあタクシーを拾った方が早いなと」

「乗ってくか」

「ありがたい。——尾関さんも同じ件で？」

「もちろんだ」

頷いて、運転者は腕を伸ばし、助手席のドアのロックを外した。

彼の名は尾関弘之《ひろゆき》、三十九歳。M署刑事一課に勤める、叶の同業者である。最近警部補に昇進したというが、叶は彼とはすでに顔見知りの仲だった。このM市の同じ地区内に住んでいるという縁もある。

八月十六日火曜日、午前七時前。盆休みの最中でもあり、朝の路上を行きかう車の数は少ない。

低血圧で朝に弱い妻の深雪《みゆき》を起こさないよう、一人で起き出して、せっせと朝食のスクランブルエッグを作っていたところへ、緊急の連絡が入った。叶の住むこのM市内で、凶悪な殺人事件が発生したというのだ。すぐに現場へ向かえという指示に従って家を飛び出したのが、つい五分ほど前のことである。

「詳しい状況とかは聞かれましたか」

車をスタートさせる尾関の横顔に向かって、そう尋ねた。

「いいや」

前を見たまま、彼は小さく首を振った。

「身元不明の他殺死体だとしか聞いていない」

「現場はマンションの屋上だって云ってましたよ。何でそんな場所に、身元の分からない死体が……」

「さあて」

尾関はダッシュボードの上に置いてあった煙草に手を伸ばしかけたが、ふっとその動きを止めて、

「被害者《ガイシャ》の所持品を、犯人《ホシ》が持ち去ったってことじゃないか」

「それにしても、場所が変ですよねえ。屋上っていうのが、どうも……」

「まあ、行ってみれば分かる」

叶が尾関と知り合ったのは、今から二年四ヵ月前——捜査一課の殺人係に配属された、その直後のことだった。

M市内で発生した連続婦女暴行殺害事件の捜査が、所轄のM署と本庁一課との合同で行なわれた。その時にタッグを組んだ相手が、彼だったのである。

何しろそれが、叶にとって初めての凶悪事件だった。現場で無残な死体を見ては吐き気に胸を押さえる新米《しんまい》に、尾関は面倒《めんどう》臭そうな顔一つ見せず付き合ってくれた。自らこの職を選んでおきながら、どうしても「警察官の人間性」を信じられないでいた叶は、刑事にも優しい人がいるんだな、と真面目に感動したものだったが……。

「奥さんは元気かい」

朝靄《あさもや》が薄く流れる街――。ぐいとアクセルを踏み込みながら、尾関が訊いてくる。

「おかげさまで、相変わらずです」

叶は、深雪の寝惚《ねぼ》けた顔を思い浮かべた。

「彼女、尾関さんのファンなんですよね。今度またチームを組むことになったら、喜ぶだろうな」

尾関はクッと低く笑って、

「確かに、相変わらずだな。まったく変わった奥さんだ。うちの女房なんて、一日でも早く私が刑事を辞めてくれるように、いつも神棚に手を打ってるんじゃないかな」

「はあ」

寝癖がついて横にはねた柔らかい髪の毛を撫《な》でつけながら、叶は頷く。

「それが普通ですよね、やっぱり」

叶が深雪と一緒になったのは、二年前――一課の刑事になって半年後の秋だった。M市に住む彼女の両親の強い要望に従い、二人はこの町に新居を持ったのだったが、その結婚式の披露宴には、尾関にも来てもらった。

「素敵ね、尾関さんって。見るからに敏腕《びんわん》な刑事さんって感じの鋭い顔つきでしょ。それでいて野卑《やひ》な雰囲気はまるでないし、喋《しゃべ》り方や仕草なんて、むしろ凄く知的な感じだし」

宴のあと、彼女が述べていた感想である。

「あなたも、早くああいう立派な刑事さんになってね。ね？」

明日香井叶、二十六歳。身長百六十五センチ。体重五十二キロ。

あまり警察官に向いているとはいえない体格である上、色白でいかにもおとなしそうな顔立ち。性格はすこぶる温厚で、暴力は大嫌い。ボクシングやプロレスの観戦も好きではないし、殴り合いや殺し合いが出てくる映画も遠慮したい。

そんな彼が刑事になったのも、元はといえば彼女――深雪のせいだった。刑事という職業に異常な憧《あこが》れを持っていた彼女に、ぞっこん惚《ほ》れてしまった、それが運の尽きだったともいえるだろう。

若くて美人で気さくで、料理もうまいし頭も悪くない、しかも実家は大金持ち。友人や同僚からはいつもうらやましがられるけれど、そんな妻を持つ夫にだって、それなりの悩みはあるのだ。

2

尾関弘之と明日香井叶、二人の刑事がレジデンスKに到着したのは、午前七時二十分のことである。

南北に走る大通りを北上《ほくじょう》、左の脇道に入る。道はいくらか行くと右に折れ、折れたところで、目的のマンションの門が見えてきた。

その少し手前の路上に、一台の車が停まっていた。黒いマークIIである。横を通り過ぎる際、叶はその中を覗いてみた。

運転席と助手席に、二人の男が乗っていた。二人とも何やらぶすっとした表情で、減速するこちらの車の方を睨《にら》んだ。

「あれは警察関係者なんでしょうか」

その目つきがあまりに険しく感じられたので、叶はちょっとたじろぎ、尾関に向かって訊いた。

「さあ。少なくとも、うちの署では見かけない顔だが」

バックミラーにちらりと目をやってから、尾関は答えた。

「野次馬《やじうま》というわけでもなさそうだな」

「はあ……」

門を入ってすぐのところに、若い制服警官が立っていた。前庭には、すでにパトカーが一台来ている。

警官の横で、尾関はいったん車を停めた。

「ご苦労さまです」

尾関の顔を見るなり、警官はきりっと姿勢を正した。

「そちらの方は?」

「本庁の助っ人《すけと》だよ。一課の明日香井刑事」

「はっ」

と、警官はさらに姿勢を正す。

警視庁の刑事部といえば、いわゆる「桜田門《さくらだもん》の花」だ。憧れてなのか敬意を表してなのか、こういう反応を示す若い警官は少なくないが、どうも叶には居心地が悪い。いまだにこちらの方が恐縮して、ぺこりと頭を下げてしまう。

「あのマークIIの二人は?」

と、尾関が尋ねた。ダッシュボードの上の煙草に伸ばした手が、また止まる。どうやら吸いたいのを我慢しているらしい。

「それが――」

警官はいくぶん声を低くして、

「公安《こうあん》の方だそうです」

「公安？　どうしてまた……」

「何でも、別件の捜査で張り込んでおられるらしくて」

「ほう」

公安と聞いて、叶もいささか驚いた。思わず門の外を振り返るが、ここからではもうマークIIの姿は見えない。

別件の捜査とは、いったい何なのだろう。「別件」というからには、これから叶たちが捜査にあたる殺人事件とは無関係なのだろうが……。

ちょっと考え込んでいるうちに、

「奥に入れさせてもらうよ」

と云って、尾関がギアを入れた。

「まだ頭数も揃っていないみたいだし、ここに停めちゃあ後続隊の邪魔《じやま》だろう」

「はっ」

敬礼して、警官が脇に身をひく。尾関はハンドルを切り、前庭を横切るアスファルトの舗道に車を進めた。

「あれが駐車場だな」

瀟洒《しょうしゃ》な六階建ての建物の南側に回り込むと、その一階に設けられた専用ガレージの入口が見えた。尾関はためらいなく、車をそちらへ向かわせた。

「おや、がらがらですね」

薄暗いガレージに停められている車の数はまばらだった。叶が意外に思ってそう云うと、尾関は唇をツッと尖《とが》らせ、

「世間じゃあ今の時期、盆休みってやつがあるらしいから」

「あっ、そうか」

「殺しだの盗みだのも、盆と正月は休業にしてくれたらいいのにな」

「はあ、確かに」

空いていたスペースにカローラを突っ込む。車を降りると、すぐ近くに屋内へ通じるものらしいドアが見えた。

「ここから……」

云いながら、叶はそのガラス張りのドアに駆け寄った。ところが——。

「何だ。鍵、掛かってますよ」

頑丈そうなドアは、押しても引いてもびくともしない。

「最近流行《はや》りのオートロックシステムってやつだな」

ハンチングをかぶり直しながら、尾関が云った。

「外からまわろう」

＊

玄関ロビーを抜ける。ここにも一人、制服の警官が立っていた。

「ご苦労さん」

声をかけ、尾関が奥へ駆ける。叶はひょいと会釈《えしゃく》して、そのあとを追った。

奥のエレベーターと階段の手前で、これもまたオートロックのガラスドアが廊下を仕切っていた。が、こちらのロックは解除されたままになっている。

エレベーターを待ちながら、叶は辺りを見まわした。さらに奥の曲がり角の壁に、［非常口］という表示がある。先ほどのガレージの通用口に続いているのだろう。

「さてと」

エレベーターに乗り込むと、尾関が呼吸を整えながら云った。こうして並んで立つと、彼は叶よりもずっと背が高く、肩幅も広い。今さらながらに叶は、自分の体格の貧弱さを痛感させられる。

「どんなホトケさんかな」

「…………」

叶が曖昧《あいまい》に頷くと、尾関は薄く笑って、

「おやおや、相変わらず死体は苦手なのか」

「は、はあ」

「困った刑事さんだな」

「はあ。僕もそう思います」

警察官になってから目にしてきた変死体は、もうかなりの数に上《のぼ》る。けれどもいっこうに神経が慣《な》れる気配はない。おかげで、この数年間のうちにすっかり菜食主義者になってしまった。つくづく、やはり自分はこの職業に向いていないと思うのだが……。

屋上に着く。エレベーターの扉が開くとすぐ、サンルーム風のホールに置かれたソファに坐っている老人の姿が目に入った。

年は六十前後と見た。しなびたナスビが服を着ているような印象だ。薄い白髪頭《しらがあたま》を垂れ、しょぼついた目をタイル張りの床に落としている。

「ああ、警部補」

と、その老人の前に立っていた若い男が手を挙げた。叶も顔を知っている、芳野恵介という M署の刑事である。

「――やあ。本庁の明日香井さんじゃないですか。早いっすねぇ」

叶はぺこっと頭を下げ、

「おかげさまで」

我れながらわけの分からない応じ方をした。

「第一発見者の諸口昭平さんです。このマンションの管理人をしておられます」

と云って、芳野がソファの老人を示した。

「諸口さん、ね」

尾関は低くその名を繰り返してから、

「ホトケさんは？」

と訊いた。

「外の、給水塔の下ですよ」

「ここを出て、裏手に回り込んだところです」

芳野が答えた。

「身元不明だと聞いたが」

「あれ以上立派な身元不明死体はありませんねぇ」

若い刑事は、のっぺりとした童顔をしかめた。

「ご覧になりゃあすぐに分かりますよ」

3

エレベーターホールの裏手に隣接して造られた給水塔――。

速足《はやあし》でそちらへ向かう尾関のあとを、怖気《おじけ》づく心を奮いたたせながら追いかける。塔の台座部へ上がる細いコンクリートの階段の中ほどまで来て一度立ち止まると、叶は小さく空を仰いで深呼吸した。

低い空だった。手を伸ばせば、重い灰色の雲の切れ目に届いてしまいそうなほどだ。

視線を下へ向ける。鉄筋六階建ての屋上――ほぼ二十メートルの高さである。

建物を取り囲んだ緑の木立ち。赤い光を回転させるパトカー。先ほどの制服警官。門の外の路上には、例の黒いマークIIがまだ停まっている。朝が早いせいか、それとも付近に住宅が少ないせいか、野次馬の姿は見えない。

遠くからサイレンの音が近づいてくる。「後続隊」が来たらしい。

「明日香井君」

尾関の声が、上から聞こえた。

「何をしてるんだ」

「は、はい」

慌てて階段を駆け昇る。

給水塔の台座部は、エレベーターホールの屋根とほぼ同じ高さにあった。そこからさらに上へ延びる鉄製の梯子《はしご》、その下に……。

「ふわあっ！」

憮然《ぶぜん》と腕組みをしている尾関の背中越しにそれを見た途端《とたん》、叶は思わず叫び声を上げ、その場に尻餅《しりもち》をつきそうになった。

「く、く、く……」

それのそばには、先着の私服刑事が二人立っていた。不思議そうな目をこちらに向けている。かろうじて体勢を立て直すと、叶は大きくまた深呼吸をしながら、やっとの思いで声を言葉にした。

「首が、ない」

黒い鉄梯子の下——灰色のコンクリートに赤黒い染みをわずかに広げ、その死体は転がっていた。

「く、首がありませんよ、尾関さん」

私服の一人が、くすっと笑い声を洩らした。これが本庁の刑事なの？　——明らかに、その表情はそう語っている。

「そんなに平然と立ってられるお前らの方が異常なんだ！」

と、もちろんこれは、叶の心中のみで発せられた台詞《せりふ》である。

すぐにでもその場から逃げ出してしまいたい気持ちを何とか抑えて、叶は尾関の横に進み出た。

「大丈夫か、明日香井君」

尾関が心配そうに云った。

「は、はあ」

「気分が悪いのなら、ここはもういいから」

「いえ、大丈……」

その語尾は、「ぶ」ではなく「グッ」という音に変わった。叶は、両手で胸を押さえながらゆっくりと頷いて、

「ダイジョウブ、です」

と云い直した。

そこに転がっているのは、全裸に剝《む》かれた一個の醜悪《しゅうあく》な屍《しかばね》だった。死体――というよりも、肉塊《にくかい》といった方がぴったりとくる。

股間《こかん》の萎縮《いしゅく》した一物《いちもつ》が、被害者の性別を明示していた。余分な脂肪が目立つ、だぶついた身体。死斑《しはん》の浮いたその土気色の皮膚は、それだけでもう吐き気を催させるに充分なものだった。ところがさらに――。

首がない。

頭部が首のところで切断されているのだ。切り取られた頭部は、少なくとも死体の近辺には見当たらないから、これが「身元不明の他殺死体」と即座に判断されたのも当然である。首なし死体というものに実際にお目にかかるのは、叶にとって初めての経験だった。

首がない。

たったそれだけのことで、こんなにも人間の身体が人間らしくなくなってしまう。死体という、生命を失った醜い物体が、さらに醜く、人間の尊厳というもののかけらまで剝奪《はくだつ》されてしまう――。

仰向けに転がった死体の、首の切断部。その赤い肉の隆起から目をそらしながら、叶は胸を押さえたまま呆然と突っ立っていた。

その傍らで、尾関はしばらく身じろぎもせずに死体を見下ろしていたが、

「検視係の連中が来るまで、とりあえず待つしかないな」

やがてそう呟くと、叶の方を見やった。

「下りようか？　明日香井君」

「――は、はい」

尾関のあとに従い、おぼつかない足どりで階段を下りる。下りたところで、尾関はごそごそと上着のポケットを探ったかと思うと、チッと舌を打って叶の方を振り向いた。

「煙草、ないかな」

「いえ、僕は……」

「ああ、君は吸わないんだ」

尾関は渋い顔をし、浅黒い自分の頰を軽く掌で打った。

「車に忘れてきちまった」

彼のヘヴィースモーカーぶりは、叶もよく知っている。さっきからずっと煙草を吸わないのは、非喫煙者の自分に遠慮して我慢してくれているのかなとも思っていたのだが、そういうわけではないらしい。

「最近娘にうるさく云われてね、やめようと努力はしてるんだが。ああいう死体を見ると、吸わずにはいられないな」

と、尾関は云った。

4

煙草を取ってくる、と云って尾関がガレージへ下りていったのと入れ違いに、「後続隊」が屋上に雪崩《なだ》れ込んできた。

捜査一課の刑事といっても、皆が皆、二十四時間出動体制を整えているわけではない。今回のような早朝の通報の場合、まず最寄りの派出所の警官と、所轄署の宿直にあたっていた刑事たちが現場保存に駆けつける（先ほどの芳野刑事や死体のそばにいた二人の私服が、昨夜のM署の当直員だったのだろう。下にいた制服二人が、派出所の警官だ）。召集をかけられた係の刑事たちが現場に到着するのは、だから、昼間の場合よりもかなり遅れてしまうことになる。当然、本庁からの応援部隊はさらに遅れる。

もう一度死体を見にいく気にも到底なれず、彼らがあわただしく仕事を始めるのを手持ち無沙汰《ぶさた》で眺めていると、

「明日香井さん」

芳野刑事が声をかけてきた。

「どうも厄介《やっかい》な事件になりそうっすねぇ」

「――ああ、確かに」

「いやぁ、僕もね、まだこの仕事について日が浅いでしょ。あんな首なし死体を見たのは生まれて初めてです。写真と違って、やっぱりナマはえげつないっすねぇ」

彼は、叶よりも三つ年下の二十三歳。叶と同じくらいの背丈だが、体格はずっとがっしりしている。茶色がかった髪をしきりに掻き上げながら、気さくな調子で話す。

「さすがに警部補は顔色一つ変えないなぁ。――明日香井さん、気分、大丈夫ですか。顔色、ずいぶん悪いけど」

「あ、いや、ご心配なく」

そう答えたものの、本当はさっき見た光景を思い出すだけで、すぐにでもトイレへ駆け込みたい気持ちになった。

「あの管理人も、相当マイったみたいですねぇ」

と、芳野はエレベーターホールの方へ顎《あご》をしゃくった。ガラス張りの窓を通して、相変わらずソファでうなだれている諸口昭平の姿が見える。

「一応だいたいの事情は訊いてみたんですけどね、ろれつがうまく回らなくって、聞き取るのがホネでしたよ」

そして彼は、諸口昭平から聴取した死体発見のいきさつを簡単に話した。

何でも、早朝にこの屋上へ上がってくるのは諸口の日課であるらしい。今日も午前五時四十五分に起床、六時過ぎにはここへやって来た。そこで、あれを発見したのだという。

「……しかしね、それにしても何だって犯人《ホシ》はあんなことをしたんだろうなぁ。裸に剝いて、首と腕を切り取って」

「腕？」

叶が聞き返すと、芳野は、あれえ？　というふうに目をしばたたいた。

「何だ。死体、見たんじゃなかったんすか」

「い、いや。見たけれども……」

「じゃあ、気づきませんでしたか。あの死体、首だけじゃなくって片方の腕も切り取られてたでしょう」

「…………」

片側だけが二重《ふたえ》の、睫毛《まつげ》の長い瞼《まぶた》をぱちくりさせて、叶は絶句した。首がないという衝撃に心を奪われ、腕がないことにはまったく気がつかなかったのだ。

刑事失格。

そんな言葉が頭にちらつく。殺人事件の現場に駆けつけておきながら、肝心の死体の状態を正確に観察できないなんて、深雪が知ったら何と云うだろう。

「どっちの腕だったっけ。いやその、つまり、あまりよくは見なかったもんで」

弁解がましい叶の言葉に、芳野はにやにやと目を細めながら、

「左腕ですよ。肩のところから、こう、ばっさりと」

「ああ。そういえば、そうだったね」

「何で犯人はそんなことをしたのか、ですね。何だかミステリじみてますけど」

芳野はさらに目を細くして、

「いずれにせよ、ま、この屋上が殺害の現場じゃないことだけは確かでしょうねぇ」

「どうして？」

「だって、そうでしょう。どうやって殺したのかは知らないけど、首と腕を切断したにしち

や、あそこに残っている血の量が少なすぎますよ。恐らく犯人はですね、どこか別の場所で
……あ、やあ」

と、そこで芳野は、エレベーターホールのドアの方へ手を挙げた。

「三日ともちませんでしたねぇ、警部補」

見ると、尾関がくわえ煙草でホールから出てきたところだった。芳野のからかい口調に、
彼は苦々しげに唇を歪《ゆが》め、

「誰も禁煙するとは云ってない」

「あれ、そうでしたっけ」

「減らそうと思う、と云っただけさ」

「いっそのことやめちゃう方が楽らしいっすよ」

「よけいなお世話だな」

「あのう、ところで――」

と叶が、ここへ来た時からちょっと気になっていたことを尋ねた。

「あの建物は、いったい何なんでしょうかね」

叶が指さした方向に目をやって、尾関と芳野は同じように、ほう？　という顔をした。

「知らないんっすかぁ、明日香井さん」

さも意外そうな声で芳野が云う。叶は少しうろたえて、

「そんなに有名な？」

「有名も何も。うちの署じゃあ、この六月からこっち、知らない人間はいませんよ」

「というと？」

「噂ぐらいは聞いてるだろう」

尾関が云った。

「例の〈御玉神照命会〉さ。六月に、その女教祖が変死した」

「ああ」

と、ようやくそこで叶は思い当たった。

「じゃあ、あれがその……？」

「会の本部ビルだ」

「尾関さんたちが担当なんですか」

「鉄橋のこっち側だったもんでね。向こう側なら、S署の連中に任せて知らんぷりだったんだがな」

と云って、尾関は微苦笑《びくしょう》を浮かべた。

「最初は単なる飛び込み自殺と思われたんだが、すぐに他殺の線も出てきた。その辺の事情は君も耳にしてるだろう」

「はあ」

曖昧に頷きながら、叶はマンションの西側の、境川を挟んだ対岸に建つその建物を見やった。

四階建てのビルである。向こうの方がこちらよりもかなり土地が高くなっているから、屋上の高さはちょうどこのマンションと同じくらいだ。そして、何よりもまず目を引くのは、その屋上の上にのっかった白い半球状の建築物。直径にして十メートルほどもあるだろうか。巨大な椀《わん》をうつぶせにして置いたような感じである。

「それにしても、変てこな建物だなあ」

叶が呟くと、

「あの白いドームが『神殿』らしいっすね」

芳野が云って、すたすたとそちらの方へ足を進めた。何となくそのあとを追う。

「だいたい新興宗教団体の建物ってのは、キテレツなのが多いですからねぇ。あれなんか、まだマシな方じゃないっすか」

外側へ少し張り出したフェンスの手すりを両手で握って、芳野が云う。

「あの壁の絵は?」

同じように手すりの鉄パイプを握りながら、叶は訊いた。

鉄筋コンクリートのビル。川に面した広い壁面には、一つも窓がない。その代わり、その壁いっぱいに、どぎつい極彩色《ごくさいしき》を使って何やら奇妙な絵模様が描かれているのである。

「曼陀羅《まんだら》ってやつですよ」

と、芳野が答えた。

「まんだら？」

「仏教なんかで、宇宙の真理を表現した図らしいですね。その〝御玉神照命会ヴァージョン〟ってとこじゃないっすか。『御玉神曼陀羅』とかいうそうですよ」

「ふうん」

「六月の事件で、何回かあのビルを訪ねたことがありましてね」

芳野は前髪を掻き上げながら、

「こっちは捜査で行ってるのに、入会しないかってしつこく勧誘してくるんっすよ。その時にああだこうだと聞かされたんだけど、ありゃあ参ったなあ」

「御玉神曼陀羅、ねえ」

壁面全体が、九つに区分されている。それぞれの部分に描かれた円の内側に、シャボン玉のようにまたいくつもの円が浮かんでいて、それらの中には、いろいろな仏や菩薩《ぼさつ》の絵が細かく描き込まれている。

「あれが宇宙の真理、か」

ぼんやりとその壁画を眺め、それからまた上の「神殿」の方へ目を移す。白いドーム、屋上の黒い手すり……。眼下《がんか》を流れる川の色は空と同様、暗い灰色に沈んでいる。

――と。

「おおい！　明日香井君、芳野君」

後ろから大声が飛んできた。二人が驚いて振り向くと、

「二人とも、こっちへ」

ホールのドアの前で、尾関が手招きしている。

「ホトケの首が見つかったらしい」

5

屋内に飛び込むと、下のロビーで見張りをしていた先ほどの制服警官が、開いたエレベーターの扉の前に立っていた。

「二階だな」

と確認しながら、尾関が真っ先にエレベーターに乗り込む。警官は青い顔で強く頷き、

「は。エレベーターを降りてすぐのところに」

「君たちも、一緒に来てくれ」

慌《あわ》てて、叶と芳野もエレベーターに駆け込む。

「二階の部屋に住んでいる男が、たまたま見つけたらしいんです」

扉が閉まる。行き先のボタンを押しながら、警官が説明した。

「それで、すぐに自分のところへ知らせにきまして」

「廊下に落ちてたのか、首が」

尾関はいらいらと、火の点いていない煙草を指で弄《もてあそ》んでいる。

「はい。行ってみますと、廊下の隅っこに、そのう、首の入った袋が……」

この警官も、おおかた生首などを見たのは初めてだったのだろう。何となく声が震え気味である。

やがてエレベーターの扉が開く。そして刑事たちが外へ飛び出そうとした、そのすぐ目の前に、パジャマ姿の若者が立っていた。

叶よりも頭一つほど背が高い。身体つきもがっしりしている。生白い顔色を見るとスポーツマンタイプではないが、体格がいい分、それなりに力はありそうな感じだった。

「君か、首を見つけたっていうのは」

尾関が勢い込んで訊く。若者は小さく頷いて、

「201号室の、岸森といいます」

顎の尖《とが》った、ハンサムの部類に入る顔立ちだ。乱れた髪を気ぜわしく撫でつけながら、

「あそこに……」

憔悴《しょうすい》したような蒼ざめた顔で、背後を示した。

まっすぐに延びた廊下の、右手手前の窓の下だった。建物の北側、マンションの裏庭に面した位置にあたる。左側には、ゆったりとした間隔で部屋のドアが並んでいる。

「外が何だか騒がしいんで、気になって廊下へ出てみたんです」

弱々しい声で、若者が説明する。

「そうしたら、そこにその袋が置いてあるのを見つけて。何となく変に思ったものだから、その……」

彼が示した窓の下には、丸い形に膨《ふく》らんだ白いビニール袋が無造作に放り出されていた。

「この中か」

尾関がそちらに歩み寄る。

「君――岸森君？　この袋には、さわったんだね」

「は、はい。中身がまさかあんなものだなんて、思いもしませんでしたから」

「ふん。――君は？」

と、尾関は警官を振り返った。警官はすると、面目なさそうな声で、

「は。申し訳ありません。自分もその、慌てておりましたもので……」

「二人とも、あとで鑑識に指紋を採られるだろうから、そのつもりでな」

云いながら尾関は、上着のポケットから白い手袋を取り出してはめた。身をかがめ、問題の袋に手を伸ばす。

袋には、二十四時間営業のコンビニエンスストアの名前とロゴマークが印刷されていた。カシャカシャと音を立てて、尾関がその口を開く。

芳野刑事が、尾関の傍らまで足を進めた。叶はエレベーターの扉の前に、息を詰めて立ちすくんだままでいた。

袋の中からさらに、密封されたビニール袋が現われる。透明なその袋は、内側から赤く汚れていた。

「君」

と、尾関が制服警官に声を投げた。

「上へ行って、鑑識の連中を呼んできてくれ」

「はっ」

尾関はそして、両手で挟みこむようにして持った、そのサッカーボール大の物体を、そっと元の場所に戻した。叶の位置からでも、ビニールを通してその中身の様子が見て取れた。

ひしゃげた鼻、黒ずんだ唇、閉じた両目……確かにそれは、人間の顔だった。この顔が、何時間前までかは知らないが、屋上にあったあの醜い肉塊の一部分としてくっついていたというわけなのか。

「芳野君」

尾関が若い刑事の方を振り返り、何やら考え深げに云った。

「こ、この顔だがね」

「はい？」

「見覚えがないか、いか」

「ええっ」

芳野が驚いて、ビニール袋の中の生首を凝視する。そのやりとりを聞きながらも、叶は急激に込み上げてきた嘔吐《おうと》感をとうとう抑えることができず、

「す、すみません」

部屋側の壁に背をつけて立っていた岸森という若者に向かって、よろりと足を踏み出した。

「——は？」

びくっと岸森が目を向ける。

「あの……」

「な、何ですか」

「トイレを貸してください」

6

岸森に案内され、二階の一番エレベーター寄りにある彼の部屋のトイレへ駆け込んだ。家を出る前に胃に収めてきたスクランブルエッグとトーストを、便器の中にすっかり吐き出してしまう。

ようやくいくらか気分を治して出てきてみると、リビングに尾関の姿があった。キッチンとの境目にあるカウンターの前に立ち、手帳を見ながら電話をかけようとしている。岸森は手前のソファに腰を落とし、落ち着きなく煙草をふかしていた。

「どうしたんですか、尾関さん」

叶が尋ねると、尾関は受話器を耳に当てたまま、

「ちょっと思い当たるふしがあってね」

と答えた。

「いきなり悪いね、君——岸森君」

「あ、いえ」

岸森の声には力がない。膝《ひざ》が細かく震えているのが分かる。体格のわりに気の弱い男だな、と、自分のことはきれいに棚に上げて叶は思う。

「——ああ、もしもし」

まもなく電話がつながった。

「御玉神照命会の本部ビルですか。こちら、M署の者ですが」

先ほど屋上で話題になっていた、あの川向こうのビルが、電話をかけた先らしい。

(御玉神照命会?)

(いったいどうして……)

「そちらの貴伝名剛三さんは、今どちらに?」

(貴伝名剛三?)

「——はい。ほう、そうですか。神殿で……ふむ。確かに今もそこで? ——なるほど」

話しながら尾関は、ポケットを探って煙草を抜き出す。

「この電話を、そっちの方へつないでもらうわけにはいきませんか。——ああ、そうですか。ふん。——いやあ、ちょっと厄介な事件が起きましてね。いえ、光子教主の件とはまた違って……いや、結構。あとでまた、そちらへ伺うかもしれませんが、その時にはご協力願います」

尾関は電話を切り、煙草をくわえて一服つけた。

「どうしたんですか。照命会の貴伝名剛三っていえば、確か……」

叶が訊くのに、尾関は軽く頷いて、

「さっきの袋の中身だがね、見覚えがあるんだな。表情がまるで違うから断言はできないが、あの——鼻の横の大きなホクロがね」

「じゃあ、あの首がその、貴伝名剛三のものだと?」

「かもしれないと思ったんだ。六月の事件の捜査で、二、三度会ったことがあったから」

「電話では、どう？」

「それがね」

尾関は浅黒い顔をしかめた。

「何でも貴伝名は、次の教主になるための儀式だとかで、あのビルの神殿で〝お籠もり〟をしている最中らしい。その間、彼は神殿から出ることも、他人の訪問を受けることもできないっていうんだな。電話をつなぐこともできない、とさ」

「しかし……」

「こっちもまだ確証があるわけじゃないからね、そういう宗教上の理由を持ち出されると、あまり強くも出られない」

「しかしですね」

「まあ待て」

と叶の言葉を遮《さえぎ》って、尾関は手帳のページをめくる。

「確か、神殿付属のペントハウスに直通の電話番号を控えておいたはずだが。——あった」

よし、と呟いて、彼は再び受話器を取り上げた。くわえ煙草でプッシュボタンを押す。

「誰も出ないな」

と、やがて尾関は云い落とした。さらにしばらく待ってみるが、電話がつながる気配はない。

「妙だな。——どう思う、明日香井君」

「はあ。確かに妙だとは……」

「〝お籠もり〟中の教祖が〝お籠もり〟の場所にいないはずがない。——ふむ」

受話器を置き、岸森に礼を述べるや、尾関は叶に向かって云った。

「こりゃあ、行ってみた方が話が早そうだな」

7

午前八時半。

叶は尾関とともにレジデンスKを出、御玉神照命会の本部ビルに向かった。

マンションの門の外には、先ほどの黒いマークIIがまだ停まっていた。通り過ぎがてら横目で中を覗いてみたが、相変わらず二人の公安刑事が乗っている。気のせいか、その顔には疲れきったような、ふてくされたような表情が浮かんでいた。

車は大通りを北上する。直線距離では川を挟んだすぐ向かいだが、橋は南北ともにかなり離れた場所に架かっており、ずいぶんと大まわりをして行かなければならないらしい。

「まあ、せいぜい十五分くらいのものだがね」

ハンドルを握った尾関が云う。

「——にしても、どう思うね、明日香井君。私の記憶に間違いがなければ、さっきの死体は照命会の新教主のものだということになるわけだが、いったい何だって彼はあんな場所で殺されていたのか」

「殺害現場については、あの屋上ではないんじゃないかと、さっき芳野刑事が云ってましたけど」

おずおずと叶が答えると、尾関は——減らそうという努力はもう放棄してしまったらしい——新しい煙草を唇の端にくわえとり、

「ふん。それは、あの発見現場を見ればすぐ分かることだな。あの場所で殺して首と腕を切断したにしては、血の量が少なすぎる」

「ええ。芳野刑事もそう云ってました」

「君はどう思うんだ?」

「はあ。そう云われれば、なるほどそうだなあ、と」

「おいおい」

尾関は頰に微苦笑を浮かべ、

「しっかりしてくれよ。もっとちゃんと、自分の意見を持たなきゃいけない」

「は、はあ」

「ま、ああいう死体は苦手中の苦手なんだろうが。昨日今日《きのうきょう》配属されたばかりのペーペーじゃないんだし、もう少ししっかりしていないと、後輩に馬鹿にされるぞ」

「はあ。多田さんからも、いつもそう云われてます」

多田というのは、叶の上司にあたる本庁捜査一課の警部である。四十代半ば、硬太郎という名前を地でいったような硬派の熱血漢で、部下がぼやぼやしているとスピーカーを通したような大声で怒鳴りちらす。叶などはいつも、その絶好の標的となっていた。

そのたびに、そして、先ほどのような生々しい他殺死体を見ては気分を悪くするたびに、やっぱり自分は職業の選択を間違ったな、と思う。いっそ今すぐにでも辞表を提出してしまおうか。そう考えることもしばしばなのだが、しかし、どうしてもそれだけはできない事情が叶にはあった。

叶の出身地は北海道札幌《さっぽろ》。父親は、地元ではわりに名の知れた実業家だが、そのあとを継ごうという気はもともとまるでなかった。子供時分から望遠鏡で星を見るのが好きだった叶は、中学の頃までは天文学者になる気でいたのである。それがしばらく経つと、学者になるのは無理だろうから、中学か高校の理科の教諭にでも職を置いて、好きな天体観測を続けていこう、といった現実的な将来設計に変わっていった。

大学は地元を離れ、東京の中堅私大に入学。きわめて平凡な学生生活を送る。大学三年生の冬には、教職単位が揃《そろ》う見通しもつき、卒業論文のテーマも決まり、そろそろ採用試験の勉強を始めようとしていた。そのまま何事もなければ、きっと今頃は、人並みに平和な日々を送っていたに違いない。

　ところが——。

　その頃、ひょんなことで知り合った二つ年下の女子大生に、叶は一世一代の恋をしてしまったのである。そして、こともあろうにその相手が彼女——深雪だったのだ。

深雪は、M市に住む保守系某政治家の末娘だった（これはかなりあとになってから知ったことである）。ある事件に巻き込まれたことがきっかけで二人は親しくなったのだが、そのうちに叶は、結婚するならばこの娘以外にないと思いつめるほど、彼女に首ったけになってしまった。彼女は彼女で、それがまんざらでもないふうに見えた。

と、そこまでは良かったのだ。ところが——。

　時機を待つということもできず、叶が決行した結婚の申し込みに対して、彼女の出した条件が一つあった。それがつまり、刑事になってくれるなら、という無体《むたい》な注文だったのである。

　聞けば、深雪は小学生の頃、ある凶悪事件で人質に取られるという災難を経験したことがあるらしい。その時に彼女を救ってくれたのが警視庁の若い刑事で、以来ずっと彼女は、結婚相手は警視庁の敏腕《びんわん》刑事、と思いつづけてきたのだという。

　かくして、明日香井叶の人生は大きく進路を変えることとなった。およそ自分とは最も縁がないと思っていた刑事という職業につくための涙ぐましい努力が始まり、その結果、とにもかくにも晴れて深雪と一緒になることができたのだったが……。

（……向いてないんだよなあ）

深雪を愛している気持ちに、今もまったく変わりはない。刑事になって三年目、もともと頭は良く、運動神経も決して悪くはない彼のこと、捜査においても相応の力を見せるようになってきてはいる。しかしやはり、常に血と暴力の絡んだこの職業は、自分には向いていないと思う。

「何だって君は、刑事になろうなんて考えたんだ。どう見ても、君には合わないように思えるんだがね」

知り合った当時、尾関にそう訊かれた。現場で死体を見て、さっきと同じようにトイレへ駆け込んだ、そのあとのことだった。

叶はその時、素直に本当のところを話した。もっとも、叶のような人材が、いくら学科成績が優秀だったとはいえ、警察学校卒業後、派出所勤務わずか一年余りで本庁一課の刑事に抜擢《ばってき》されたのには、それなりの裏がある。それはつまり、叶のことを何故かいたく気に入った義父が、深雪には内緒でその筋に働きかけてくれたわけだったのだが、その辺の事情はもちろん云えるはずもなかった。

「なるほどね。ま、それはそれで立派な動機だな」

叶の話を聞いて、尾関は苦笑混じりにそう云った。

「とにかく積極的に刑事になりたいと願って頑張ったんだから、少なくとも〝でもしか〟より褒《ほ》められる」

「尾関さんは、じゃあ何で刑事になろうと？」

何となく返した質問に、尾関は真面目に答えてくれた。

彼は子供の頃、大阪に住んでいたらしい。父親は早くに死に、母と、年の離れた姉との三人暮らしだった。その家にある夜、強盗が入った。抵抗した母親は犯人に刺し殺され、姉は強姦《ごうかん》された。その一部始終を、当時小学校の三年生だった尾関は、隣室の襖《ふすま》の陰に隠れて見ていたのだという。

「要は、三十年前のその過去を引きずってるってわけさ」

と云って、尾関は笑っていた。

「あの時の犯人を捕まえてやるんだ、とね。形は違うが、君の奥さんの場合と似たようなもんだといえるかもな」

はあ、と頷きながら、叶はその時、何とも云えない後ろめたさを覚えたものだった。と同時に、こうしてこの仕事についた以上は、深雪の顔色とは関係なく、もっと刑事としての自覚をしっかり持たなければと反省もしたものだったが……。

「何をぼんやりしてる」

運転席から投げられた尾関の声に、叶ははっと我れに返った。こうやって、誰と一緒にいようがつい物思いにふけってしまうというのも、彼の悪い癖である。

「もう到着だぞ。ほら、あれだ」

左手前方に見えてきた高い門を指さしながら、尾関は車のスピードを落とした。

8

ビルの玄関を入ると、すぐ右手に受付の窓口があった。

出勤してきたばかりなのだろう、その中から眠そうな顔でこちらを見る係の中年女に、帽子を取りながら尾関が歩み寄る。

「さっき電話した警察の者ですが」

示された警察手帳に、女の表情がこわばるのが分かった。尾関は手早く事情を話し、

「……というわけでね、取り急ぎ貴伝名氏の安否《あんぴ》を確かめたいのですが、何とかなりませんか」

「――はい」

女は困った様子で、

「ですが、教主様はただいま〝お籠もり〟中で」

「来訪者や電話すら受けてはいけない決まりなのは、さっき聞きましたよ。ところがね、実

は私、貴伝名光子さんが亡くなった事件の捜査の際に、上のペントハウスに直通の電話番号を教えてもらっていましてね、さっきその番号にかけてみたんです。なのに、誰も電話には出なかった」

「そんなはずは……」

「本当なんですよ。そこでこうして、ここまでやって来たわけなんですが」

「は、はい」

女はますます困った様子で、

「ですが……」

「殺人事件の捜査なんです。しかも、殺されたのがここの教主かもしれないんだ。誰か、責任者にあたる人を呼んでもらえませんか」

尾関の口調が強くなる。

「はい。では――、少々お待ちください」

女はおろおろと頷き、卓上の電話に手を伸ばした。

やがて、ロビーの奥のエレベーターから二人の人間が降りてきた。一人は、よれよれの茶色い背広を着た小男。もう一人は、シックなグレイのスーツに銀縁の眼鏡をかけた、背の高い女である。男の方は四十前後、女の方は三十代半ばを過ぎたくらいだろうか。

「刑事さん」

光子の事件の際に会ったことがあるのだろう、男は尾関の顔を知っているふうだった。慌てふためいた足どりでこちらに駆け寄るや、

「私どもの教主が、本当にそんな？」

蒼白な顔で訊いてきた。

「それを確かめにきたんですよ。野々村さん、でしたね」

尾関は相手の顔をまっすぐに見すえた。

「そちらの事情は分かりますが、事態が事態なので。何とか規則を曲げて、上の様子を調べさせてもらうわけにはいきませんか」

「電話をかけて誰も出なかったというのは、本当なのですか」

野々村が問うのに、尾関は厳しい面持ちで頷いて、

「二十回、コールしてみましたよ。神殿の方にいて、ペントハウスの電話の音が聞こえないというようなことは？」

「それは、ないはずです。神殿の中にも親子電話が設置されていますから。――弓岡君」

と、野々村は傍らの女性に向かって、

「もう一度、上へ電話をしてみてくれますか」

「あ、はい」

弓岡と呼ばれた眼鏡の女は、野々村以上に蒼白な顔をしていた。よろめくように受付の中

へ入っていき、電話機に向かう。

やがて彼女は受話器を置き、こちらに向かって左右に首を振ってみせた。こけた頬、落ち着きのない目の動き、引きつらせるように片方の端を歪めた唇……その表情には、何かしら病的なものが感じられた。

「私がかけた時はトイレに入っておられた、などというわけでもなさそうですね」

尾関が野々村に云った。

「調べさせていただけますか」

「――分かりました」

そして野々村は、弓岡にはここで待っているようにと云って、奥のエレベーターに向かった。尾関と叶は顔を見合わせ、そのあとに従った。

二基のエレベーターが並んでいる。左側が今さっき野々村と弓岡が降りてきた方で、この扉の上の階数表示板には、屋上を示す［R］の文字がなかった。右の方にはそれがあり、白い扉の横手に「神殿直通・許可者以外の使用を禁ず」と記された立札が置かれている。

野々村が右側の呼び出しボタンを押すと、すぐにその扉は開いた。

無言で乗り込む野々村。「直通」という言葉のとおり、ケージの中の操作パネルには［1］と［R］以外のボタンが見られない。

上昇を始める箱の中で、叶は意識して野々村の様子を観察した。

睡眠不足なのだろうか、充血した小さな目をしきりに瞬《またた》かせている。くたびれた、血色の悪い顔。二人の刑事の方へちらちらと視線を流しては、そのたび、何か云おうと開きかけた唇がひくりと止まる。

(この男、何か知っているみたいだな)

と、ことさら「刑事の勘」を持ち出さなくっても分かる。

「あの、刑事さん……」

ようやくその唇が声を発した時、エレベーターが止まった。野々村ははっと口をつぐみ、それから、

「どうぞ」

と云って、自分が先に出た。

薄暗いホールに、三人は降り立った。壁はすべてコンクリートの打ちっぱなし。その壁面や高い天井がなだらかな曲面になっているところを見ると、ここが例のドームの内部であることは明らかだ。

正面奥に、金色に塗られた大きな観音開きのドアがあった。小走りにそのドアへ向かった野々村が、二人を振り返り、

「この向こうが神殿です」

「ペントハウスは、確かその奥でしたね」

と、尾関が応える。

「前の捜査で、一度お訪ねしたことがあります」

野々村は頷いて、

「さ、どうぞ」

神殿の中は、ホールよりもさらに薄暗かった。ドーム形の天井にぽつぽつと開いた小さな明かり採りの窓から、幾筋かの光線が射し込み、交差している。

だだっ広い空間にはほとんど調度品はなく、正面中央に祭壇らしきものが設けられていた。金色に光る巨大な〝皿〟の上に、直径一メートル以上もありそうな透明な球体が載っているのである。その両側には、これも金色の大きな燭台《しよくだい》が据えられ、火の消えた蠟燭《ろうそく》が何本も立てられている。

「あの玉が御神体なわけですか」

思わず叶が尋ねると、

「『大御玉』というんだそうだ」

尾関がそう答えて、野々村の顔を窺った。野々村は額に浮いた脂汗をせわしなくハンカチで拭《ぬぐ》いながら、

「それよりも、さ、早く」

と、右手の奥に見えるドアの方へ足を進めた。硬い靴音の反響が、がらんとしたドームの

空間を駆けまわる。

ドアを抜けると短い廊下があり、その突き当たりにまたドアが見えた。

「教主様？」

野々村が声をかけながら、奥のドアを開いた。マホガニーの重厚なドアである。

「教主様。おられたら返事をしてください」

「貴伝名さん」

と、尾関の声が加わる。

「貴伝名さん？」

物音一つ、返ってはこない。

三人は靴を脱ぎ、ペントハウスの玄関ホールに上がり込んだ。

「貴伝名さん。いませんか」

広いリビングルームへと進む。ソファにも寝椅子にも、人の姿はない。

「明日香井君。君は他の部屋を見てきてくれ」

尾関がてきぱきと命令する。

「私は外を調べてくる。――野々村さん。屋上へは、どこから？」

「さっきの玄関を入る手前に、出口が」

聞くなり、尾関は小走りにそちらへ向かう。呆然とリビングの中央に佇《たたず》む野々村を残し、叶は他の部屋の様子を順に調べてまわった。

書斎。寝室。厨房《ちゅうぼう》。浴室。……

どの部屋もきれいに整頓されており、これといって不審な点はない。ただ、この住居空間内にいるはずの照命会教主の姿だけが、どこにも見当たらなかった。

やがて、尾関が外から戻ってくる。

「中には誰もいませんね」

叶が告げると、尾関は大きく頷いて、

「外にもいなかった。——野々村さん」

「は、はい」

「残念ながら、やはりあの死体は貴伝名氏のものである可能性が強くなってきましたね。もちろん、これから確認に来ていただかねばならないわけですが」

「刑事さん」

喘《あえ》ぐような声で、野々村は云った。

「実は、私……」

「何か？」

「申し上げていいものかどうか、さっきから迷っていたんですが、ここがこうしてもぬけの殻《から》である以上、やはり……」

そして野々村は、二人の刑事に話した。昨夜遅く、彼が仕事を終えて帰る前に、三階のエレベーターの前で目撃した出来事を。

「……私の見ている前で、神殿直通のエレベーターのランプが、下へ向かって動いていったんです。一階まで」

「ほう。ということは……」

「あのエレベーターは、屋上と一階以外の階には止まりません。誰かが神殿から一階へ下りていったということになる。しかし、教主はご存知のとおり、現在〝清め〟の儀式を執り行なっている最中です。もしもその教主が規則を破って外へ抜け出したのだとしたら、これは会としては大問題なのです。そんなわけで、他言していいものか、昨夜以来ずっと悩んでおったのですが」

「ふうむ」

尾関はハンチングを目深にかぶり直しながら、低く唸った。右手がポケットの煙草に伸びかけて止まる。

「それは、正確には何時のことでしたか」

「十二時をちょっと回った頃だったと思います」

「このビルに、夜間の守衛は？」

「おります。さっきの受付のところで、出入りする人間をチェックしていますが」

「その守衛には、訊いてみましたか。昨夜のその時間、屋上から下りてきた者がいたかどうか」

「いいえ」

野々村は握りしめていたハンカチを頬に当て、

「今も申しましたように、これは、照命会としては非常に重大な問題なので、あまり迂闊《うかつ》には……」

「その守衛の連絡先を、あとで教えてください」

そして尾関は、ちらりと自分の腕時計を見ながら、

「これからすぐに、死体の発見現場までご同行願います。できればもう一人、弓岡さんにもご一緒に」

「はい。――しかし刑事さん、いったいどこで、その死体が？」

「ああ。まだ云ってませんでしたね」

尾関は厚い唇をわずかに曲げて、

「このビルの、川を挟んだ向かいですよ。レジデンスKというマンションです」

「レジデンスK？」

野々村はびっくりした顔で、その名を繰り返した。

「そりゃあ刑事さん、あのマンションには……」

「何か貴伝名氏とつながりがあるのですか」

「そもそもあのマンションは、私どもの会の関連事業団が建てたものでして」

「ほほう。そいつは知らなかったな」

「それに——」

野々村はまた、ハンカチで額の汗を拭った。

「あのマンションには、光彦君が……あ、つまりその、教主の息子さんが一人で住んでおられるのです」

9

野々村と弓岡を車の後部座席に乗せ、尾関と叶は照命会本部ビルをあとにした。尾関の紹介によれば、野々村史朗は照命会の事務局長、弓岡は名前を妙子といって、広報部長のポストについているという。

レジデンスKに戻ったのは、午前十時頃のことである。前の路上に、公安の刑事たちを乗せた黒い車の姿はもうなかった。

さっそく二人を屋上へ連れていく。現場にはすでに多くの刑事たちが集まっており、その中には本庁捜査一課の叶の同僚たちの顔もあった。

「おお。待っとったぞ！」

と、野太《のぶと》い声が飛んできた。怒鳴りつけるようなその声の勢いだけで、誰だか分かった。叶の上司、多田硬太郎警部である。

赤い丸顔に、ちょっとやぶにらみの気《け》がある大きなドングリ眼《まなこ》を光らせている。見るからに暑苦しそうな、相撲《すもう》取り型の巨体を揺らせて、どたどたとこちらに駆け寄ってくる。

「ホトケさんの身元を確認に行ったと、さっきM署の若いのから聞いたが。本当か？　あの首が、御玉神照命会の教主のものだってのは」

尾関が叶に目配せした。君が答えろ、という意味らしい。

「は、はあ」

叶は尾関の気遣いに感謝しつつ、

「貴伝名剛三というのが、その教主の名前です。彼は会の神殿に籠もっているとの話だったのですが、行ってみますとそこには誰もいなくて……」

「神殿ってのは、あれだな」

と多田が、川の向こうに見える例の白いドームに丸い顎をしゃくった。

「そうです。顔の確認のため、こちらのお二人に来てもらいました」

「おお」

多田は、叶たちの後ろにいた野々村と弓岡に目をやり、

「どうもどうも。——ふん。ご苦労だったな、明日香井。まあ、おおかた尾関君に引っぱっていかれたんだろうがなあ」

「はあ」

「こら、またそれだ。その『はあ』という自信のなさそうな返事はやめろと、いつも云ってるだろうが」

「はあ……いえ、はい」

「ふん」

鼻を鳴らして、多田は尾関の方を見やり、

「尾関君も、朝っぱらからご苦労さんだったな」

「どうも」

尾関は軽く頷き、

「で、警部、あの首は今どこに?」

「さっき胴体との照合が済んだとこだ。切り口その他から見て、まず間違いないようだ」

そして多田は、のそのそと身体の向きを変えながら、

「お二人、こっちへ」

と云った。見ると、エレベーターホールの隅《すみ》に白い布をかけられた担架《たんか》が置かれている。布の下に横たえられたものの姿を想像して、叶は思わず、うっと胸を押さえた。自分はこ

こにじっとしていた方がいいな、と考えるや、

「明日香井、お前も来んか」

「は、はいぃ」

仕方なく、野々村と弓岡のあとについていく。

「これです。あんまり気持ちのいいもんじゃないが、見てください」

そう云って、多田が自ら担架の布をめくり上げた。ごくりと生唾《なまつば》を呑み込む野々村。弓岡妙子の口からは瞬間、ひっと短い悲鳴が洩れた。

覚悟を決めて、叶は二人の背後からそれを覗き込んだ。切断された生首は、すでにビニール袋から取り出され、担架の端のあるべき位置に置かれていた。

目を閉じている。色を失った分厚い唇の端から、腐った肉片のような舌が覗いている。潰《つぶ》れたような団子鼻。その横には、黒い大きなホクロがある。

「——確かに」

呻《うめ》くような声で、野々村が云った。

「私どもの教主に間違いありません」

「ふん。そちらの女の方は？　いかがですかな」

「…………」

弓岡妙子は、こうべを垂れるようにして黙って頷いた。肩がぶるぶると小刻みに震えてい

る。

「じゃあ、ここでは何ですから、とりあえず一階のロビーで待っとってくれますか」

二人の様子をじろっと睨みすえて、多田は云った。

「もう少し、いろいろとお尋ねしたいこともありますので」

その言葉が終わるか終わらないかという時、弓岡の身体がぐらりと揺れた。と、そのまま後ろざまに、叶の方へ倒れ込んでくる。

「あっ！」

とっさに両手を差し出してそれを受け止めようとしたが、叶にしても気構えができていない。彼女ともども、無様《ぶざま》に引っくり返ってしまう羽目となった。

10

「検視係の所見によれば――」

死体を見たショックで貧血を起こしたものらしい、やがて失神から覚めた弓岡妙子が、野々村に支えられるようにしてその場を去ると、多田警部は、現場における捜査の状況を尾関と叶に説明した。

「後頭部に、鈍器《どんき》で強打されたと思われる裂傷《れっしょう》があった。恐らくそれが致命傷で、首と腕が切られたのは死んだあとだろうってことだ。切断に使われた道具は、よく研《と》いだナイフか包丁、それと、骨を切るのには鋸が用いられたようだとさ」

「凶器はどこからも？」

尾関が訊くと、多田は重そうな身体をずしんとホールのソファに沈め、

「ああ。今のところ見つかっとらん。この屋上と各階の廊下、一階のロビー、ガレージ、庭、隈《くま》なく探させてるとこだ。

被害者《ガイシャ》の衣服と、切り取られた左腕も行方知れずだ。これで首が見つかってなきゃあ、今頃はまだホトケの身元が分からなくてあたふたしとったんだろうな。まったく、こっちとしては大助かりだったなあ。何だって犯人《ホシ》が、あんなところに首を放ったらかしていったのかは分からんが」

「死亡推定時刻は？」

「だいたいのところは、昨夜の十二時から今朝の四時にかけて。解剖すれば、もうちっと絞れるだろうがな」

「死体を動かした形跡のようなものは？」

「おお、それだ」

多田はソファの上で前かがみになり、

「見れば分かるが、あの給水塔の下は殺しの現場じゃない。血の量が少なすぎるってことだ

な。死んだあとに動かしたと思える特徴も、確かに死体には見られた」

「やはりね」

「犯人《ホシ》はどこかで被害者《ガイシャ》を殺し、首と腕を切ったあと、この屋上へ死体を運んできたってわけだ。何だってこんな場所へ運んできて、給水塔の下なんかに遺棄したのか。これがまず、問題だわな」

そこで多田は、尾関の横に立っていた叶に目をやり、

「お前はどう思う、明日香井」

「はあ……いえ、はい」

叶は脂っけの少ない髪に手櫛《てぐし》を通しながら、

「考えられるのは、そうですねえ、例えば犯人《ホシ》は、あの死体を給水塔の中に隠すつもりでここまで運んできたんだ、とか」

「ふふん」

多田は鼻を鳴らした。

「まあ、そいつが妥当なセンだな。マンションの給水塔の中に死体を隠す。こいつには前例もある。

犯人《ホシ》はそのつもりで、えっちらおっちらあそこまで死体を運んでいった。ところが最近のマンションじゃあ、給水塔の蓋には鍵が掛かってるんだな。苦労して運んできたものの蓋が

開かないんで、犯人《ホシ》は諦《あきら》めて、あそこへ死体を放り出したままとんずらした。別の場所へ運び直す体力と気力はなかった。

ふん。一応こんなとこで説明はつくな」

「それにしても、どうして首を切ったり腕を切ったりしたのか、ってことですよねえ」

苦しまぎれに出した意見が評価されたので、叶はちょっと気を良くして、

「裸に剥いたのは、身元を分からなくするため。首を切ったのも同じ理屈で説明できますね。けど、腕っていうのは……」

「指紋じゃないかな」

と、尾関が口を挟んだ。

「指紋？」

「そう。例えば、貴伝名剛三に交通違反の前科があったとすれば、左手の指紋が登録されているはずだろう」

「あ、なるほど」

叶自身も大学時代、ネズミ取りで捕まってキップに指紋を押させられた苦い経験が、一度ならずある。あの時点では、まさか自分が警察官になろうなんて夢にも思っていなかった。

「しかしですね、そうまでして身元を分からなくしようとしておきながら、犯人《ホシ》は二階の廊下なんていう場所に切った首を置きざりにしていった。さっき警部も、それを疑問点として

挙げておられましたね。その辺の行動に、どうも矛盾がありすぎるように思えてならないんですけど」

「確かにな」

多田は鼻筋に皺《しわ》を作る。そうした彼の顔は、赤ら顔のゴジラである。

「まあ、そこのところは改めて検討するとしてだ、そっちの報告を、もうちょっと詳しく聞かせてもらおうか。貴伝名剛三は神殿に籠もっているはずだったとか何とか云ってたが、そりゃあいったいどういうことなんだ」

「はあ……いえ、はい、実は……」

叶は、先ほど照命会の本部ビルを訪れて見聞きした事実を簡潔に説明した。

「――ふん。屋上から一歩も出ちゃあいけない決まり、ねえ」

多田はまたゴジラ顔をして云った。

「ところがその決まりを破って、教主様は夜中にこっそりお出かけになったたってわけか。そして、ふん、その時に使ったエレベーターの動きを、たまたま野々村が目撃したと。昨夜の守衛の話は？　もう聞いたのか」

「いえ、まだ」

「連絡先は野々村から聞いてありますよ」

尾関が手帳を取り出しながら云った。

「浅田常夫と塚原雄二。住所は、二人ともS市の方ですね」

「じゃあ尾関君、とりあえず電話で問い合わせてみてくれ」

と、多田は命じた。

＊

「一応のウラが取れましたよ、警部」

しばらくして戻ってきた尾関が、報告した。

「あそこのビルの夜勤は二交替制で、浅田が午後六時から午前一時まで、塚原がそのあと午前八時までという分担だったそうです。野々村がエレベーターのランプを目撃したのが十二時過ぎだといいますから、この時間の担当は浅田の方ですね。で、その浅田の話によると――」

尾関は手帳のメモを見ながら、煙草をくわえた。

「昨夜の十二時頃、おかしなことがあったらしいんですよ」

「ふん。というと？」

「ペントハウスの貴伝名剛三から下に電話があったというんですね。何でも、外に怪しい人影を見たから調べてこい、と」

「ふんふん」

「すぐに浅田はその命令に従った。ビルの裏手の方を一人で見まわりにいったんです。ところが、それらしきものは何も見つからなかった」

「はん。なるほどな」

多田は納得《なっとく》の表情で頷く。

「つまり、その間ビルの玄関には誰の目もなかったってわけだ」

「そうです。それにそもそも、怪しい人影を見たという貴伝名の言葉自体が変なんですね」

と云って、尾関は叶の方を見やり、

「だろう？　明日香井君」

「そうなんですか？」

「さっき実際に行ってきたろう、あのペントハウスへ」

「ええ」

「いったいあそこの窓から、どうやってビルの裏手の人影を見ることができる」

「ああ、そう云われれば……」

確かに、尾関の云うとおりだ。

本部ビル屋上のペントハウスは、ちょうどラケットの柄のような格好で半球形の神殿部から突き出しており、その部屋の窓は、どれも屋上の縁からはだいぶ離れた位置にあった。明るさの問題も検討するべきだろう。明かりを点けた部屋の中にいて、ビルの下の人影を見たというのは、なるほどかなり無理のある話だった。

もしも貴伝名が本当に人影を見たのだとすれば、それは外の屋上に出ていた場合としか考えられないのではないか。

「思うに、人影を見たというのは貴伝名の嘘だったんじゃないでしょうかね」

尾関は多田に向き直って云った。

「そうやって守衛を持ち場から離れさせておいて、こっそりとビルから抜け出した。そう考えると、野々村の証言ともぴったり話が合います」

「ふん。そのようだな」

多田は頷いて、

「問題はそのあとってわけだ。そうやってビルを抜け出したあと、貴伝名はどこへ、何をしに行ったのか。誰と会ったのか」

「いずれ浅田と塚原には直接会って、詳しく話を聞く必要がありますね。〝お籠もり〟とはいいながら、どうも貴伝名はずいぶん好き勝手をやっていたようですから」

「ほう」

「昨夜も、問題の十二時よりも前ですがね、ペントハウスに女を呼び込んでいたらしいんですよ。そんなことを、さっき電話で浅田が洩らしてました」

「そいつは当たってみる価値があるな。あるいはその女が、貴伝名を最後に見た人間かもしれん」

多田はゆさゆさと膝を揺すりながら、

「それから、貴伝名のアシだな。自分の車で出ていったのか、タクシーを拾ったのか、あるいは目的地が歩いていける場所だったのか。相手の方から迎えにきたって可能性もあるが」

「貴伝名当人の車は、本部ビルの駐車場に残ってましたよ。さっきあっちを出る時、野々村に確認させたんです」

「ふん。まあ、いずれにせよ……」

多田が腰を上げながら云いかけたその時、エレベーターの扉が開いて、中から一人の男が勢いよく走り出してきた。

近くにいた刑事の一人が驚いて制止しようとすると、男——二十歳《はたち》そこそこの大学生風の若者だ——は掠《かす》れたハイトーンの声で、

「貴伝名光彦です」

と云った。

「父が殺されたっていうのは本当ですか」

## 11

貴伝名光彦は、痩《や》せた色白の青年だった。

百九十センチ以上もあるかもしれない、身長が非常に高い。長めに伸ばした髪が、寝起きのせいか、ずいぶんと乱れている。たっぷりとした白いTシャツに、スリムのブルージーンがよく似合う。

恐らく階下にいた警官に事件のことを聞いたのだろう、目に見えて表情が硬い。やや受け口の薄い唇を尖らせ、前髪が落ちた眉間《みけん》に皺を寄せて、エレベーターホールの中をぐるりと見まわした。

「いったいどういうことなんです? 何だってこんなところで……」

少し茶色がかった目を落ち着きなく動かしながら、刑事たちに向かって尋ねる。

「光彦さん」

と云って、尾関が彼の方へ進み出た。

「M署の尾関です。一度お会いしたことがありましたね」

「尾関……ああ、あの時の刑事さんですか。警察署で……」

光彦は尾関の顔を見やって、それから一瞬目を伏せた。

「どうも、母の件ではお世話になりました」

「いえ。あの事件もまだきっちり解決しないうちに、こんなことが起ころうとはね。何と云ったらいいか」

「するとやっぱり、いま下で聞いたのは本当のことだったんですか」

「あそこです」

と、尾関は死体の載せられた担架を示し、

「先ほど、教団の野々村さんと弓岡さんに確認してもらったところです。あなたがこのマンションに住んでいるというのは、野々村さんからその前に聞いていたのですがね。——何号室です？」

「603です」

光彦は緊張の面持ちで担架の方を見ながら、

「外が騒がしいので、出てきてみたんですが」

「連絡が遅れて申し訳ありません。一応、あなたも死体を確認していただけますか」

「——はい」

尾関のあとについて、光彦は担架のそばへ足を進めた。叶は、そこからは離れた位置に立ったまま、なるべく床の方へ目を向けないようにその様子を見守っていた。

「間違いありません」

やがて、光彦が低く云い落とすのが聞こえた。

「あいつだ……」

自分の父親のことをこの時、光彦はそんなふうに呼んだ。

そのあと尾関は、こちらのソファのそばへ光彦を連れてきた。のっそりと立ち上がった多田を示し、

「警視庁の多田警部です」

と紹介する。

「そっちは明日香井刑事」

「このたびはどうも、ご心中お察しいたします」

と、多田が頭を下げた。部下に対しては豪放磊落《らいらく》の顔を持つ多田だが、被害者の家族と接する際には、さしあたりすこぶる丁寧な態度に出る。

「一刻も早く、この憎むべき犯人をですな、捕えることが、我々の責務だと……」

「別に捕まえる必要はありませんよ、警部さん」

と、光彦は意外な台詞を口にした。

「はっ？　いま何と」

「殺されても仕方ない奴だから」

光彦は吐き出すようにそう云って、ちらりと担架の方へ目をくれた。

「――まずいことを云っちゃったかな。こんなふうに云うと、疑われそうですね。でも、それが僕の本心なんですよ。自分の感情を偽《いつわ》るつもりはありません。今あのむごい死体を見ても、気持ちが悪いだけでね、何の感慨も湧《わ》いちゃあこない。むしろいい気味だと、そこまで

思ってます」

「し、しかし……」

多田は光彦の言葉に面喰《めんく》らい、圧倒されたようだった。叶にしても同じだ。いったいこの青年は、何を考えて、事件の捜査官にこんなことを云うのだろう。

「尾関さんなら、いくらか分かってくれるでしょう?」

光彦は尾関を振り返り、

「あなたは僕の家族の事情を知っていますよね。僕があいつに対して、どんな感情を持っているのかも。だから、ここで隠してみたところで何も意味はない」

「どういうことなんだね、尾関君」

多田が訊く。尾関は新しい煙草をくわえながら、

「それは……」

何となく云いにくそうに言葉を濁《にご》した。

「自分で説明しますよ」

と云って、光彦は多田に向き直った。

「まず、僕と貴伝名剛三とは、血のつながりのある父子《おやこ》じゃありません。彼は、僕が生まれたあとに母と一緒になった男です。そして、ひたすらあの教団の経営に力を注いできた。あの手この手でね、相当あくどいこともやってきた。反吐《へど》が出るほど、僕はあの男を軽蔑《けいべつ》しな

がら育ってきました」

　多田は黙って相手の口許を見つめている。光彦は続けて、

「二ヵ月前、母が死んだことはご存知ですね。あれは自殺なんかじゃなかった。母は殺されたんです。そして、殺したのはあの男だ。何も証拠はないけど、そうとしか考えられない」

「ほほう」

　多田のドングリ眼が光った。

「何故そう思うのです」

「動機ですよ」

　光彦は敢然《かんぜん》と答えた。

「母には自殺なんてする動機はなかった。殺されたんだとすると、あいつ以外に彼女を殺す動機を持ってる奴はいない」

「貴伝名剛三には、それがあったわけですか」

「もちろんです。――あいつと母との間の愛情なんて、とうの昔に冷めきっていた。あいつは母のことを、金を生む雌鳥《めんどり》くらいにしか思っていなかった。生き神様、カリスマ、美貌《びぼう》の霊能力者……母の持っていた才能を、いかにうまく金儲《もう》けに結びつけようか、ってね。

　愛人が、僕の知っているだけでも三人はいましたよ。照命会がここまで大きくなってしまった今、あいつにとってそろそろ母は邪魔な存在になりつつあった。何のかんの云っても、

教団の中で最高の人望と権力を握っていたのは母だったし、あいつはそんな母を、ある意味でとても恐れていたから」

「それで殺したんだ、と？」

「そうです」

光彦は深く頷いた。

「いつだったか、最後に母と話をした時に、彼女は僕にこんなことを云ってました。教主として醜態《しゆうたい》を晒《さら》すわけにはいかないから、表立って離婚だの何だのの騒ぎは起こさないけれども、いずれ遺言状は作るつもりだ。あの男には何も遺さない。すべては——照命会教主の地位も含めて、僕に譲ると」

「ふん」

「僕は、そんなものは要らないって云いましたけどね。母の開いた宗教への信仰心が、自分にはまるでないものですから。けれど、もしもあいつがそんな母の本心を知ったら……って、その時にもそんな危惧《きぐ》を抱いたものでした」

「なるほど。確かに動機としては充分ですな」

多田は丸い鼻の頭を爪で掻きながら、

「あいにく私は母上の事件の担当ではないもので、何とも云えんのですが。——尾関君。今の彼の話をどう思うね」

「尾関さんには、あの事件の捜査の時に話しましたよ」

光彦が云った。

「けれども取り合ってはくれなかった」

「取り合わなかったわけではありません」

と、尾関が云った。

「ただ、貴伝名剛三を犯人と断定する決め手が一つもなかったんです。むろん彼のことは疑いましたよ。彼に光子さん殺害の動機があることも、あなたに云われる前に調べ出してあった。しかし事件の夜、彼にはアリバイがあって」

「愛人のマンションにいたなんていうアリバイが、そんなに信用されるんですか」

光彦が冷ややかな声でつっかかった。尾関は顔を曇らせ、

「その愛人の証言を嘘《うそ》だと決めつけるような材料は、何もなかったのです」

「しかしですね、尾関さん」

「打ち明けた話をしてしまいましょうか」

尾関は云った。

「六月の事件はやはり光子さんの自殺だったのではないかという意見も、現在有力なものとして出てきているのです」

「そんな……」

「確かに、あの事件には不審な点が多く見られた。特に、回収された死体の特徴ですね。首のまわりに紐状のもので絞めた痕《あと》が見られ、この事実によって、彼女は絞殺されたあとで線路上に寝かされたのではないかという疑いが強くなった。

ところが、その後の死体解剖の結果、そういった疑いが否定されてしまったんです。死体の状態が状態だったので多少曖昧な箇所もあるのですがね、列車に轢かれた時点で光子さんがすでに死んでいたということはない――つまり死後轢断ではない、という報告でした」

「…………」

「そこで私たちは考えた。では、死体の首に残っていた痕跡《こんせき》は何だったのか。そして、ある仮説を立てました。それはつまり――。

六月十一日の夜、光子さんは、本部ビルからの帰宅の途上で何者かに暴行を加えられたのではないか。首の痕は、その時につけられたものだったのではないか、ということです。命を奪われることはなかったが、いったん家に逃げ帰ったあと、彼女は襲われたショックできわめて情緒が不安定な状態となり、発作的に……」

「そんなこじつけがあるもんか！」

光彦が大声を上げた。

「そんな……」

「あくまで仮説の段階を出ないものですよ。しかし、そういうふうに考えるとうまく説明がつく。自殺の動機も、彼女が何故、寝間着姿のままで自殺をはかったのかも」

「馬鹿な！」

「まあまあ、落ち着いて」

と、多田が激した光彦の言葉を遮った。

「その件については、いずれ別の機会に。それよりもですな、今は、貴伝名剛三が昨夜殺された、その捜査を進めることの方が先決なんですよ。あなたの気持ちはよぉく分かりますが、ここはまず、協力してもらわねばなりません」

「そ、それは……」

光彦は大きく肩で息をしながら、

「ええ、分かってます。すみません、取り乱してしまって」

「では、とりあえずいくつか質問をさせていただきましょうか」

「はん。昨夜の僕のアリバイですか」

「それもありますが、まあ順番にいきましょう」

多田は少し間を取り、光彦が気を鎮めるのを待ってから、

「失礼ですが、いま何をしておられるのです？　学生さんですか」

「大学院へ行ってます。T＊＊大の理学部」

「ほほう。将来はするると、大学の先生ですか」

「さてね。まだ分かりませんよ」

「ふん。今は夏休みですな」

「ええ」

「ここには、一人で？」

「そうです。大学に入った時から、ずっとここに住んでいます。家賃が要らないもので」

「というと？」

「母親のスネかじりですよ。このマンションの実質的なオーナーが、彼女だったんです」

「そうなんですか。ふうん。——お父上、いや、貴伝名剛三氏と最後に会ったのはいつのことでしたか」

「母の葬儀の時です」

「電話とかでは？」

「それなんですけどね」

と、ここで光彦の声に緊張の度が増した。

「昨夜、電話があったんですよ。あいつから」

「昨夜？　何時頃のことです」

「夜中です。零時半頃だったかな」

午前零時半——といえば、すでに貴伝名剛三がビルを抜け出していたと思われる時刻である。多田だけでなく、尾関も叶も、思わずひくりと肩を動かした。

刑事たちのその反応に気づいてか気づかずか、光彦はこほっと軽く咳払いをして、

「びっくりしましたよ。あいつが僕のところへ電話をしてくるなんて、それまで一度もなかったことだから。それもあんな夜中に」

「どういう用件だったのです？」

「重要な話があるから、すぐに出てこい、と云われました」

「どこへ？〝お籠もり〟中の神殿へですか」

「それが、違うんです。横浜の〈ボレロ〉っていうスナックへ来い、と」

「横浜？」

「知ってますか、警部さん。照命会の教主となった者は、聖地とされているS市から外へ出ちゃあいけない決まりなんです。〝お籠もり〟を抜け出した上、あいつはその決まりまで破ろうとしていた。要するにね、あいつにとって会の教義なんてその程度のものだったってことですよ」

「それで、あなたはそこへ行ったわけですか」

光彦は頷いた。

「僕も、あいつとはいずれ話をしなければと思っていたんです。母の件についてね。だからOKしました」

「ここを出たのは何時でした？」

「零時四十五分頃」

「車で？」

「そうですよ」

「どんな車に乗っているのですか」

「青いフォルクスワーゲン・ゴルフです。ナンバーも云いましょうか」

光彦は唇の間に少し歯を覗かせて、何やら複雑な笑みを作った。

「まるで、さあ僕を疑ってくれと云ってるようなもんですね。我れながら呆《あき》れたくなってきました」

「いや、それはまだ……」

「疑われても結構です。ただし、僕は潔白《けっぱく》です。訊かれたから、本当のことをお話ししてるだけですので」

「続きを聞かせてもらいましょうか」

「ええ。——僕は車で、指定されたそのスナックへ行きました。向こうに着いたのが、午前二時過ぎだったかな。山下公園の近くの小さな店です。ところがね、お笑いもいいとこですよ、その店は盆で休業中だったんです」

「ふん。横浜の〈ボレロ〉ですな」

多田はしかめっ面で尾関と叶の方へ目を配ってから、

「で、あなたは結局、貴伝名氏と会うことはできずに帰ってきたわけですか」

「ええ。しばらく店の前で待ってはみましたけどね、あいつは現われなかった」

「ここへ戻ってきたのは何時頃でした？」

「四時半には帰ってきたと思います」

「ずいぶん遅くなったんですな」

「眠くなったんで、途中で深夜喫茶に寄ってコーヒーを飲んだんです」

「ふん」

多田は、改めて目の前の青年の顔をじろりと睨みつけながら、

「ご参考までに云っときますと、貴伝名氏が殺されたのは、昨夜の午前零時から四時の間と目されています。また、殺害の現場はこの屋上ではなく、どこか別の場所ではないか、とも」

さすがにその言葉は、光彦の心中に不安を呼び起こしたようだった。白く細い頬にさっと赤味が差し、微かに肩が震えた。が、すぐに多田の目を見返し、

「今お話ししたことは、すべて真実ですよ」

強い口調で云った。

「あいつから電話がかかってきたこと、僕が出ていったこと、会うことができずに帰ってき

たこと、すべて……」

「あのう、光彦さん」

おずおずと、叶が口を挟んだ。

「一つ訊いてもいいですか」

その自信のなさそうな声に、光彦はかえっていぶかしげに眉をひそめて、小柄な叶の顔を見下ろした。

「何です？」

「僕の思い違いかもしれないんですけど、もしかしたら昨日の夜、そのう、恋人の方と会ったりはしませんでしたか。もしかしたらそれで、彼女がここに泊まっていた、とか」

「はあ？」

「いやあ、別にどうでもいいんです。ただね、その……」

叶の視線が、光彦のシャツの胸許に注がれる。その白い布地に付いたローズピンクの汚れ
（口紅の跡？）に気づいて、

「参《まい》りましたね、刑事さん」

光彦は中学生の男の子のように顔を赤らめ、横髪を撫でつけた。

「ええ、確かに……。ただ、僕が急に出かけることになったので、昨夜は遅くに帰っていきました。彼女に聞けばある程度、僕の行動の証人にはなってくれるはずですけど」

＊

あとで部屋に伺《うかが》うかもしれないからと云って貴伝名光彦を帰すと、多田警部は難しい顔でまたソファに巨体を沈めた。

「さあて、どう思う、明日香井」

背広のポケットからチューインガムを取り出し、荒々しく包み紙を剝《は》がして口に放り込む。この警部も、夫人と娘に云われて煙草をやめようとしている口である。

「あの若造め、こっちがつつく前に何から何まで手の内をさらけだしやがったが」

「頭の切れる人ですね」

と、叶は答えた。多田は大きな目をぎろっと剝《む》いて、

「そんなことは分かっとる」

「ちょっと皮肉っぽいところはあるけど、根は誠実という印象だなあ。女の子にもモテそうだし」

「すると、あいつの云ってたことは本当だと？」

「嘘があるようには見えませんでした、僕には。話の筋は通ってますし」

「ふん。まあな」

「もしも彼が犯人《ホシ》なら、普通あんな態度には出ないでしょう。自分が義父を憎んでいるって

いうことは、極力表には出さないようにするんじゃないでしょうか」

「ふん。それも云えとるな。しかし、俺たちがそう思うだろうということを見越しての態度だとも取れる。まあ、そういうふうに云いだせば切りがなくなるが」

「そうですねえ」

「いずれにせよだ、少なくとも犯人《ホシ》がこのマンションの関係者であるのは間違いないんだから、その点であの若造が疑わしいことに変わりはない」

「あのう、警部」

「何だ?」

「どうして犯人《ホシ》がマンション関係者だと」

「馬鹿か、お前は」

頭ごなしに、多田は怒鳴りつけた。

「下のセキュリティシステムは見ただろうが」

「はあ……いえ、はい」

「死体をこの屋上に運んでくるためにはまず、あのオートロックを開けるカードキーが必要なんだ」

「あ、そういえばそうですね」

「まったく頼りのない奴だな」

くちゃくちゃとガムを噛みながら、多田はソファの上でふんぞり返った。

「さしあたり、横浜の〈ボレロ〉って店が昨夜休業していたかどうかを確認せにゃあな。しかし——、ふん、さて、どう考えたものやら……」

12

捜査が思わぬ展開を見せはじめたのは、それからしばらくして、玄関ロビーで待たせている野々村と弓岡にもっと詳しい事情聴取を行なうため、多田と尾関、叶の三人が階下へ向かおうとした時のことだった。

屋上へ呼んだエレベーターの扉が開くと、中から私服刑事が一人飛び出してきた。警視庁の、叶の先輩である。

「警部」

危うく鉢合《はちあ》わせしそうになった動きを止めて、彼は多田に近づき、その耳に何事かを告げた。仲間内でいったい何をひそひそ云う必要があるのか、と叶が不審に思っていると、

「ふんふん。——何？　コウアン？」

多田は驚いた顔でそう聞き返した。

（コウアン……公安？）

叶はとっさに、例のマークIIの中にいた二人の顔を思い出した。

(公安がどうしたっていうんだろう)

「よし。分かった」

と云って、多田はどかどかとエレベーターに乗り込んだ。

「どうしたんです、警部」

尾関が訊くのに、多田は自らも首を捻《ひね》りながら、

「公安一課から、何やら連絡があったらしい。この事件の担当警部と至急、話がしたいんだと」

「そういえば、最初にここへ駆けつけた時、公安の刑事だという二人連れを見かけましたが」

「ほほう」

「別件の捜査で張り込みだとか」

「ふーむ」

多田は嚙んでいたガムを包み紙に吐き出した。

「何かこっちの事件に関係のある情報かもしれんな。まさか、あっちの捜査妨害だと文句を云うわけじゃあるまい」

＊

野々村史朗と弓岡妙子はロビーのソファに向かい合って坐り、押し黙っていた。前のテーブルには、管理人の諸口が気をきかせたものらしい、湯呑みと茶菓子が載っている。

叶たちがやって来たのに気づくと、野々村がすっと立ち上がり、弓岡の横に席を移した。二人とも沈鬱《ちんうつ》な表情である。野々村はハンカチでしきりに額の脂汗を拭い、俯《うつむ》いた弓岡は、血の気の失せた唇を、まるで冬のさなかでもあるかのようにわななかせている。

「どうもお待たせしました」

尾関が云って、二人の向かいに腰を下ろす。多田はまっすぐ受付窓口の横のグリーン電話へ向かったので、叶は尾関の隣りに、遠慮がちに腰かけた。

「さっき光彦さんとお会いしましたよ」

尾関が野々村に向かって云った。

「いろいろと参考になる話が聞けました」

「そうですか」

事務局長は手に持ったハンカチを揉《も》みながら、

「彼も、あの死体を？」

「ええ。あまり自分のお父さんのことを好いてはいなかったみたいですね、光彦さんは」

「…………」

「それと、昨夜の守衛のところへも電話してみたのですが、とりあえず野々村さん、あなたのお話を裏付けるような証言が取れました」

「すると、やはり教主は……」

「昨夜の十二時過ぎ、彼があのビルを抜け出していったのは確かなようです」

野々村は覇気《はき》のない顔を伏せた。

「やはりあの時……」

「ところで、あなたが昨夜ビルを出たのは何時頃のことだったのですか」

「私は——」

ちょっと言葉を詰まらせてから、野々村は答えた。

「あのあと——エレベーターが動くのを見たあと、すぐに。十二時十五分頃でしょうか」

「ほう。じゃあその時、玄関の受付には誰もいなかったんじゃありませんか」

「ああ、そう云われてみれば……」

「あ、あの人だわ」

と突然、弓岡妙子が喚きだした。

「あの人が殺したのよ。やっぱり、あの人は死んじゃいなかったのよ。やっぱりまだ生きてるんだわ！」

「弓岡君？」

野々村が彼女の顔を覗き込んだ。眼鏡の中の目をおどおどと動かし、耳をふさぐように両腕で頭を抱え込みながら、弓岡は甲高い声で言葉を続ける。

「あの死体……ああ、会長……ばらばらにされて……仕返しされたのよ、あの人に」

「弓岡さん」

尾関が云った。

「落ち着いてください。気を鎮めて」

「あの人よ。刑事さん。犯人はあの……」

「あの人とは誰なんです。誰のことを云ってるんですか」

「……光子様。彼女が殺したんだわ」

「光子？　貴伝名光子は二ヵ月前に死んでるんですよ」

「生きてるわ！　生きてるのよ。だから会長はあんな……」

そこでふっと口を閉ざし、急に力が抜けたようにまた彼女は顔を伏せてしまった。屋上での失神といい、かなり神経が参っているようだな、と叶は思った。

と、そこへ――。

「おい！　尾関君、明日香井」

二人の背後から、多田の野太い声が飛んできた。

「ちょっと来てくれ」

「あ、はい。——野々村さん」

と、尾関は事務局長に目を向け、

「もうしばらく待っていてください。弓岡さんを頼みます。ちょっとしたヒステリーだと思いますが。帰りは誰かに送らせますから」

そうして尾関と叶が駆けつけると、多田はいやに興奮した面持ちで、二人をいったん玄関の外へ連れ出した。野々村たちには聞かれたくないらしい。

「公安の話を聞いた」

曇り空に向かってずんと一度背伸びをしてから、多田は云った。

「別件の張り込みというのは——これは口外しないようにな——、何でも海外逃亡していたある過激派セクトの幹部が、ひそかに国内へ戻ってきていて、そいつがこのマンションの住人の一人と接触するという情報が入っていたらしいんだ」

「マンションの住人に？」

驚いて、尾関が訊く。

「誰ですか、それは」

「四階に住んでる荒木《あらき》治《おさむ》って男らしい。だがそのこと自体は、こっちの事件とは直接的な関係はない。

とにかくそれで、公安一課の刑事が二人、昨夜の十一時頃からずっとこの前の路上で張り込んでたわけだな。今、その刑事の一人と話をしたんだが……」

「ずっと、ですか」

と、尾関が聞き直した。

「ずっと、朝まで張り込みを？」

「そうだ。朝になって、パトカーがやって来た時には驚いたそうだ。それが自分たちのヤマとは関係ない殺しだと知って、愕然《がくぜん》としたとさ。そいつはまあ、そうだろうな。――で、これじゃあ過激派幹部の接触どころじゃないと、いったん引き上げたわけだが、もしかしたらこっちの捜査の役に立つかもしれないと思って、わざわざ俺に連絡してきてくれた」

「そりゃあ警部、役に立つどころじゃないでしょう」

尾関が勢い込む。

「昨夜一晩、前の路上で門を見張っていたんだとしたら……」

「当然、貴伝名剛三が、生きた状態でか死体になってか知らんが、このマンションに運び込まれた時も、連中は門を見ていたことになる」

多田はポケットから探り出したガムを、二枚いっぺんに大きな口へ押し込んだ。

「さて、それでだ、昨夜十一時から今朝までの間にここから出入りしたのは、連中によれば二台の車だけだったというんだな。一台は零時四十五分頃に出ていき、四時半頃にここへ戻ってきた。もう一台は前の車のすぐあとに出ていったきり、戻ってはこなかった。これは赤いスターレットで、運転者は若い女だったらしいが、とりあえずこっちは、戻ってこなかったんだから問題外だ。

で、戻ってきた方の車は、青いフォルクスワーゲン・ゴルフだった。ナンバーも控えてある。運転していたのは若い学生風の男。どうだ？」

「あっ」

叶が声を洩らした。

「じゃあ……」

「貴伝名光彦だ」

多田は云った。

「とにもかくにも、昨夜ここから出ていって戻ってきた人間はあいつ一人しかいなかったっていうのさ」

## 13

被害者貴伝名剛三が照命会本部ビルを抜け出したと思われるのが、昨夜零時過ぎ。そのあと零時半頃、彼は光彦の部屋に電話をかけてきて、横浜へ呼び出した。それに応じて光彦がレジデンスKを出ていったのが、零時四十五分。二時過ぎには、彼は横浜のスナックを訪れたと云っている……。

叶は、これまでに入手した情報を改めて頭の中で整理した。

……剛三の死亡時刻は零時から四時までの間。この間にどこかで彼は殺され、首と左腕を切断された。今朝六時には、その死体はレジデンスKの屋上で、管理人の諸口昭平によって発見された。

一方、昨夜十一時から今朝パトカーが駆けつけるまでの間、公安の刑事が二人、このマンションの門を見張っていた。そして、彼らがその間に出入りを目撃したのは、光彦のゴルフと若い女の運転するスターレットだけだったという。敷地を高い塀で囲まれたこのマンションには、彼らが見張っていた門しか外部に通じる道がない。

深く考えるまでもない。答えは明白であるように思われた。

スターレットの女は――恐らくこれが、さっき云っていた光彦の恋人なのだろう――、出ていったきり戻ってきていない。そしてそのあと、外からマンションへ入っていったものが光彦のゴルフだけであった、と刑事たちが証言する以上、貴伝名剛三もまたその車に乗っていたとしか考えられないではないか。でなければ、現に今朝、彼の死体がこのマンションの屋上にあったことの説明が不可能になってしまうのだ。

刑事たちは、車の中に、運転者すなわち光彦の姿しか認めていない。ということは、剛三の身体はその時、外からは見えない場所にあった——死体となって後部座席に積まれていたという話になる。

その他の可能性も、まったくないわけではない。彼らの目の届かないところから——例えば南側の塀を乗り越えて剛三が敷地内に入った、あるいは運び込まれた、という可能性だ。しかし、この考え方には決定的なキズがある。

昨夜、公安の刑事たちが徹夜でマンションの門を見張っていたことは、犯人にしてみればまったく予期せざる偶然だったのである。刑事によって門からの出入りがチェックされていることを、犯人は（当然ながら剛三も）知らなかったはずなのだ。なのにどうして、わざわざ門を回避して忍び込む必要があるだろう。

そう考えると、やはり答えは一つしかない。剛三の死体は光彦の車によって運び込まれたのだ、という……。

多田と尾関のあとを追って、建物の中に駆け込む。まず最初に見にいかなければならないのは、一階のガレージにあるはずの光彦の車だった。

開放されたままのオートロックのドアを抜け、ガレージへの通用口へ向かう。エレベーターホールの奥の廊下を折れた突き当たりだ。

通用口のドアは、これもまたオートロックシステムが採用されているのだが、内側からだとキーがなくても開くことができる。

ドアを開け、閉まってしまわないよう、手近にあった消火器を隙間にかませる。そうして三人は、薄暗いガレージの中に目的の車を探した。

「あれだ」

と多田が指さし、ガレージの奥へと向かった。そして、手帳のメモと車のナンバーを照合する。

「間違いないな」

5《ファイブ》ドアのフォルクスワーゲン・ゴルフ。くすんだ青いボディはかなり汚れていた。

窓から車内を覗《のぞ》き込み、不審なものがないか調べてみる。あまり車の手入れには気を遣わないたちらしく、ダッシュボードの上やフロアには、紙屑や煙草の空箱が散乱している。

「――あれは？」

後部座席のフロアに黒いビニールシートのようなものを認め、叶が注意を促《うなが》した。よく見てみると、その端から、何やら黒っぽい棒状のものがはみ出している。

「クサいな」

と云って、多田が運転席のドアに手をかける。が、ロックされていて開かない。他のドアも同様だった。

ハッチバックのドアも試してみたが、これも開かない。

「無理やりロックを外す手もあるが」

と呟いてから、多田は叶に顎をしゃくった。

「明日香井。上へ行って、すぐに光彦を呼んでこい。詳しい事情はあとで云えばいい。もちろん車のキーを持たせてな」

14

六階の奥、603号室のドアをノックすると、すぐに光彦が顔を出した。

「やあ、さっきの刑事さん」

ルージュの跡が付いた白いTシャツは、もう着替えている。黄色い横縞《よこじま》の入ったポロシャツ姿だ。

「何ですか。何か新しい証拠でも出てきましたか」

屈託なく訊いてくる彼の様子は、叶の頭の中ではどうしても、あのむごたらしい殺しの犯人像とは合致しなかった。だが、そういったイメージよりも論理を優先させるべきだということぐらい、百も承知している。

「突然ですが、すぐに下のガレージまで来てほしいんです」

極力無表情な声を作って、叶は云った。

「あなたの車のキーを持って、一緒に来てください」

「僕の車の？」

光彦は怪訝《けげん》そうに眉をひそめた。

「何でまた」

「来れば分かります」

「しかし」

と云いかけて、光彦は小さく肩をすくめ、

「分かりましたよ」

下駄箱の上に置いてあったキーホルダーを取り上げた。

「どうやら、僕のことを本気で疑いはじめてるみたいですね」

「いや、そんなことは……」

「顔に出てますよ。さっきから、じろじろと僕の態度を観察してる」

「………」

「行きましょう。変に抵抗して、犯人扱いされちゃたまらない」

＊

光彦が何か云おうとする前に、キーを受け取った尾関が車の運転席のドアを開けた。腕を突っ込み、その後ろのドアのロックを外す。

「ねえ、刑事さん。いったい僕の車が、どうしたって……」

「これは何ですか」

鋭い声で光彦の抗議を遮り、尾関が訊いた。後部ドアを開け、フロアを指さす。

「――？」

そこにある黒いものに目をやり、光彦は言葉を失った。

「まさか、心当たりがないと？」

手袋をはめた尾関が、身をかがめてフロアへ手を伸ばす。そうして引っぱり出されたものは、やはり黒いビニールシートだった。

「ほら」

と、さらに尾関は、シートを取り去ったあとのフロアに注目を促す。

「こいつは何です？」

「――そんな」

光彦が掠れた高い声を上げた。

「そんな馬鹿な！」

茶色い柄の付いた三本の〝道具〟が、そこには転がっていた。ビニールシートを脇に置き、尾関がそれらを拾い上げる。

「刑事さん、これは何かの……」

「間違いだと？　あんたの車だよ」

凄《すご》みのある太い声で、多田が云った。

「し、しかし……」

「ハンマーに肉切り包丁、それから、こいつは折りたたみ式の鋸ですね」

云いながら尾関が、それらの品を慎重にシートの上に並べる。

「——血が付いてる」

確かに二本の刃物、それぞれの刃には、何か赤黒い塊《かたまり》がこびりついていた。

「まだ何かありますよ」

と、叶が車内を覗き込んだ。

「あれは？」

「ふむ」

尾関が上半身を中に乗り込ませる。すぐに彼は、細長く膨らんだ黒い袋を取り出してきた。ゴミ用のポリ袋である。

「困ったことになりましたね、光彦さん」

と云って、尾関はその袋を示した。

「こりゃあ、ちょっと云い逃れできませんよ」

「——馬鹿な」

光彦は顔色を蒼白に変えて、自分の車から発見された品々に視線を落としている。

「そんな、馬鹿な……」

尾関が、しっかりと結ばれていた袋の口を開く。袋は二重になっていた。さらに開かれた内側の袋の中から現われたのは……。

「わっ」

予想はしていたものの、実際にそれを目にするや、叶は思わず声を上げて胸を押さえた。黒い袋の口からにゅっと突き出てきた、土気色《つちけいろ》の人間の腕。

「明日香井。鑑識を呼んできてくれ。まだ上にいるはずだ」

と、多田が命令した。そして彼は、口を半開きにして目を見張ったままでいる光彦に向かって、

「悪いが、署までご同行願えますかな。話はそっちでゆっくりと聞きましょう」

「…………」

光彦の反応を見る暇もなく、叶はガレージの通用口に向かって駆けだした。消火器が挟まれたオートロックのドアから廊下へ滑り込む。

角を折れ、エレベーターホールに飛び出す。――と、勢い余って、ちょうどエレベーターの扉の前に立っていた人間にぶつかってしまった。

「きゃ！」

悲鳴を上げて、相手が尻餅をついた。

「あ、すみません！」

相手は若い女性だった。イエローグリーンの長いスカートに、大きな黄色い花模様の入った半袖のブラウスを着ている。

「大丈夫ですか」

「――ええ」

叶よりも一、二センチ低いくらいの背丈である。肩まで伸ばしたストレートの髪を揺らせて、女は一人で立ち上がった。

「どうもすみません。あの、慌ててたもので……怪我はないですか」

「大丈夫です」

と答えて、女は叶の顔を見た。色白で、ちょっと垂れた目許が愛らしい美人である。ふっくらとした唇が、ローズピンクのルージュで鮮やかに彩《いろど》られている。

「あっ」

とその唇から、何やら驚いたような声が洩れた。

「あなた……」

一直線にこちらを見つめたまま、視線をそらそうとしない。

「どうかしましたか」

どぎまぎして叶が訊くと、女は不思議そうに目をぱちぱちさせて、

「明日香井さん？」

「は、はあ」

「どうしてこんなとこに？」

「………」

何故相手が自分の名を知っているのか、叶にはまるで分からない。

「あのう、あなたは？」

失礼かなと思いながらも、そう尋ねるしかなかった。

「やだ」

女はちょっと頬を膨らませ、

「そんなにわたし、変わったかな」

「どこかでお会いしたこと、ありましたっけ」

「ええっ？」

と、女は心外そうに叶を睨みつけ、

「むかし付き合ってた相手の顔、そんなに簡単に忘れないで」

（むかし付き合ってた？）

そう云われても、いっこうに心当たりはない。

「ええと、あの、その……」

途方に暮れる叶の様子を見て、相手も何となく妙に思えてきたらしい。小首を傾げながら、

「明日香井さん、なんでしょう？」

と確認してきた。叶は頷いて、

「はい。明日香井です」

「今年の十二月で二十七歳？」

「そうです」

「まだ大学生してるんでしょ」

「はあ？　いえ、仕事は刑事です」

「刑事？　そんな……」

女は目を丸くして、

「名前はキョウっていいますよね？」

「キョウです」

「響くっていう字の『響』……」

「あ、そうか」

ようやくそこで、叶はこのすれちがいの真相に気づいた。

「あのですね、僕の名前はキョウですけど、字が違うんです。叶《かな》うっていう字の『叶』なんです」

「カナウ?」

「ロヘンに十という字です」

「そんな。じゃあ……」

「響くの『響』は、僕の兄貴の名前なんですよ」

「お兄さん?」

「紛らわしくってすみません。あなたが知っているのは、京都でまだ学生をやってる、僕の双子の兄のことでしょう」

唖然《あぜん》とする女に向かって、今度は叶が質問した。

「ところで、失礼ですけど、あなたのお名前は?」

「あ……はい。わたし、岬映美といいます」

「ここにお住まいですか」

「いえ、友だちがここに住んでて……。あの、明日香井——刑事さん、どんな事件があったんですか。外はパトカーでいっぱいだし、わたしびっくりして」

「人が殺されたんです」

「…………」

女――岬映美の顔がこわばった。その口許に目を注ぐうち、叶の頭にある連想が浮かんだ。ローズピンクの唇、ローズピンクのルージュ――貴伝名光彦のシャツに付いていた汚れ……。

「ここへは車で？」

と、叶はさらに尋ねた。

「はい、そうですけど」

「もしかして、乗っておられるのは赤いスターレットじゃありませんか」

映美は不安げな表情で、その問いに頷いた。

## 明日香井叶のノートより（2）

［検視および死体発見現場・証拠品等の鑑識結果］

○被害者氏名　貴伝名剛三
年齢　五十歳
住所　神奈川県S市＊＊町九十二番地の三
出身地　大阪市
職業　宗教法人〈御玉神照命会〉会長・教主

○死体所見
死因は頭蓋骨陥没《ずがいこつかんぼつ》骨折および脳挫傷《のうざしょう》。後頭部に、鈍器による挫創《ざそう》が二箇所。死後、頭部および左腕部を切断。それぞれの切断面の状態は、各部ともに一致している。検出された血液型はＡＢ型で、これもそれぞれ一致。すなわち胴部、頭部、左腕部は同一人物のものに間違いない。

死亡推定時刻は、八月十六日午前零時三十分から午前三時の間。

○凶器

貴伝名光彦の車から発見されたハンマーおよび肉切り包丁、鋸。後頭部の挫創との照合、頭部・左腕部の切断面との照合、凶器に付着していた組織片・血液の鑑定により証明される。

なお、これらの刃物の入手経路の確認は取れていない。

○指紋、その他

凶器および死体の頭部・左腕部が入っていた袋、貴伝名光彦の車にあったビニールシートから、不審な指紋は、光彦のものも含め、採取されていない。死体発見現場付近においても、有力な手掛かりとなる指紋・足跡・毛髪の類は発見されず。

また、被害者が着用していたはずの衣類の行方は不明のままである。

# Ⅲ　明日香井家における事件の再検討

## 1

黒いスリムのジーンズに同じく黒のフレンチTシャツ。肩よりも長く伸ばした髪。薄く鬚《ひげ》に覆《おお》われているせいで、必要以上に顎の線が細く見える。

「どうしたんだい、また」

久しぶりに会う兄の風体に、明日香井叶は呆《あき》れた声で云った。

「そのムサい格好。ヒッピーじゃあるまいし」

「ヒッピー？　そんな死語は使うなよ。年を疑われるぜ」

と、兄は額にうちかかった髪を掻き上げ、

「ファッションに安易に迎合《げいごう》するのは嫌いなのさ」

「去年会った時は、上から下までＤＣブランドでキメてたくせに」

「あれはあれで、一つの研究だったんだ」

「研究？」

「ああ。服飾流行における深層社会心理。さもなきゃあ、服に高い金を使うなんて愚かなことはするもんかい」

「どうせ親父のスネかじりだろ」

「投資投資。現代の哲学者は、腹をすかしていちゃあ生まれないんだよ」

明日香井響《きょう》、二十六歳。明日香井叶とは同年同月同日生まれの、つまり双子の兄弟である。

身長百六十五センチ。警察学校で鍛えられた分、叶の方が若干筋肉がついてはいるが、基本的にはよく似た華奢な体格。一卵性双生児だから、顔立ちもそっくりだ。ただ、その内面性にはかなりの相違があった。

だいたい一卵性双生児というのは、もともと一個であった受精卵が二つに分かれてできたものである。当然両親から受け継いだ遺伝子はまったく同一であり、従って、体格や顔立ちといった外形だけでなく、才能や気質といった点においても同じ資質を持つはずなわけだ。ついでに云えば、生まれた時間も非常に接近しているのだから、例えば占星術で占ってみてもほぼ同じような運命の下に生きるという結果が出てくる。

そういった通念を見事に裏切った事例が、この兄弟だといえる。彼ら二人のバイオグラフィを分析することによって、教育学の論文が一本書けそうなほどである。

二人の生い立ちについては機会を別に譲るとして、さしあたり現在の彼らを比べてみるだけでも、その違いは明らかだろう。

三十分違いの弟、叶は、惚れた女性のために志望変更したからとはいえ、とにもかくにも警視庁の刑事。どちらかというと生真面目《きまじめ》で堅実な、努力型の人間である。若くして結婚。愛妻家をもって自任し、今は早く子供が欲しくてたまらない。

兄の響はといえば、父親のような実業家にはなりたくないという点では弟と同じだが、叶が理系の中堅私大へ進んだのに対し、大学は京都の某有名国立大の文学部に二浪の末合格、哲学科に籍を置く。一年間の休学と二度の留年を重ねて、現在六回生。今年もまだ、卒業・就職の話は聞かない。

哲学者になるのだ、というのが響の、高校時代以来一貫した意思表明である。どこまで本気なのかは分からない。ほとんどギャグのつもりで云っているようなふしもある。一応その言葉どおり哲学科に入ったはいいが、真面目に学問にいそしんでいる様子はまるでない。単に好き放題な生活を送っているとしか、弟には見えない。

「それにしても、その格好はないよ」

ソファにもたれ込んだ響の姿をしげしげと見ながら、叶は云った。

「いまどきそんな長髪……ヘヴィメタ少年じゃあるまいし」

「あいにくだね」

響はちろりと舌を出す。

「実は今、向こうで"ULYX"っていうヘヴィメタのバンドをやってるんだ」

「…………」

昔からの響の性癖で、少しでも興味が湧けば、どんなことにでもほいほいと手を出してしまう。それでなおかつ人並み以上にこなしてしまうのだから大したものではあるのだが、さすがにここで「ヘヴィメタ」というのには、叶も開いた口がふさがらなかった。

「まあ、それはともかく」

弟の反応を別段気に留めるふうでもなく、響は云った。

「とんだ偶然もあったもんだな」

八月十九日金曜日、夜。所は、M市にある明日香井叶の自宅——結婚の際に深雪の親がポンと買ってくれたマンションのリビングルームである。

昨夜電話で、響から連絡があった。札幌の実家からで、明日こちらを発つのだけれども、途中東京で一休みしたいからそっちに泊めてくれ、ということだった。

その時に叶は、十六日の事件について簡単に話して聞かせた。そうして、現場のマンションで出会った岬映美という女性のことを尋ねてみたところ、彼は確かに、その名前を知っていたのだった。

「いきなり間違われて面喰らっただろう。まあ、驚いたのは彼女の方もおんなじだったろうけど」

にやりと歯を見せ、響は云った。

「しかしよりによって、お前の担当した事件の被疑者が、彼女の恋人だったとはねえ。しかも、その事件が起こった三日後に、僕がこっちに立ち寄ることになったわけか」

「何で今頃、札幌へ帰ってたんだい？　学生なんだから、何もこんな混雑した時期に動かなくってもいいのに」

すると響は、苦虫《にがむし》を噛み潰したような顔で、

「ミヤコバアちゃんじきじきのお呼びだったんだ」

と答えた。

「お祖母《ばあ》ちゃんの？」

「いつまでも京都でぶらぶらしてるが、いったいどうするつもりなんだ？　ってね。昔から、あのバアちゃんにだけは頭が上がらないからなあ」

「確かに」

と、叶は笑いをこらえる。

二人の父方の祖母、明日香井ミヤコ。当年八十九歳だが、いまだ体力・気力ともに旺盛《おうせい》。誰が何と云おうと、明日香井一族最大の権力者なのである。

「で、何て云い訳してきたんだい」

「まあまあ、その話はなしにしようや。やっとの思いで逃げ出してきたんだ」

「ふうん。――じゃあ」

と、叶は話を元に戻した。

「彼女――岬映美って子、むかし兄貴と付き合ってたって云ってたけど、本当なのかい」

「ああ、一応ね」

「自分に兄弟がいるってことぐらい、話してなかったの？」

「話してたさ。ただ、双子だとは云ってなかった。別に自慢することでもないし」

「大学の関係で知り合って？」

「まあ、その辺だな」

「いつ別れたんだい」

「一年半前」

「理由は？」

「お前ねえ、実の兄弟をこんなところで尋問するんじゃない」

「彼女、今はこっちでＯＬやってるらしいけど、そのことは知ってたの？」

「いいや」

ソファの背にもたれたまま、響はちょっと複雑な表情を見せた。

「気にはなってたんだがな。急に、何も云わずに京都からいなくなっちまったから」

「ふうん。——けど、本当に偶然っていうのは重なるもんだね」

「偶然、か。ふん」

呟《つぶや》いて、響は煙草をくわえた。叶と違って、彼は一日六十本を消費するヘヴィースモーカーである。

「ま、そんなもんさ、〝事件〟っていうのは。前から考えてるんだがね、この世の中には、絶対的な意味での〝必然〟なんてものはない。そもそも人類の存在自体が、大いなる偶然の産物なんだ。どんな必然も、多くの偶然の上に成立する。ユングの〝シンクロニシティー〟の概念を検討する以前に、云ってみれば〝偶然〟こそがすべての出来事の基本要素なのであり……」

それは、叶にしても賛成するところだった。刑事としてさまざまな事件を捜査するようになって、なおさらそのことを実感する。

事件が発生する。捜査が行なわれる。犯人が捕まる。そうして必ず、刑事たちの間で交わされる言葉——「もしもあの時ああいうことがなければ、こんな事件は起こらなかっただろうに……」。

ちょっとした偶然、いくつかの偶然、あまりの偶然……それらがなくしては、どんな事件もドラマも起こりえないのだ。

「……さて、そこで、だな」

あっと云う間に吸いおえた煙草を灰皿に捨て、響は云った。

「こういった偶然に見舞われた以上、ここは僕が、この犯罪ドラマに参加しない手はないと思うわけなんだが」

「参加？」

叶は、取り澄ました兄の顔を見直した。

「どういう意味だい」

「事件の捜査に加わりたい」

「そ、そんな無茶な」

「別に捜査本部に入れろってわけじゃない。僕が、この頭で考えてみたいってことさ」

「しかし、そりゃあ……」

「これでも、お前のやってる商売に関してはうるさい方なんだ。昔、ちょっと凝《こ》ったことがあるものでね」

「凝ったって……兄貴も刑事になろうとか？」

「まさか。本格推理小説における探偵論理の実践的利用可能性について、さ。それに」

と、響は澄ました顔で新しい煙草をくわえ、

「岬映美――彼女のことも気に懸かるしな」

「昔の恋人のために、一肌脱ごうってわけかい」

「そういう云い方もできないことはない」

「ふーん。意外だなー」

キッチンから、妻の深雪がやって来た。

「ヒビクさん、女嫌いなんだとばかり思ってたのに」

きっちり二人の会話を聞いていたらしい。紅茶とケーキを載せたトレイをテーブルに置き、自分もソファの一つに腰かける。

「でも、そうよねえ。考えてみたら、カナウ君とは双子なんだもんね。女嫌いのはずはないか」

表情豊かに喋《しゃべ》る深雪は、水色のエプロン姿にポニーテール、黒眼がちの大きな目が印象的な美人だけれども、二十四歳の人妻といった雰囲気はまるでない。どちらかといえば、いまだ幼い、少女の面影《おもかげ》の方が強い。

「少しは僕のこと、男性として意識してくださいましたか」

と、響が冗談っぽく云う。深雪はくすっと小さく笑って、

「そんなこと云ったら、泊めてあげないわよ。ね、カナウ君」

響と叶、双子の兄弟に同じ発音の名前を付けたのは、先ほど話に出た明日香井一族のボス、明日香井ミヤコの稚気《ちき》だった。

以前から彼女は、最初の孫の名前は、男の子でも女の子でも「京」にしようと考えていたのだという。ところが生まれたのが双子だった。このどちらかに「京」の名を付けるのは差別になると思い、結局「キョウ」という音だけを取って「響」と「叶」に決めたのだそうだが、紛らわしいので、家族や親戚、二人の共通の友人たちは、響を「ヒビク」、叶を「カナウ」と呼び分けている。

「いただきます」

と云って、響がティーカップに手を伸ばす。砂糖もミルクも入れずに一口含み、

「ふん。いいねえ」

「何が」

と、叶。響は深雪に向かって、

「フォートナム&メイスンのキーマン？」

「そう」

と、深雪はいささか驚いた顔である。

「何が何だって？」

首を傾げる夫に、

「紅茶の銘柄よ。ふーん。ヒビクさん、通なんだ」

「兄貴、コーヒー党じゃなかったの」

叶が云うと、

「今年の二月に、ちょっと凝ってね。ありとあらゆる銘柄を集めて味を比べてみた」

相変わらず澄ました顔で、長髪のヘヴィメタ青年は紅茶を啜《すす》る。——と。

「カナウ、お前はどう思ってるんだ？」

唐突に真面目な目を向けて、響は訊いてきた。

「僕は、別に紅茶の味は何でも……」

「違う違う。事件の話さ」

「あ？——ああ」

「率直な意見を聞きたいね。岬映美の恋人——貴伝名光彦っていう名前だったっけ——、彼が本当に事件の犯人なのかどうか」

「ううん……」

叶は、即座には答えあぐんだ。

事件発生から今日で三日。重要参考人として任意出頭を求められた光彦には、すでに昨日逮捕状が執行されていた。

動機の面でも証拠の面でも、彼が貴伝名剛三殺しの犯人であることは明らかだ。が、改まって問われてみると、絶対の自信を持って頷くことにいくばくかのためらいを覚えた。

「じゃあ、とにかく——」

返事を待たずに、響は吸いかけの煙草を揉《も》み消しながら云った。

「詳しいところを聞かせてくれないか、事件と捜査の状況について」

2

「……というわけでね、この公安刑事たちの証言からしても、犯人は光彦以外に考えられない。さらに、彼の車から見つかった包丁と鋸、切断された左腕といった物証によって、容疑は決定的となったんだ」

ひととおりの話を聞きおえると、響は渋い顔で煙草をくわえながら、

「いま光彦の身柄は？」

と訊いた。

「逮捕、拘留中さ」

「自白は？」

叶は小さく横に首を振った。

「全面否認を続けている」

「四十八時間以内に送検だろう？」

「うん」

「自白が取れなくってもか？」

「これだけ証拠が揃ってりゃあね。捜査本部じゃあ、うたうのも時間の問題だろうって見てるよ」

「うたう、か」

響は上を向いてふうっと煙を吐き出した。

「すっかり職業用語が身に付いちまって。喋り方も何となくそれっぽくなってきたな、明日香井刑事」

「そう思います？」

と、横から口を挟んできたのは深雪である。何やら嬉しそうに顔をほころばせながら、

「近くにいると分かんないのよね。刑事さんになったものの、全然それらしくないように見えるんだけど。良かったたね、カナウ君」

「――ああ、うん」

「刑事の妻として、あたし、殉職《じゅんしょく》も覚悟の上だから」

「うんうん」

殉職だけは勘弁してほしい、と思いながらも、叶は適当に頷く。この種の深雪の盛り上がりに対しては、下手に抵抗しないのが一番なのである。

「確かにな」

と、響が呟いた。「殉職も覚悟」という深雪の言葉への相槌《あいづち》のようなタイミングになったことに気づいてか、すぐに、

「いや、事件の話がだよ」

と付け加える。

「いま聞いた限りじゃあ、確かに、犯人は貴伝名光彦以外にはありえないように見える」

「だろう？」

「光彦自身はどんな釈明をしてるんだい」

「だから、最初に僕らの前で云ったとおりのことさ。電話で呼び出されて横浜の〈ボレロ〉まで行ったが、店は閉まっていた。店の前でしばらく待ってみたが、剛三は来なかった。そのあと、途中で深夜喫茶に寄ってから部屋に帰った。従って、剛三とはその夜会ってさえいない……」

「〈ボレロ〉は本当に閉まってたのか」

「うん。ただ、店の前に彼が立っていたのを目撃した人間が、二人ほど見つかってはいる。午前二時過ぎのことだよ」

「深夜喫茶の方は調べたのか」

「もちろん。けど、光彦が一人で寄ったことをはっきり証明できる店員はいなかった。それらしき客があったような気もする、っていう程度でね」

「車の中にあった品物については、どう云ってるんだい」

「まったく心当たりがない、の一点張り」

「しかし、ロックされた車内から出てきたんだろう？　その点について、何か弁解はないのか」

「誰かが、自分に疑いを向けさせるためにやった工作だとしか考えられない、と云ってる」

「ふん」

響は不精鬚《ぶしょうひげ》を撫でながら、

「まあ、車のドアのロックぐらい、その気になればいくらでも外せるもんだけどな」

「でも、かなり難しいだろう」

「道具があれば簡単なもんさ。L字形に曲がった針金みたいなやつをね、窓とドアの隙間に突っ込んで……。ちょっとコツが要るけれども、練習すれば何秒単位の速さで開けられるようになる」

「そんなに速く？」

「ああ。カー雑誌の通販広告なんかで、専用の道具も売られてるよ。悪用しないでください、っていう注意書き付きで」

「それも、凝ったことがあるとか？」

深雪が茶々を入れる。響は苦笑して、

「自分の車で実験してみたことがあるだけ」

と答えた。

「――で、刑事さん。それはそれとして、警察じゃあ、光彦が犯人だと見なした上で、どんなふうに事件の真相を組み立ててるんだい」

「それは、だいたいこういうところだね」

と、そして叶は、今日の捜査会議で再確認された光彦＝犯人説による事件の輪郭を、簡単に話して聞かせた。

まず、動機は二つ考えられる。

一つは、光彦自身も認めているように、母光子が死んだ事件の犯人が剛三であると信じ、強い憎悪を抱いていたこと。

もう一つは、剛三の死によってまわってくる照命会教主の地位。教団に対する興味はまったくないと本人は云うが、多大な権力と財産が付随してくる教主の座は、現実問題としては相当に魅力的なはずだ。

こうして、光彦の義父に対する殺意が固まりはじめていたところへ、事件の夜、剛三からの呼び出しがあった。――こう考える場合、剛三殺しは計画的な犯行ではなく、多分に突発的なものであったということになる。

十六日の午前零時四十五分、呼び出しに応じ、光彦は車で待ち合わせの場所に向かった。

ただし、それは〈ボレロ〉ではなかった。どこか別の場所で剛三と落ち合い、彼を殺したのだ。口論の末、激昂《げっこう》して行なってしまったことなのかもしれないし、あるいは、待ち合わせ場所へ向かう途中で犯行を決意したのかもしれない。

そうして光彦は、剛三の死体を車の後部座席に転がし、ビニールシートをかけて隠した上で、〈ボレロ〉に向かった。店に顔を出し、あとでその時間の自分の行動を説明するためである。ところが、あいにく店は盆休みで閉まっていた。

時間関係から見て、死体の切断はその帰り道、本人が深夜喫茶に寄っていたと云っている時間帯に、屋外の、どこか人目のない場所で行なわれたと考えられる。そのあと、午前四時半にマンションに帰り着いた光彦は、死体を給水塔の中に隠すため、屋上へ運んだ。

以上のような突発犯行説とは別に、計画犯行説を主張する者もいる。

それによると、光彦は以前から、事件当日の深夜に剛三と会う約束を取り付けていた。すると、事件当夜に光彦にかかってきた電話は、剛三による突然の「呼び出し」ではなかったことになる。例えば、待ち合わせ場所の確認とか、剛三が無事に〝お籠もり〟を抜け出したことの報告とか、そういった連絡だった。ところがその時、恋人の映美が近くにいたので、あたかも「呼び出し」であるかのようにふるまった。あるいは、あらかじめ映美が部屋に来ていることを想定した上で、光彦が剛三にかけさせた「偽の呼び出し電話」だったのかもしれない。

そのあとの光彦の行動は、ほぼ突発犯行説の場合と同じである。ただ、この説の強みは、光彦の車に積んであった凶器やシートなどが、あらかじめ用意されていた道具だったと見なせる点にある。突発的な犯行だとすると、どうしてもその点の説明が曖昧になるからだ。

「……というようなことだね。自白が取れない以上、細部については適当に想像するしかないわけだけど」

叶の言葉が途切れると、響は長い髪の毛に右手の指を埋めながら、

「なるほどねえ」

溜息《ためいき》を落とすような声で云った。

「聞いてみると、人を一人逮捕するにしては、何ともお粗末《そまつ》な捜査内容なんだな」

「そう思うかい」

「思うも何も」

響は細い肩で大袈裟《おおげさ》にシュラッグしてみせた。

「今の話を聞いて、日本の警察に対する信頼がますます揺らいできたな。なるほど、公安刑事の証言とかね、ある意味では光彦イコール犯人が唯一無二の答えと見えるけれども、他の点じゃまるで詰めができてない」

「――うん、まあ」

叶は頷かざるをえなかった。というのも、響を相手に説明するうち、自分もだんだんと何

となく居心地の悪い気分になってきていたからである。つまり、捜査本部による事件の再構成の曖昧さ加減が、改めて気になりはじめたということだ。

「本当に光彦が犯人なのかどうか。こりゃあ、かなり疑問に思えてきたな」

響は真顔で云った。

「具体的に問題点を挙げてみようか。

まず最初の突発犯行説については、お前も云ってたけど、包丁や鋸といった品物をどうやって手に入れたのか、ということ。深夜にそんなものを買える店はないだろうし、たまたま車に積んであったなんていうのはあまりにも偶然、というよりご都合主義的すぎる。

一方の計画犯行説にしても、どうして光彦は決行の夜に恋人を部屋へ呼んでいたりしたのか、ってことが大きな問題になる。それが、例えば自分のアリバイ工作に必要だとかいうのであればともかく、実際のところ岬映美は、単に光彦が夜中に外出したことを証明する役割しか果たしていない。これはむしろ、光彦にしてみればありがたくない証言のはずだ。今の話にあった『偽の呼び出し電話』説にしても、意味がない。そんなことをしても、光彦にとって何もメリットはないだろう。

それから、何だって光彦は、剛三を裸にした上、首や腕を切ったりしたのか。どっちの説を採るにしても、この問題があるな。——そういえば、その後、被害者の衣服はどこかで発見されたのかい」

「見つかってないよ」

「ふん。ま、いくらでも始末の方法はあるよな」

響はちょっと息をついてから、

「普通、服を剥いだり首を切ったりするのは、被害者の身元を分からなくするためだろう。身元の判明が遅れれば、それだけ捜査も停滞する。ところが、じゃあ何故光彦は、その死体を、自分の住んでいるマンションへわざわざ持ち帰るなんていうまねをしたのか。どこか別の場所へ捨ててくればいいものを、どうして屋上の給水塔なんてところへ運ぶ必要があったのか。

それだけじゃない。苦労して切り落とした首を、何で彼は同じマンションの廊下なんかに放り出しておいたのか。一刻も早く処分してしかるべき腕や凶器を、どうして車の中に置いたままにしておいたのか。

殺人を犯したあとの人間の心理が、往々にして非常に不可解な行動に結びつくことがあるのだとしても、こりゃあいくら何でも不可解すぎる。自分で自分の首を絞めるために行なったとしか思えない。

どう考える？　カナウ」

「確かに」

とまた、叶は頷くしかなかった。

こういった問題は、もちろん捜査本部でも取り沙汰されている。しかし、いずれ光彦の自白によってすべては説明されるだろう、というのが刑事たちの観測なのだった。それに――。

「首や腕を切ったことに関しては、こういう説もあるんだよ。つまり、母親の復讐《ふくしゅう》だっていう……」

「ふん。光子が列車に轢かれてばらばらにされたから、同じような目に、遭、わ、せ、て、や、るってわけかい」

「そういうことだね。それから、云い忘れてたけど、実は本部ビルのペントハウスで妙な手紙が見つかってるんだ」

「手紙？」

「うん。剛三宛の封書で、中身は『次はお前の番だ』っていう一文だけ。これが、書斎の屑《くず》籠《かご》に捨ててあった」

「差出人は？」

「不明だよ。筆跡もごまかしてあった。消印は六月三十日。S市内で投函《とうかん》されたものだ」

「ふうん。それも、光彦が出したのだと？」

「本人は否定してるけど、そういう意見が多いよ。つまり、この前は光子がお前に殺されたが次はお前自身が殺される番だ、お前が光子を殺したように今度はお前を殺してばらばらにしてやる、という一種の脅迫状だ、ってね」

「まあ、そうだな、その手紙の解釈も含めて、母親の復讐で首や腕を切断したっていうのは、それなりの説明にはなっていると思うが――」

響はぞろりと顎を撫でた。

「とりあえず僕は、光彦＝犯人説には反対という立場を採るね。それよりもむしろ、他に犯人がいて、そいつが光彦を犯人に仕立て上げるための罠《わな》を仕掛けた、と考える方がしっくりくる。――悪いけど深雪ちゃん、お茶をもう一杯くれない？」

「はーい」

と、深雪が立ち上がる。空《から》のカップをトレイに載せてキッチンへ向かったかと思うと、

「ヒビクさんが正しいと思うな」

妙に強い口調で、自分の意見を投げてよこした。

「ね、カナウ君。真犯人はきっと別にいるのよ。光彦さんは罠にはめられたのよ。うん。きっとそうだと思うわ、あたしも」

「でもね、ミーちゃん」

叶は云った。

「いま兄貴が挙げた問題点はいちいちもっともだけど、状況的には、やっぱり光彦しか……」

「そこを何とか解決するのよ」

と、深雪はたしなめるように云う。

「これで真犯人を捕まえてごらんよ、カナウ君、いっぺんに名探偵なんだから。警視庁捜査一課の若き敏腕刑事……素敵じゃない？ あたし、いつでも殉職の覚悟、できてるからね」

「あのねえ」

どこまで本気で云ってるのだろうか、とこんな時、叶はとても暗い気持ちになる。

3

「ところで——」

新しく出された紅茶の銘柄を「ブルックボンドのF・エヴァンズ」と云い当てたあと、響は事件の話に戻った。

「被害者の貴伝名剛三について、もう少し詳しい話が聞きたいな」

貴伝名光彦が犯人ではない可能性。彼は本気で、それを考えはじめているらしい。光彦を逮捕した捜査本部の一員として、叶はたいそう複雑な気分ではあった。

「御玉神照命会のことは知ってるかい」

と、叶は訊いた。響は頷いて、

「名前くらいはね。ここ十年足らずで成長がめざましい教団だって聞くけど、関西の方じゃあ、まだあまり知名度は高くないみたいだ」

「S市が本拠地の団体だから」

「『聖地』だっていうんだろ？　S市が。何やら、地球の中心にある『大御玉神《おおみたまがみ》』のエネルギーが地上へ出てくる〝へそ〟のような場所らしいな。だから、照命会の教主はこの地から一歩も外へ出てはいけない決まりで……」

「何だ。よく知ってるんじゃないか」

「その程度のものさ」

響は澄ました顔で紅茶を啜った。

「札幌を発つ前に、手近な資料で調べてはみたんだが、あまり詳しくは分からなかった」

「じゃあ、いいものがあるよ」

と云って、叶はソファから立ち上がった。

「ちょっと待ってて」

書斎に使っている奥の洋間へ向かう。そして取ってきたのは、数冊の薄い小冊子だった。

「『御玉神の力』……」

そのうちの一冊を手に取ると、兄は目を細めて表紙を眺めた。A5判の表紙は、明るい緑の山を背景に、若いカップルが爽《さわ》やかな笑顔を見せている写真である。

「なるほど。教団のPR冊子か。お前、入会したとか？」

「まさか」

叶は苦笑した。

「本部ビルへ聞き込みにいった時に、持って帰らされたんだ」

「入ってみりゃあいいのに。何事もやってみなくちゃ分からない」

あながち冗談とも思えない口調で、響は云う。

「御玉神パワーで犯人捕縛《ほばく》、霊感刑事の大活躍、ってね」

――やはり冗談だ。

「とにかくまあ、それを読んでみたら、どんな教団かはだいたい分かるよ」

「ふん」

響は鹿爪《しかつめ》らしい顔で冊子のページを繰りはじめた。

「『不安と混迷に満ちた我々の社会。御玉神は、現代を生きる人間を希望の光で導く、母なるこの星のエネルギーです』――か。はあん。この手のPR誌はどれも同じようなもんだな」

「内容の大半《たいはん》が、会員の体験記で埋まってるよ。どこまで本当なのかは知らないけどね、ちゃんと名前や写真まで載ってるんだから、本人たちは真剣に、奇跡が起こったと信じてるんだろうね」

「『御玉神の奇跡コーナー』――これだな。『心臓手術を免《まぬが》れた長女』『救われた母の魂』『私はこうして癌《がん》から立ち直った』『悪性肉腫《にくしゅ》を滅ぼした御玉の光』……ふん。やっぱり健康に関わる問題が多いな。不治の病が治ったたっていうのが、圧倒的みたいだね」

「それが最大のセールスポイントらしいよ」

叶は云った。

「そもそも、開祖貴伝名光子が啓示を受けて、最初に起こした奇跡というのが、息子の光彦の命を救うことだったたっていうんだ」

「貴伝名光子。——この写真の女だな」

と、響が冊子の最初の方のページを示す。

「その本は、光子が死ぬ前の号だね」

「ふうん。きれいな女だったんだなあ」

「みたいだね」

「どういう経歴の持ち主なのか、分かるかい。夫の貴伝名剛三の分も含めて、説明してくれないかな、刑事さん」

「うん……」

叶は、PR誌と一緒に書斎から持ってきた黒い表紙のバインダーを開いた。今回の事件に関する情報を整理したノートである。

学生時代から、ノートをまとめることに関しては非常に几帳面なたちだった。これは刑事になってからも変わっていない。担当した事件それぞれについて、報告書とは別にきちんとしたノートを作る。そうせずにはおれないのである。

貴伝名光子は一九四四年、兵庫県明石《あかし》市に生まれた。戦争で父親を亡くし、家を失い、母と二人で上京する。その母が病死したのが一九四八年、光子が四つの時だったという。

母の死後、光子はS市に住む伯母の橋本寿子の許に引き取られた。が、何しろ戦後の混乱期である。伯母夫婦の生活も苦しく、光子を満足に学校へやることも難しかった。

中学を卒業すると、光子は働きに出される。料理屋の女給だったらしいが、やがて二十歳《はたち》の年に、彼女は父親の分からない子供を身ごもってしまう。その子供がつまり、貴伝名光彦だったのだ。

伯母夫妻は光子に、父親が誰なのかを問いただしたが、結局その名前が語られることはなかった。この一件は後に、聖母の処女懐胎《かいたい》になぞらえたエピソードとして信者の間では伝えられることとなる。

光彦が生まれたのが、一九六五年。この頃から光子の言動には、何か神がかり的なものが混じりはじめる。そして、生まれて間もない光彦が、S市の伯母の家で原因不明の高熱に見舞われた時のこと……。

「……光彦の看病をしている時、突然光子は伯母夫妻に『神様の声を聞いた』と訴えたんだ。唖然《あぜん》とする夫妻をよそに、彼女は、ちょうどその部屋の床の間に飾ってあった丸い石の置物を指さし、『これに神様が宿っている』と云いだした。そして、その石を息子の寝床のそばへ持ってくると、全身でそれを抱きしめるようにして祈りはじめた」

「それで、光彦の熱は下がったってわけか」

冊子を膝の上で開いたまま話を聞いていた響は、別に鼻白《はなじろ》む様子もなく云った。

「そういうことだね」

叶は頷いた。

「その顚末《てんまつ》を見ていた橋本夫妻がまず、こりゃあ奇跡だと本気で信じてしまったらしい。これがまあ、御玉神信仰の起こりだったわけだね」

「貴伝名剛三と光子が一緒になったのは？」

「それは……」

剛三は、もともとは山北《やまきた》という姓で、結婚に際してこれを光子側の「貴伝名」に変えた。啓示を受けたのが「貴伝名光子」である、ということにこだわった伯母夫妻が、強くそれを要求したらしい。年は光子よりも六歳上。一九三八年、大阪に生まれた。空襲で家族をすべて失い、恵まれぬ少年時代を送ったという。

一九六〇年に上京、職を転々とする。やがてS市に流れてきた際、出産後また料理屋で働きはじめていた光子と知り合った。

二人が結婚したのは一九六九年のこと。その頃すでに、光子の持つ不思議な力の噂は口コミで広がりつつあり、同じ町内の病人を治したりということもあった。剛三は橋本夫妻の協力を取り付け、光子を教主とする宗教法人の設立を実現、以後、御玉神照命会と名づけたこの教団の発展に力を注いできた。

「……剛三自身が、光子が受けたという神の啓示や彼女の持つ超自然的な力、会の発展とともに整えられてきた教義について、どの程度の信仰心を持っていたのか。それはいささか疑問らしいね。光彦に云わせれば、剛三はただ、光子の神秘的な美貌とカリスマ性を、自分の商売の道具として利用してきただけだということになるんだけど」

「いずれにせよ、彼に、ある意味での先見《せんけん》の明《めい》と経営者としての才能があったことは確かだってわけだな」

「そうだね」

「会員数は今、どのくらいなんだ?」

「それに載ってるよ」

と、叶は兄の膝の上の冊子を示した。

「公称二十万人、か。年会費が一万円だとしても、それだけで二十億」

響はぱたんと本を閉じ、

「何ともボロい商売だな」

「まったくね。もっとも、会員を増やすために相当あこぎな手を使ってきたみたいだけれど」

「というと?」

「これは尾関警部補から聞いた話なんだけどね、例えば……」

貴伝名光子が、本当に病人を治す霊的な力を持っていたのかどうか。仮にそれを認めるとしても、彼女一人が起こす奇跡だけに頼っていては、なかなか教団の成長につながらない。そこで照命会では、いくつかの詐欺まがいの戦略を使って、会員の増加と資金の調達をはかってきたというのである。

最近とみに社会問題化している、いわゆる「霊感商法」の類も、その中に含まれる。またそれとは別に、照命会広報部が中心になって行なわれてきた「病院作戦」という秘密戦略があるらしい。

各地の病院の医師、看護婦、あるいは付添婦といった人材の協力が、この作戦には必要となる。彼らはそれぞれの病院に勤める傍ら、そこを訪れる患者たちの情報に常に網を張っている。そうやって、適当なカモを探しているわけだ。

例えば、胃カメラを飲んで胃潰瘍《いかいよう》と診断された患者。例えば、喉に良性の腫瘍《しゅよう》が発見された患者……。それらの患者に対して、会の勧誘員(医師や看護婦自身が勧誘員を兼ねることもある)がアプローチをかけるのである。

いわく「ここだけの話ですが、あなたは実は癌らしいですよ」。いわく「偶然医者たちが話しているのを聞いてしまったのですが、あなたの病気は……」。いわく……。つまり、実際は軽い病気でしかない患者に対して、それが難病・不治の病であるかのような思い込みを与えるわけだ。そうしておいて、彼らに照命会の奇跡を紹介する。もちろん自分自身の体験談付きで。

「……もともと難病でも何でもない人間を捕まえてくるわけだから、こんなに楽なことはないよね。〝力〟が封じ込まれているという『御玉』を売りつけて、これに祈ればいいと暗示をかける。やがて胃潰瘍が治った患者は、周囲がどう云おうと、自分は奇跡的に癌から回復したのだと信じる」

「ふうん」

響は感心したように腕を組み、

「うまく考えたもんだな」

「違法行為すれすれのところで、他にもその手の勧誘工作を実行してきたっていうよ」

六月に貴伝名光子が死んだ際、他殺を想定した捜査の一環として、照命会を巡る利害や怨恨関係が洗われた。そこで、こういった会の「広報活動」の実態も調べ出されたらしい。

「今の話を聞くと、貴伝名剛三を怨んでいそうな人間は、光彦の他にも大勢いそうだな」

響が云った。

「例えばその『病院作戦』絡みで、何か事故があったとかさ」

「事故？」

「そう。紹介された患者が実は本当に癌で、呆気なく死んじまった、とか」

「ああ、なるほど」

確かに、そういうこともなかったとは云いきれまい。

「やあね」

と、それまで黙って話を聞いていた深雪が口を挟んだ。

「新興宗教って、だから嫌いなのよねー。うちにもよく来るのよ」

「照命会の勧誘員が？」

「もっといろんな団体も」

「断わってるんだろう？」

「間に合ってます、って云うんだけど、けっこうしつこくって」

「そういう時はさ、こっちが逆に神がかり的なことを云ってやればいいんだ」

と、響が云った。

「あなたの背後に不吉な影が見えますよ、とか、私の家は代々霊能力者を輩出してきた家系で、とかさ」

「そんな演技力、ないわ」

「あれ？　高校の時、演劇部じゃなかったのかい」

「あたしはいつも裏方さんだったの！」

「そうだったっけ」

響はおかしそうに目を細め、

「こんな美人を、もったいない」

「——やっぱり？」

「真面目にそう思うな」

「うーん。やっぱりね」

「というわけで、お茶のおかわり、お願いします」

4

今度の銘柄は、これなら叶も知っているというフォーションのダージリン。響は几帳面な手つきで砂糖とミルクを入れながら、

「さて、次は——」

上目遣《うわめづか》いに叶の顔を見た。

「剛三の愛人について……いや、その前に、六月の貴伝名光子の事件についてもうちょっと聞いておきたいな」

「担当じゃないから、あまり詳しいことは分からないけど」

「お前の知ってる範囲でいいさ。光子の死は自殺だったのか他殺だったのか、結論は出てるのかい」

「それが、どうも微妙なところらしいんだ」

叶は、あの事件を担当している尾関警部補や芳野刑事から聞いた情報を話してやった。事故の模様、死体の状態をはじめ、捜査の目が自殺から他殺へ、そしてまた自殺へと動いていったいきさつまで。

「首を絞められた痕、か。にもかかわらず、死因はそれではなかった。暴漢に襲われて、そのショックで衝動的に自殺した……」

話の要点をぼそぼそと口の中で繰り返すと、

「光子は、本部ビルから家までは歩いて？」

と、響は訊いた。

「うん。二、三十分かかるらしいけど、健康のためだと云って車は使わなかったってさ」

「寂しい道のりなのかな」

「かなりね。ことに本部ビルの付近には、ほとんど人家はないようだったし」

「飛び込みの現場は鉄橋のM市側だったんだろう？　S市の光子の家からは、どのくらい離れてたんだい」

「これも、歩いて二十分ほどだっていうけど」

「ふうん。わりに距離はあったわけだ。どうしてM市の側まで行って自殺しなけりゃならなかったのか、については、どう考えられてるのかな」

「線路の構内に入りやすい場所が、S市の側にはなかったらしいんだ。だから……」

「なるほど」

白い額をこつこつと指先で叩きながら、響は少しの間考え込んでいたが、やがて小さく息をつき、

「ま、いいか」

と呟いた。

「とにかく、剛三殺しの方の続きを聞こうか。彼には何人か愛人がいたって話だけど、どんな連中だったんだ？」

「ええと――」

叶はまた、例の黒表紙のバインダーを開いて見ながら、

「斎東美耶、二十八歳。浜崎サチ、三十五歳。それから弓岡妙子、三十八歳。――分かっているのはこの三人だね」

「弓岡妙子？」

響は眉をひそめ、

「それは、教団の広報部長だっていう、さっきの話の？」

「うん。そうなんだ」

弓岡妙子。事件が発見された十六日の朝、叶と尾関が照命会本部ビルに行って出会い、野々村史朗とともに死体の確認をさせた、あの女である。

「彼女と剛三がそういう仲だったってことは、会の内部じゃあ公然の秘密だったらしい」

「ふうん」

「剛三が〝お籠もり〟を始めてからも、一度お忍びで会いにいってる。これは、浅田常夫っていう例の守衛から聞いた話だけどね」

「浅田が目撃したわけか」

「目撃も何も、剛三から口止め料を貰《もら》う約束になっていたらしいよ。つまり、何時頃にこれこれこういう女が来るから、黙って通すように、他の者にはこのことは云わないように、って。浅田は信者じゃないから、別に剛三が会の規則を破ろうが何をしようが、知ったことじゃなかった」

「事件の夜に訪れた女っていうのは？」

「斎東美耶だよ。これも浅田の証言によって明らかになったことで、実際に本人にも会って確認した」

「どんな女なんだい」

「S市でブティックをやってる。剛三がパトロンになってね。六月の光子事件の際に剛三のアリバイを証明したっていうのも、この美耶なんだ」

叶は一昨日——十七日の午後、尾関と二人で聞き込みにいった時のことを思い出しながら話した。

「美耶は、十五日の夜八時半に本部ビルのペントハウスを訪れた。〝お籠もり〟中の逢《あ》い引きは、それが二度目だったらしい。彼女がビルを出たのが二時間余り後、十一時前頃のことだった。これは浅田の証言とも合致している。

ところで、彼女が実は、気になることを云っててね」

「というと?」

「美耶はその夜、当然自分は翌朝までそこに泊まっていくものだと思っていた。前回はそうだったらしい。ところが、ベッドでのことが済んだ時点で、剛三にいきなり帰れと云われた。今夜はちょっと用があるから、と」

「ふうん」

「そしてその直後ぐらいに、剛三は誰かから電話を受けていたというんだ」

「待った。それは何時頃の?」

響の質問に、叶はノートの記述を確かめながら、

「十時四十五分頃」

「相手は？」

「それが、分からないらしい。話しぶりからして、剛三が云っていたその夜の『用』に関係ある人物だったんじゃないか、としか」

「で、美耶は十一時前には追い返されたってわけか」

「うん」

「お前はどう思う、その電話の件を」

「どうって云われても――」

叶は曖昧に首を傾けながら、

「光彦からの電話だろうっていう意見もあるよ。待ち合わせ場所や時間の確認とか」

「計画的な犯行だった、とした場合の考え方だな、それは」

「そういうことになるね」

「そのあと剛三が浅田に持ち場を外させ、ビルを抜け出したのが十二時過ぎ、か。ふうん」

低く唸って、響は煙草に火を点ける。テーブルの灰皿は、吸い殻でもういっぱいになってきている。

「もう一人、浜崎サチっていう女は？」

「この女は、これまたS市でスナックを開いている。やたらと化粧が濃くっていかにも、って感じだけど、かなりの美人だよ」

「彼女も、〝お籠もり〟中に逢い引きを？」

「一度だけあったらしいね」

「何か不審な点は？」

「別に。弓岡妙子にしても斎東美耶にしても、このサチにしても、事件当夜、犯行時刻と推定される午前零時半から三時までのアリバイは成立していない。こんな時間帯にアリバイを作れっていう方が無理な話ではあるけどね。ただ――」

「ただ？」

「サチには和樹っていう名前の、今年三歳になった子供がいてね、どうもこれが剛三の隠し子だったようなんだ」

「隠し子？　認知はされていたのかな」

「それが、まだだったらしい。だから剛三が死んだと聞いて、相当ショックを受けたみたいだった。この子はどうなるんだ、って」

「彼女たちに、何か剛三を殺す動機らしきものはなかったのかな」

「疑ってかかれば、ないことはないけど」

「例えば？」

「美耶とサチについて云えば、剛三は彼女らそれぞれを受取人に指定した生命保険に入っていた。金額は、美耶が五千万、サチが七千万」

「なるほど。保険金か」

響は吸いかけの煙草のフィルターを口の端で嚙みながら、

「他の教団関係者——例えば事務局長の野々村のアリバイはどうなんだ？」

「彼は零時十五分頃にビルを出て、車で自宅に向かったって云ってる」

「ちょうど浅田が持ち場を離れていた時刻だな」

「うん。——で、彼以外の家族はみんな盆で田舎へ帰っててね、アリバイを証明してくれる者はいない」

「ふうん」

響はそして、煙草をくわえたまままちょっと目を閉じた。彼の瞼《まぶた》は左が一重《ひとえ》、右が二重《ふたえ》になっている。叶の方は、この逆の片二重である。

「結局問題は、レジデンスKを巡る不可能状況だってことか」

と、やがて響は云った。

「不可能状況？」

叶が訊くと、

「そうさ。光彦が犯人ではないということを、ここで前提にしてしまう。すると問題の焦点は、いかにして真犯人は剛三の死体をレジデンスKに運び込んだか、っていうところに収束するわけだろう」

響は煙草を消し、カップに残っていた紅茶を飲み干した。

「一つしかない門には、ずっと公安刑事二人の目が光っていた。刑事たちの存在を犯人が事前に知りえたはずはないから、彼らの目の届かないところで塀を乗り越えたということはありえない」

「一応、敷地の塀やその内側の地面の状態も調査されているよ」

叶が補足説明をした。

「けれども、塀を乗り越えて入ったような形跡は見つからなかったんだ」

「ふん。――マンションの内部へは、カードキーがないと入れないんだったな」

「そうだよ」

「とすると、仮に光彦が犯人ではなかったとしても、誰かマンションの居住者の中に犯人、あるいは共犯者がいた可能性が大きいわけだ。他の住人たちのことも、もちろん調べたんだろう?」

「うん。もともと各階三室で計十五世帯の小規模なマンションで、そのうちの十世帯が、家族ごと盆帰りやバカンスに出ていた」

「残り五世帯か。光彦と、死体の首を発見したっていう大学生、岸森範也。他は?」

叶はまたノートに目を落とし、

「ええと――、403号室の荒木治。例の、公安が目をつけてるっていう男だね。これも一人暮らしだ。

それから、３０１号の塩見《しおみ》夫妻。若い夫婦で、旦那はＫ＊＊建設の社員だっていう。子供はなし。

その隣りの３０２号——藤井《ふじい》夫妻。旦那は銀行員。小学生の子供が一人。

一応この全員に話を聞いたんだけれど、これといって怪しい点はなかった。もっとも荒木治については、公安との兼ね合いもあって、かなり気を遣った上での尋問だったけれど」

「あたし、思うんだけどね」

とまた、深雪が話に割って入ってきた。

「きっと真犯人は、何か凄《すご》いトリックを使ったんだと思うな」

「トリック、かい？」

あまり気のない声で云って、叶は妻の方を見やる。

不可能状況といえばトリック、トリックといえば推理小説だが、叶はこの推理小説というものがあまり好きではなかった。といっても、昔から嫌いだったわけではない。学生の頃はけっこう面白がって読んでいたのだ。それがこの数年、自分が警察官になって以来、めっきり拒否反応を示すようになった。

現実に遭遇する犯罪と、物語の中での事件との間に、あまりに大きな隔たりがありすぎるからである。いくらフィクションの世界での出来事だと分かっていても、どうしても納得できないものを感じてしまう。

その最たるものが、いわゆるトリックというやつだ。これまでに何件もの事件を捜査してきたが、先ほど話題になった「偶然」とは違って、実際に犯人が小説に出てくるようなトリックを弄《ろう》していたというケースには、一度もお目にかかったことがない。

「何かうまいトリックはないかなあ」

と、深雪は鹿爪らしく顎に手を当てる。幼少時に植えつけられた「刑事さん」への大いなる憧憬・幻想は、彼女がそれ以後に読んだ数多くの推理小説の「名探偵」像を貪欲《どんよく》に吸収しつつ、今に至っているらしい。

「例えばね、こういうのはどう？　犯人は、人知れず一年がかりで、レジデンスKに続く秘密の地下道を作っておいた」

「…………」

「うーん。ちょっと無理があるかもね。じゃあ——、そうか。ね、きっと気球だわ。犯人は気球を使って屋上へ昇ったのよ。これならカードキーなんて要らないでしょ」

「…………」

「もう一つ、凄いアイディアがあるわ」

さらに深雪は続ける。

「御玉神照命会の『御玉神の力』っていうのを、犯人は使った。ね？　その本にも書いてあったでしょ。御玉神の力というのは無限である。聖地の〝へそ〟を通して、地球の中心にあるそのエネルギーを無限に引き出すことが可能なのだ。不治の病を治すことができるぐらいだから、その反対に人を殺すことだって……」

「冗談はおいとくとして」

と、響が事態の収拾《しゅうしゅう》に出た。

「何かトリックがあるはずだっていう意見には、僕も賛成だな」

「でしょう？」

「だけど、地下道や気球っていうのは、ちょっとねえ」

「そうかなあ」

不満そうに口を尖らせる深雪から弟の方へと目を移し、

「とにかく、詳しい話を聞いて確信したよ」

と、響は云った。

「この事件には僕が必要だ。まったくの他人事でもないし、お前たちに任しちゃおけない」

「任しちゃおけないって、けど……」

「滞在を延ばして、明日からちょっと動いてみる。構わないだろう」

「動くって？　何をするつもりだい」

「調べてみるのさ。現場とか、関係者とか」

「兄貴が？」

叶は若干の不安を覚えて、

「でも、そりゃあ……」

「心配するなって。お前の立場が悪くなるようなまねはしないから」

「頼むよ。あんまり無茶なことはよしてくれよ」

「了解了解」

と云って、二十六歳のヘヴィメタ青年は、こめかみに手を当てて敬礼してみせた。

「ところでカナウ、お前が行ってる散髪屋はこの近くかい」

# 明日香井叶のノートより　(3)

［事件関係者各人に関する覚書］

○貴伝名光彦
年齢　二十三歳
職業　T＊＊大学大学院生
動機　母親の復讐。御玉神照命会の実権をはじめとする遺産。
アリバイ　貴伝名剛三に呼び出され、横浜に。十六日午前二時過ぎには〈ボレロ〉の前にいた（目撃者二人）。
備考　公安刑事の証言。車から発見された凶器および死体の左腕。八月十八日逮捕。

○諸口昭平
年齢　六十三歳
職業　レジデンスKの管理人
動機　新教主への反感（？）
アリバイ　自室で就寝中。証人なし。
備考　死体の第一発見者。御玉神照命会会員。毎朝屋上へ行くことを日課としているのは、本部ビルの神殿に朝の祈りを捧げるため。熱心な貴伝名光子の信奉者。

○野々村史朗
年齢　四十二歳
職業　御玉神照命会の事務局長
動機　教団内の利害関係（？）。新教主への反感。光子の復讐。
アリバイ　十六日午前零時十五分、本部ビルを出、S市内の自宅へ。証人なし。
備考　十六日午前零時過ぎ、屋上神殿への直通エレベーターの動きを目撃。この証言が嘘である可能性も？

○弓岡妙子
年齢　三十八歳
職業　御玉神照命会の広報部長
動機　教団内の利害関係（？）。男女関係のもつれ。
アリバイ　S市内の自宅で就寝中。証人なし。
備考　剛三と愛人関係。独身。八月六日（土）の夜、一度〝お籠もり〟中の剛三を訪れている（浅田常夫の証言）。十五日午後十一時過ぎ、剛三に電話。

○斎東美耶
年齢　二十八歳
職業　ブティック〈ミヤ〉の店主
動機　男女関係のもつれ。保険金（五千万）。
アリバイ　十五日午後十一時前にビルを出たあと、S市内のマンションに帰る。証人なし。

備考　剛三の愛人。独身。光子事件の際、剛三のアリバイを証言。八月八日（月）の夜にも、〝お籠もり〟中の剛三と逢い引きを行なっている。十五日午後十時四十五分頃、剛三にかかってきた電話を立ち聞き。

○浜崎サチ
年齢　三十五歳
職業　スナック〈SIXTY〉の店主
動機　男女関係のもつれ。子供の認知問題を巡るいざこざ。保険金（七千万）。
アリバイ　十六日午前一時に店を閉め、自宅へ。それ以後の証人はなし。
備考　剛三の愛人。独身。子供、和樹（三歳）。七月二十七日（水）および八月三日（水）の夜、〝お籠もり〟中の剛三と逢い引き。十四日夜、店から剛三に電話をし、かなり派手な口論をしたらしい（店の常連客の証言）。

○浅田常夫
年齢　二十六歳

職業　御玉神照命会本部ビルの守衛
動機　？
アリバイ　十六日午前一時まで、本部ビル受付に。ただし午前零時頃、剛三の要請によりいったん持ち場を離れる。以後は仮眠室に。塚原雄二との交替時にのみ、アリバイは成立。
備考　独身。窃盗《せっとう》の前科あり。愛人の訪問に関して、剛三から口止め料の約束。

○塚原雄二
年齢　五十二歳
職業　御玉神照命会本部ビルの守衛
動機　新教主への反感（？）
アリバイ　十六日午前一時前まで、本部ビル仮眠室に。以後は受付に。浅田常夫との交替時にのみ、アリバイ成立。
備考　照命会会員。諸口昭平や野々村史朗と同様、熱心な光子の信奉者。

○岸森範也
年齢　二十一歳
職業　T＊＊大学学生
動機　？
アリバイ　自室（レジデンスK・201号室）で就寝中。証人なし。
備考　死体頭部の発見者

○岬映美
年齢　二十四歳
職業　Eソフト企画勤務
動機　？
アリバイ　十五日午後八時頃から、レジデンスK・603号室に光彦とともにいる。午前零時五十分頃、光彦のあとで同マンションを車で出、S市内の自宅へ。以後の証人なし。
備考　光彦の恋人。十六日午前十一時半頃、再びレジデンスKを訪れる。

［貴伝名光子変死事件について］

○死後轢断ではなかったことおよび頸部《けいぶ》に見られた索痕、両方の事実を説明する解釈は、大きく次の二つに分かれる。

1　自殺　頸部の索痕は、第三者による暴行（未遂？）の際に付けられたもの。その後、光子は自殺した。

2　他殺　頸部の索痕は、殺害犯人によって付けられたもの。これによって失神した光子を、犯人が線路上に放置した。

○現在、1が有力視されている。

○死体が光子のものではなかった可能性は？　弓岡妙子の執拗な訴えは本心なのか。それとも、何か目的があっての演技なのか。

# Ⅳ　偽刑事たちによる事件の再捜査

## 1

八月二十日土曜日、午後二時。

小田急M駅の改札前広場で、岬映美は一年半ぶりに会う男の顔を探していた。

昨夜遅く、S市に住む映美の部屋に電話があった。東京に来ている、できれば明日会いたい、という連絡だった。突然のことに驚く映美に、

「例の事件について話があるんだ」

と、彼は云った。

「今、弟から詳しい話を聞いたところなんだよ。でね、逮捕された君の恋人が犯人だとは、どうも僕には思えなくって……」

彼と会うことには、やはり強い戸惑いを覚えざるをえなかった。それは、不安と一種の後

ろめたさ、それでいて妙な安堵《あんど》感や懐かしさが複雑に入り混じった感情だった。

明日香井響。

昔の恋人との再会――形の上では一年半前、映美の方が彼をふったことになっている――。できることならば、いつかまた会いたいと思ってはいた。十年後か二十年後かは知らないけれど、いつかまた……。

その時がまさかこんなに早く来るなんて。しかもよりによってこんな状況の下で。

こういった事態の到来を、けれども映美は半ば予感してもいたのだ。それはもちろん、あの日――光彦が警察へ連れていかれた日――の偶然が、彼女の心に与えた予感だった。彼とそっくりの顔をした「叶」という名の双子の刑事が、あの事件の捜査にやって来ていたという、あまりの偶然……。

「やあ」

と、横手から声をかけられた。

「何をぼうっとしてるんだい」

「あ……」

人波の中に相手の姿を探しているつもりが、ついぼんやりとしてしまっていた。映美は驚いて、声の方を振り向いた。

「お久しぶり」

と云って、相手は自分の腕時計をちらりと見た。

「遅刻時間二分。もう待ちくたびれてた、とか？」

「明日香井さん？」

映美は思わず小首を傾げて訊いた。

「明日香井だよ」

「ええと、名前はキョウですよね」

「キョウだよ」

「響くっていう字の、キョウ？」

「もちろん」

彼は何やら、してやったりといった表情で、

「昔の彼氏の顔くらい、ちゃんと覚えといてほしいな」

「だって……」

映美は、白いワイシャツに黒いネクタイ、薄手のグレイの背広にグレイのズボンをはいた彼の姿をまじまじと見た。

映美よりもいくらか高いくらいの身長。華奢な身体つき。瓜《うり》形の白い顔。髭はきれいに剃られていて、短くした髪はきちんと七・三に分けられている。

「どこか変かな、この格好」

と、彼は愉快そうな声で訊く。

「別に変じゃないけど。でも、あんまりこないだの刑事さんとそっくりだから」

「双子だから、そっくりなのは当たり前さ」

「そうじゃなくって——、服装や髪型までそっくりなんだもの。また弟さんの方かなって」

「ヒビクの方さ、僕は。間違いない」

明日香井響は、ちょっと目を細めて映美の顔を見た。

「微妙な表情だね。僕がこういう格好をしてちゃ、そんなにおかしいかい」

「おかしいわけじゃないけど」

と、映美はまだ納得できない。

「哲学者志望の明日香井さんは、ネクタイは締めない主義じゃなかったの？」

「ああ、それは今朝《けさ》撤回したんだ」

「今朝？」

「そうさ」

響は真面目な顔で頷いて、

「昨日までは長髪のロック青年だったたんだけどね、今朝散髪にいってきた」

「散髪？　何でまた」

「久しぶりに君と会うんだ、少しはさっぱりしていこうと思って」

「そんな、嘘ばっかり」

彼が他人の目を意識して自分の主義主張（たいていそれは、映美にとっては非常にくだらないことと見えたのだが）を変える人間ではないことは、誰よりもよく知っているつもりだった。

「本当の理由が、ちゃんとあるんでしょ」

「ふうん。さすがによく分かってるな」

響は、慣れない形にセットした髪を撫でつけながら、

「しかし、結果的にはやっぱり、これは君のためだといえないことはない」

「――？」

「要らぬおせっかいかもしれないけどね、昔の恋人のために一肌脱ごうと決意したわけさ。今の彼氏――貴伝名光彦を助けたい気持ちは、もちろんあるんだろう？」

「ええ。そりゃあ……」

「そのためには、事件の真相を突き止めなきゃならない。警察はどうも当てにならないみたいだから、ここはこっちが独自に事件を再調査する必要がある」

「…………」

「だからね、僕はこの格好に変身する必要があったってわけさ」

響は悪戯《いたずら》っぽく笑った。

「この顔、この服装……知らない人間にとっちゃ、どう見たって警視庁捜査一課の明日香井刑事だろう。あいつには悪いけど、しばらく名前を借りようと思ってね」

＊

明日香井響は車で来ていた。弟の叶刑事の車を拝借してきたのだという。パジェロ・ディーゼルターボ。相当に走り込んでいるらしく、黒いボディはあちこち引っかき傷だらけだ。

「あいつの唯一の趣味でね、暇ができると、こいつに乗って山ん中へ入っていくんだ」

エンジンをかけながら、響は笑う。

「星が好きなんだよ。望遠鏡を積んで、わざわざ山へ行くらしい」

「星を見に？」

「そうさ。天文学者に憧《あこが》れてたっていうんだけどね、何を間違えたか、今は事件のホシを追っかけるのが商売」

「ふうん。変わってるんだ」

と、映美は本気で感心してしまう。

「やっぱり兄弟ね」

「どういう意味だい」

「似てるってこと」

「双子のくせに、似てるのは顔だけだっていうのが、もっぱらの評判だよ」

「でも、他の人と比べて変わってるとこは一緒よ」

「自分じゃあ、そんなに変人だとは思ってないんだがねえ」

そこが問題なのよ、と映美は心の中で呟く。昔からそう云ってるでしょ。

奇妙な心地だった。不安や焦燥《しょうそう》、怯《おび》え、悲しみ……さまざまな感情の渦の中でばらばらに引き裂かれそうだった今朝までの自分の心が、こうして響と喋《しゃべ》っていると不思議なくらいに落ち着いてくるのだ。

「ね、明日香井さん」

(今こうしていて、彼はわたしのことを何て思っているんだろう)

(わたしは彼のことを今、何て思っているんだろう……)

車をスタートさせる響の横顔を窺《うかが》いながら、映美は云った。

「あの——、ごめんなさいね」

「ん?」

響は憎たらしいくらいに澄ました顔で、

「どうしたの、あらたまって」

「だって、わざわざこんな……」

「こっちへ来たこと自体は、まったくの偶然だったんだよ」

前を見たまま、彼は云った。

「それに、事件そのものもなかなか面白い。こりゃあ、解決のためには僕のような才能が必要だなと思って、俄然《がぜん》やる気になった。こいつはね、あくまで僕の勝手な行動さ」

「相変わらずなんだ、その云い方」

映美は、笑いたいような泣きたいような、複雑な気持ちで窓に頬を寄せた。

「でも、やっぱりごめんなさい」

そんな映美の様子にはまるで気づかないふうに、さて、と響は云った。

「とりあえずどこかでお茶でも飲もうか。そこで、当面の僕の作戦を話すから」

2

事件の詳細と警察の捜査状況が説明されたあと、「当面の作戦」が響の口から語られた。

「……だからね、とにかくこの不可能状況を何とかしない限り、君の恋人を助けるのは非常に難しいってわけだ。どうやって犯人は死体をマンションの中に運び入れたか。これが分かれば少なくとも、貴伝名光彦以外の人間が犯人である可能性を追求する余地ができてくる。そこでね、何はともあれ、まず問題のマンション——レジデンスKへ実際に行ってみたいと思うんだ」

「不可能状況……」

映美は本日五杯目のコーヒーを飲みながら、響の表情を窺った。

「明日香井さん。光彦君が犯人じゃないって、本当にそう信じてくれてるの？」

「信じてるかって云われると、微妙なところだな」

響は澄ました顔で云った。

「何せ、事件を取り巻く状況はこぞって、彼が犯人であることを示しているんだからね。動機も機会も証拠も」

「……………」

「けれども昨日、弟から詳しい話を聞いてみて、おやと思った。こりゃあ変だ、ってね」

「変って？」

「一種の逆説さ。あまりにも光彦君にとって不利な証拠が揃いすぎてるってことが、かえって僕には妙に思えるんだな。しかも、彼を犯人として事件を再構成しようとすると、どうもしっくりといかない。――君は？　信じるかい、彼の無実を」

いくばくかの躊躇《ちゅうちょ》の後、

「信じたい、と思う」

映美はそう答えた。

「殺されたお義父《とう》さんのことを、光彦君が憎んでいたのは確かなの。わたしも、何度も聞かされたわ。でも、もしも彼が本当にお義父さんを殺したんだったら、絶対にもっと頭のいいやり方で殺したと思う。だから……」

「それは僕も感じたな。大学院で地球物理学をやってる秀才だって聞くし」

「ええ、そう。とても頭の切れる人よ。明日香井さんに負けないくらい」

「そりゃどうも」

「それに、凄く慎重派だし。じっくり考えてから行動するタイプ」

「僕と違って、かい？」

「そんなこと云ってないわ。——それで、だからね、やっぱり変だと思うの。殺して、その凶器だの何だのを自分の車に積みっぱなしにしておくとか、死体をわざわざ自分のマンションに運んだりとか」

「首を切ったり腕を切ったり、裸にしたり、というのもね」

響はそして、細い顎を撫でながら訊いた。

「十六日の午前零時半、光彦君のところへ剛三から電話がかかってきた時、君はそばにいたんだろう」

「ええ」

「その時の彼の様子、どう思う」

「――分からないわ」

映美は緩くかぶりを振りながら、

「何かとても思いつめていたふうで。でも、それがお義父さんを殺そうっていう決意のようには、わたしには……」

「君はその夜、彼が出ていったあとで自分の部屋に帰ったんだったね」

「ええ」

「車はマンションのガレージに置いてあったのかな」

「そう。お盆でガレージは空いてたから」

「部屋の鍵は、彼から貰ってるわけ？」

「ええ。合鍵を」

「次の日にまたレジデンスKへ行ったのは、そういう約束だったのかい」

頷きながら、映美は上目で響の顔を窺う。現在の恋人との関係について昔の恋人に質問される。そのことにやはり、強い気まずさを覚えた。

「ふん……」

映美の視線の意味に気づいてか、響は煙草をくわえ、少しの間、口をつぐんだ。

「ま、そういうわけでね、とりあえず彼の無実を前提にして事件に取り組んでみる価値がありそうだな、と思うわけさ。もしかすると何かとんでもない真相が隠されているのかもしれないぞ、っていう、興味半分のところもあってね」

（興味半分……）

別にお前のために奔走《ほんそう》しようってわけじゃないんだ、という含みだろうか。もちろん、そう云われても仕方がないとは思うけれど。

「それで、もう一つ、いま話した不可能状況云々《うんぬん》とは別に、押さえておかなきゃならないことがある」

響は「作戦」の続きを語る。

「光彦君の他に、動機を持っていそうな人間のチェックだね。光彦君が犯人じゃないとすれば当然、他に犯人がいることになるわけで、その人物は、これまた当然、貴伝名剛三を殺す動機を持っていなきゃならない。あるいは、そうだな、光彦君に殺人の濡《ぬ》れ衣《ぎぬ》を着せようとしてることから、彼に対しても何らかの悪意を持っているのかもしれない。そういう可能性のある人間に、とにかく直接当たってみる――」

貴伝名剛三を殺す動機……。

自分の表情が思わず硬くなるのを映美は意識した。と、敏感にそれを見て取ったのか、

「どうかしたのかい」

響が訊いてきた。

「何か特別な心当たりでも？」

「別に」

映美は小さく首を振った。

「でも、光彦君から聞いたんだけど、彼のお義父さんって、教団を大きくするためにずいぶんいろいろとやってきた人みたいだから」

「らしいね」

響はちょっと眉をひそめたまま、

「その辺のことについては、本職の刑事さんに調べてみるよう云ってある」

「そうなの？」

「僕はとりあえず、剛三の愛人たちに会ってみようかと思ってるんだ。それから、事務局長の野々村と、守衛の浅田と塚原にも。事件当夜の教団ビルの模様を聞いてみたい」

「その人たちも怪しいって？」

「まだ何とも云えないけど、野々村っていうのは可能性ありだと思うな。何でも、彼はむかし貴伝名光子に命を救われたとかで、彼女の熱烈な信奉者だったらしいから。一方、貴伝名剛三に対する反感も、かなりのものがあったっていうんだ」

（命を救われた、か）

いったい本当に、貴伝名光子にはそんな力があったのだろうか。

店の窓の方へ目をそらす。外は相変わらずの曇り模様だ。過ごしやすいのはいいが、かんかん照りの夏空が、今は何故か見てみたい。

「――ということで、いざ出陣といこうか。マンションの方へは君にも付き合ってほしいんだけど、いいかい？」

映美が頷くのを見て、響は立ち上がった。

「あくまでも僕は警視庁の明日香井叶刑事なんだから、そのつもりでね」

## 3

午後四時過ぎ。二人はレジデンスＫに到着した。

「この辺りかな」

と云って、響は門の少し手前の路上にパジェロを停めた。

「中へ入らないの？」

映美が訊くと、響はちょっと肩をすくめて、

「わざとここに停めたのさ」

「どうして？」

「事件の夜の、公安刑事たちの視点を確認するため」

「ああ……」

「だいたいこの位置で、二人の刑事は車のフロントガラス越しにあの門を見張っていた」

エンジンを止め、響は前方をざっと見渡した。映美もそれに倣《なら》って、視線を前に向ける。

十メートル足らず先の左手に、煉瓦色の高い門柱《もんちゅう》が見える。その両側に続く塀の高さも、かなりのものだ。

「刑事の車はマークⅡだったっていうから、これよりももっと低い位置に目があったことになるけど。どうかな。二人の目がこうしてあの門を見ていたとして、何か死角の生まれる余地があったかどうか」

「建物の玄関までは見えないわね。でも確かに、このマンション、敷地内に入るにはあの門しかないから……」

「二人の目を掠《かす》めて出入りすることは、やっぱり不可能だったみたいだな」

そこで、一つ頭に浮かんだ思いつきがあった。映美は、イグニッションキーを抜き取る響の肩を小突いて、

「あのね、例えばこういうのはどうかしら」

「何か？」

「いつだったか、ほら、明日香井さんに貸してもらった本があったでしょ。あれに出てきた……」

「僕が貸した本？」

響はセットした髪を撫でつけながら、

「何て本かな」

「あの頃、凝ってたでしょ？　推理小説に。イギリスのね、あの、何とかっていうお坊さんが探偵をする話」

「ブラウン神父？」

「そう、それ。その短編集に入ってた、ほら、あまりにも見なれているから逆に犯人が見えなかったっていう……」

「『見えない人』か。ふうん」

響は愉快そうに頬を緩めて、

「あのトリックの応用だっていうのかい」

「そうなの。二人の刑事さんは、確かにその人物が門を出入りするのを見てたんだけど、それが心理的な盲点に入ってしまっていた。例えば、新聞配達とか牛乳配達とか」

「なるほどねえ」

響はますます愉快そうに、

「しかし普通、新聞配達は車じゃあ来ないだろう。自転車やバイクには死体を隠せるスペースがない。牛乳の方なら車もあるかもしれないけど――近頃は牛乳配達なんてあんまり聞かないな」

「そういえばそうだけど」

「ま、いいさ。何もここで否定してしまうことはない。あとで確かめればいいだけの話だから——」

＊

門を入る前に、二人はマンションの敷地の周囲を見てまわった。

両隣りには建物はない。北側はちょっとした公園。南側は、これから何かを建てようというのだろう、平たくならした空地だった。

西側の塀（建物の西側の壁はこの塀すれすれのところにそそり立っている）の向こうは、すぐに境川の土手。土手といっても、垂直に近い角度で直接川面に潜り込んだコンクリートの急斜面である。水面と敷地との落差は、二メートルくらいのものだろうか。

「昔はよく氾濫《はんらん》したらしいの、この川」

と、映美が云う。

「こっち側の方が向こう側よりもずっと土地が低いから、大雨のたびに水びたしになったらしい」

「今は大丈夫なのかい」

「この十年ぐらいですっかり整備されて、そういうこともなくなったって」

「狭い川なのにな」

と、響は流れる鈍色《にびいろ》の川面を見やる。

「これが県の境になってるんだろう？」

「ええ。だから境川」

「よっぽど光彦君は、教団に対して拒否感情を持ってたんだな」

「どうして、そう？」

「だってさ、川の向こうは照命会の『聖地』なんだろう？　教主はそこから一歩も外へ出てはいけないっていうお定めまであるらしい。それを、わざわざその外に一人で住んでたっていうのは……」

「でも彼、お母さんのことは好きだったみたい」

映美は遠い目をして、川の向こうの曇り空を見上げる。

「口に出して好きだなんて、云ったことはないけど。だから、遠くに離れちゃうこともできないでいたんじゃないかな」

「ふうん」

響は煙草をくわえ、川に向かって右手に続く煉瓦色の塀を見上げた。二人が立っているのは、南隣りの空地の端っこである。

「三メートルぐらいはあるな、この塀の高さ」

「乗り越えるのは難しそう」

「ああ。ご丁寧に忍び返しまで付いてるじゃないか。一人でもかなり骨が折れそうだね。死体を持って中へ入るとなると、こりゃあ普通の人間にはとても無理だな」

「例えば、被害者がまだ生きていて、自分で中へ入ったっていうのは？」

「それも無理っぽいね。貴伝名剛三はかなり太っていたらしい。首と腕を切り離した死体でさえ、六十キロ近くあったっていうんだから」

くわえた煙草にライターで火を点ける。それを見て、

「あっ」

思わず映美は声を上げた。

「また何か思いついたのかい」

「そのライター」

黒塗りのジッポーである。

「わたしがあげたやつ——。まだ使ってくれてるんだ」

「物持ちがいいもんで」

と云って、響は煙を吐く。にこりともせず、照れる様子もない。

「さて、中を見にいこうか」

二十四歳の誕生祝いを無造作にズボンのポケットに突っ込んで、明日香井響は川に背を向

けた。

4

管理人の諸口昭平は、ちょうどロビーの掃除をしているところだった。入ってきた響の顔を見るとすぐ、

「ああ、刑事さん」

と声をかけてくる。さすがに一卵性双生児の威力は凄《すご》い。

「今日は何か？」

「現場百遍といいますから」

もっともらしい顔で、響は答える。

「もう一度、屋上を見てみたいと思いまして」

「しかし犯人は、その、もう……」

「いやいや。まだ彼だと決まったわけじゃないんですよ。こういう事件じゃあ特に、念には念を入れて調べないことにはね」

「すると、光彦さんは無実かもしれないということでしょうか」

諸口の皺《しわ》だらけの顔に、ふと明るい表情が浮かんだ。

「刑事さん。前にも云っとりましたが、私にゃあどうしても信じられんのです。あの光子様の血を引いたお方が、そんな、人を殺すようなことは決して……。

おや、そちらの女の方は？　確か……」

「岬映美さん。光彦さんのお友だちです」

と、響は映美を紹介した。

「彼女も、犯人は絶対に光彦さんではないと、そう云うものですからね、今日は一緒に来ていただいて、現場を見てもらおうと」

「そうですか」

諸口は別にいぶかしむふうでもなく、

「ご苦労様です。じゃ、ドアを開けてさしあげましょう。ちょっと待っとってくださいよ」

二人を残し、老人はひょこひょこと管理人室へ入っていった。

「気のいい爺さんって感じだね」

と、響が囁《ささや》きかけてくる。映美は頷いて、

「悪人には見えないけど」

「いや。そう簡単に云ってしまうわけにもいかないんだな。彼、五年前に奥さんを亡くしてから照命会に入ったっていうんだがね、死んだ光子開祖への崇拝ぶりは、相当に熱狂的なものだったらしい」

「じゃあ、あの人もアンチ新教主だったわけ？」

「そういうこと。昨日、弟が資料として持っていた照命会のPR誌を見せてもらったんだ。その一番新しい号に、彼の投書が載ってたんだけれども、『光子開祖の死を悼《いた》み、今後照命会が進むべき道についてもの申す……』ってね、光彦君を次期教主に引っぱり出すことを強く主張してた」

「光彦君を？」

「そうさ。彼こそが、光子の血を引いた唯一の正統な後継者なのだ、と。貴伝名剛三を直接的に批判しているわけではないけど、そういった含みがあの文章に込められていることは明らかで……」

やがて諸口が戻ってくる。どうぞ、と云う彼のあとに従い、二人はロビーの奥へ進んだ。エレベーターホール手前のガラスドアのロックが外されるのを待って、

「妙なことをお訊きしますけどね、諸口さん」

と、響が云った。

「はあ、何なりと」

「このマンションには、牛乳配達は来ますか」

「はあ？」

管理人は一瞬唖然として、しょぼついた目をしばたたいた。

「牛乳……ですか」

「ええ」

「どなたも牛乳はお取りじゃありませんけどなあ」

「そうですか」

響は真面目くさった顔で頷き、

「新聞配達は来ますよね」

「ああ、そりゃあ来ますが」

「自転車で？」

「バイクだと思いますが」

「事件の朝——十六日の朝も、来ましたか」

「ああ、あの日ですか」

諸口は薄い白髪頭に手を当てて少し考え込んでいたが、やがて、

「刑事さん。あの日は確か、新聞は休刊でしたな」

と云った。

「休刊？」

響はちょっと驚いて、

「確かに？」

「その前の日の高校野球で、私の郷里の学校が勝ったんですな」

「――？」

「で、私は次の日の新聞を楽しみにしとったんですが、来とらんかったんで……。いつも、六時に屋上へ〝お勤め〟に行く前には来とるんですよ。ところがあの日は入っとらんので、ああ、そういえば今日は休みだったな、と思ったのを覚えとるわけでして」

「なるほど。いや、どうも」

響はちらりと映美の方に目を流し、肩をすくめてみせた。

5

諸口には、もういいから仕事を続けてくれと云って、響と映美はエレベーターで屋上に上がった。

「あそこだな」

ホールの外へ出ると、響はすぐに問題の給水塔を見つけ、指さした。

「事件のあと、君はここへは連れてこられなかったのかい」

「ええ」

映美は神妙に頷く。

「下のロビーで、いろいろと質問されただけだったから」

「603号室、だっけ？　光彦君の部屋は」

「そうよ」

「ふん。ちょうどこの床の下辺りになるわけか」

わりに強い風が、西の方から吹きつけていた。すたすたと給水塔の方へ向かう響のあとを、映美は風に乱れる髪を押さえながら追った。

狭い階段を昇る。やがて辿《たど》り着いた塔の台座部。灰色のコンクリートの床には、死体の形を縁取った白いチョークの跡が、いまだにうっすらと残っていた。

「なるほど。ちゃんと首と腕が欠けた形になってるな」

と、響はその不完全な人形《ひとがた》に目を落とす。

「ここに、死体は仰向けに投げ出されていたらしい。警察じゃあ、犯人はこの給水塔の中に隠すつもりで、死体をここまで運んできたのだと見てるんだが」

「死体を担いでこの上まで昇るのは、ちょっと無理よね」

映美は、塔の壁を這《は》う鉄の梯子を見やった。

「ああ。それに、上の蓋には鍵が掛かってる。で、諦めてこの場所に放り出していったというのさ。しかし、自分の住んでるマンションの給水塔に死体を隠すなんて、普通しようとは思わないよな。その水を、自分も飲むことになるんだ」

「光彦君、そんな変態じゃないわ。考えただけで気持ち悪い」

「ふん」

頷いて、響は黒い梯子にもたれかかった。目を細くして、西側——川がある方向を見渡す。

「あれが問題の神殿か」

対岸のビルの屋上——。うっとうしい曇り空を背景に、例の白いドームが見える。

「何とかしてほしいもんだなあ、あの壁の絵は」

壁面いっぱいに描かれた極彩色の絵模様に目を留め、響は呆れたふうに云った。

「曼陀羅っていうんでしょ、あれ」

映美が訊くと、

「ああ。御玉神曼陀羅、とかいうらしいね。まるでお笑いだ」

響はククッと声を出して笑う。

「そんなにおかしなものなの？」

「おかしいも何も」

響はすっと手を差し上げて絵の方を示し、

「あの右上の円の中に描かれているやつ、いったい何に見える」

「えっ？」

映美は云われた箇所に目を凝らしてみた。九つに区分されたブロックの一つ——シャボン玉のように浮かんだ円の中に、髭面の痩せた男の絵が描かれている。両腕を横に伸ばし、憂いを含んだ目で下界を見下ろしている。

「あれは……」

「イエスさ」

響はまた笑い声を洩らした。

「左側の真ん中——ありゃあ、どうやらマホメットだね。やあ、天照大御神《あまてらすおおみかみ》らしきやつもいるなあ」

「……」

「つまりはそういう宗教だってことさ、照命会っていうのは」

響はにやにやしながら説明する。

「一種の統一宗教。世界中のいろんな宗教を、一つの枠《わく》の中に収めてしまおうっていうんだね。キリストもアラーも八百万《やおよろず》の神々もアフラ・マズダもブッダも、すべて根っこは同じ——地球の中心におわします大御玉神が、姿を変えて現われたものに他ならない、と云いたいわけさ」

「……」

「頭のいい光彦君が拒否反応を示すのも、無理はないと思うよ。おおかた、貴伝名光子の受けた啓示を基にして、あとづけでそれらしい理論をこじつけたんだろうな」

押さえていた手を離し、風に髪が乱れるに任せながら、映美はやりきれない気持ちで川の向こうの奇怪な壁画を睨みつけた。

（御玉神照命会……）

（あんなでたらめなもののために……）

「おや」

不意に響が声を上げた。

「誰か来たぞ。ほら」

エレベーターホールの中から一人の男が出てきたのである。ジーンズに赤いシャツ。背の高い、がっしりとした身体つきの若者だ。

「誰だか知ってるかい」

何やらふらふらとした足どりで、まっすぐに正面——川に面した方へ歩いていく。

「ああ、確かあの人、二階の大学生よ。岸森っていう人」

遠目にも、何となくそれが分かった。響はちょっと驚いて、

「岸森？　死体の首を発見した男じゃないか」

「うん。ぴかぴかのプレリュードに乗ってる……」

「何をしに来たのかな」

岸森は屋上の端まで行くと、フェンスの手すりに胸をつけて、しばらくじっと川（あるいは対岸のビル？）を見つめていた。やがて、ぶるぶると何度も頭を振る。煙草を取り出して火を点ける。

「何だか様子が変だな」

「そうね」

くるりと岸森がこちらを振り向いた。別に二人の声が聞こえたというわけではなかったらしく、フェンスに背をもたせ、煙草をくわえたままぼんやりと足下を見ている。少し経ってようやく彼は目を上げ、同時に給水塔の二人の姿に気づいた。

あっ、という声が聞こえてきそうだった。一瞬大きく口を開けたかと思うと、ぷいと顔をそむけ、そしてすぐに速足で建物の中に戻っていった。

## 6

屋上をあとにすると、二人はエレベーターで二階まで下りた。

死体の首が発見されたという廊下の様子を実際に見てから、そのすぐ近くにあった201号室のドアの前に立つ。先ほどの岸森範也の部屋である。

何度かノックしてみたけれども、中から返事はなかった。

「おかしいな」

と、響が首を捻る。

「あれからすぐに外出しちまったってことか」

「そうみたいね」

それから二人は一階に下り、マンションのガレージに向かった。十六日の朝、映美が本物の明日香井刑事とぶつかった廊下の曲がり角から、オートロックの通用口へ——。

「光彦君の車は？——ああ、あれかい」

薄暗がりに並んだ車の中に青いゴルフを見つけ出し、響が足を向ける。

「ふうん。この中にねえ」

ドアはどれもロックされている。窓越しに後部座席を覗き込む響に、

「彼、わりとルーズなとこがあったわ」

と、映美は云った。

「ルーズって？」

「車のロックよ。喫茶店とかレストランとかへ行っても、しょっちゅうドアのロックを忘れるの。そのたびにわたしが注意してたのよ」

「じゃあ、事件の夜にしても、車を離れる時にロックを忘れていた可能性が充分あったと？」

「別に道具を使ってこじ開けなくっても、誰かが凶器や腕を放り込むのは、実にたやすいことだったかもしれないってわけか。横浜のスナックの前で剛三を待っている間、深夜喫茶に寄っている間……」

「そう」

ぶつぶつと口の中で呟きながら、響は青い車のボディを指先で小突く。

「……ん？　あの車が、さっきの岸森の？」

「ああ、そうよ」

光彦の車から二台をおいた隣りに、赤いプレリュードが停められている。

「妙だな」

と、響はそちらへ足を向け、

「あいつ、歩いて外へ出ていったのか」

「もしかして居留守を使ったとか？」

「ありうるね」

「そういえば、あのね明日香井さん、あの岸森って人だけど――」

映美は赤い車の前部に回り込み、

「ちょっと変なことがあったの」

「あの事件の夜に？」

「ううん。そうじゃなくって、あれは確か、先月の中頃だったかな。光彦君の部屋に来て、そのう、泊まっていった日のことなんだけど、夜中にね、彼が車の中に忘れ物したって云うからわたしが取りにいってあげたの。その時に偶然、あの人——岸森さんを見かけて」

「夜中って、何時頃のこと？」

「ずいぶん遅かった。三時か四時か、そんな時間」

「ここで？」

「エレベーターを出たところで、ちょうど。でね、その時のあの人の顔、何だか真っ青で、わたしが降りてきたのを見るとぎょっとして……」

岸森は、映美の視線を避けるようにさっさとエレベーターに乗り込んだ。そのあとこのガレージに来て、何となくこのプレリュードのボディーが目に留まったのだったが——。

「その時ね、もしかしたら気のせいかもしれないんだけど、この車の前のバンパーがへこんでるように見えたの。それでわたし、きっと帰り道で電柱にでもぶつけて、だからあの人、あんなに憂鬱《ゆううつ》そうだったんだなって……」

7

諸口昭平に挨拶をしてから、二人はレジデンスKを出た。明日香井偽刑事の次の行き先は御玉神照命会の本部ビルだったが、そこへも映美は一緒に行くことにした。パジェロを運転する響は、何やら急に口数が少なくなっていた。眉を少し寄せたその横顔は心なしか悄然《しょうぜん》として見える。

意気込んで「捜査」にとりかかったものの、レジデンスKを訪れて得られたのは結局、光彦以外の人間が被害者の死体を運び込むことはできなかったはずだ、という事実の確認でしかなかった。そのせいだろうか。

時刻は午後五時半。日の長い今の季節だけれども、厚い雲に覆われた空は、すでにかなり暗かった。

車に揺られながら、映美は何となく昔のことを思い出す。

三年前——二十一歳の秋に、彼女は明日香井響と知り合った。大学三回生の時である。友だちに誘われて顔を出した、前期試験後の合コン。相手は同じ京都の、某有名国立大学の「超常現象研究会」なるサークルだった。

その席上で、一番愛想がなく、一番笑顔が少なく、一番服のセンスが悪く……要は一番女の子たちの評判が芳《かんば》しくなかったのが、明日香井響だったのだ。にもかかわらず、何であの時自分が彼に心を惹《ひ》かれたのか、不思議で仕方がない。そしてその後一年半の間、どうして自分と響がいわゆる〝恋人関係〟を続けてこられたのかも、いま思えば不思議だった。

とにかく、基本的に徹底した自己中心主義者なのだ、彼は。

自分が興味を持ちさえすれば、どんなくだらないことにでも、哲学者にはあらゆる経験が必要なのだとか何とか云って首を突っ込む。逆に、無関心なことにはそれこそ指一本動かそうとしない。あまりの勝手さ加減に愛想を尽かしかけたことが、その間に何度もあった。

（でも……）

卒業したら関西で就職して、しばらくはまだ響のそばにいたい、と考えていた。二浪していた三つ年上の響の方は、その時点でまだ教養部の単位も揃っておらず、しばらくは卒業など考えてもいないふうだったけれど、そんなことはあまり気にはならなかった。彼は自分の好きなように生きたらいい、と本気で思っていた。

ところが——。

大阪での就職先も決まり、卒業を間近に控えた頃——今から一年半前のことだ——、あの事件が起こったのである。あの事件——東京の実家で、父が病を苦にして自殺するという。急遽《きゅうきょ》、映美はこちらに帰ってこなければならないこととなった。そのわけを、響は問いもしなかった。「ああ、そう」と、いつもの飄《ひょう》々《ひょう》とした調子で答えながら、その頃凝りはじめたボトルシップの製作に没頭していた。

（何であの時、わたしは彼に相談しなかったんだろう）

どうしても相談できなかった。——どうしても。だからあのあと、関西での就職を取り消したことも京都を離れることも、何一つ知らせないまま、映美は彼の前から姿を消したのだった。

今さら考えてみても仕方のないことだと思う。けれども――けれども……。

＊

照命会本部ビルのたたずまいは、気のせいかひどく寂れて見えた。教主を続けざまに失い、その正統な後継ぎが殺人犯として逮捕された――そういった知識が先入観となって、そのように見せるのだろうか。

受付の窓口へと響が近づいていった。落ち着いた足どりである。すっかり偽刑事が板についている。

「警視庁の者ですが」

と云って、上着の内ポケットからちらりと黒い手帳を見せる。まさか弟のものを失敬してきたはずはないから、あれも偽物なのだろう。

「事務局長の野々村さんと広報部長の弓岡さんにお会いしたいんですがね」

窓口の女は――「明日香井刑事」の顔に見覚えがあったのかもしれない――緊張した声で、

「申し訳ありません」

と答えた。

「二人とも、本日はもう帰りました。お急ぎでしたら、自宅の方へご連絡願えますか」

「上のペントハウスの中を、もう一度見せていただきたいんですよ。何とかなりませんか」

「それはちょっと。誰か幹部の者がいる時でないと、お通しするわけにはまいりません」

「今は誰もおられないのですか」

「はい。申し訳ございません」

「仕方ないな」

響は渋い顔をして、映美の方を振り向いた。

「出直してこようか、岬刑事」

ここでは、映美は相棒の女刑事、という設定である。地味めのスーツを着てきたのは、そういう意味では正解だった。

「申し訳ございません」

と、また頭を下げる受付の女に、

「ああ、そうだ」

響は思い出したように尋ねた。

「今夜のこのビルの守衛は、浅田さんと塚原さんですか」

「ええと……はい、そうですが」

「お二人は、まだ？」

「もうそろそろ来る頃だと思います」

「じゃ、それまで待たせていただきましょう。彼らにも少し訊きたいことがあるので」

8

浅田常夫は痩せぎすの若い男だった。二十六歳だというが、突き出た頬骨と底光りのする三白眼《さんぱくがん》のためだろう、何歳も老けて見える。

一方の塚原雄二は、五十過ぎの、丸顔でいかにも実直そうな感じの男。気立てのいい田舎《いなか》の駐在さんといった雰囲気だ。

とりあえずビルの戸締まりの確認をしてこなければならないと云うので、二人の偽刑事はそれが済むのを待ってから、まず浅田とロビーのソファで向かい合った。別々に話をした方がいい、と響が考えたのである。

「……で、結局、外を見にいったものの何も不審な点はなかったわけですね」

「こないだも云ったでしょう、それは」

一応丁寧語を使ってはいるが、若い守衛は、響があれこれと質問を行なう間、ずっと面倒臭そうに顔を曇らせていた。窃盗の前科があるらしいが、そのせいだろうか、二人の「刑事」を見る目つきには明らかな反発の色が窺える。

「人っ子一人いませんでしたよ」

「そのあと、持ち場に戻ったのは何時頃でした？」

「二十分くらいしてから」

「外を見に出る間、ドアに鍵を掛けようとは思わなかったのですか」

「ええ。どうせちょっとの間のことだし」

「塚原さんとの交替は、午前一時でしたね」

「そうですよ。――ねえ刑事さん、前と同じことを、いったい何回云わせるんです」

「まあまあ」

と、響は煙草を挟んだ手を軽く振って、相手の抗議を却下する。

「交替の時には、もう一度ビルの内外を見てまわるんでしたね。それはあなたが？」

「あの夜は、僕がここに残って塚原さんが見てまわったんです」

「なるほど。いやいや、どうも」

響は片方の目を細くして、浅田の顔をしんねりとねめつけた。

「確認させてくださいよ。つまり、ええと、あなたが事件当夜、勤務中にここで出入りをチェックした人間は一人だけだった。それは斎東美耶という女で、十五日の午後八時半頃にやって来て屋上へ行き、十一時前頃に出ていった。事務局長の野々村史朗が出ていったと思われる時間には、あなたはちょうど外の見まわりにいっていた。――間違いありませんね」

「ありませんよ」

浅田は短く刈った縮れ毛を撫でつけながら、ぶっきらぼうにそう云った。

＊

「……で、浅田さんとの交替の際、あなたがビルの内外を巡回されたということですが、その時、何か異状はありませんでしたか」

「いいえ」

塚原雄二はこわばった顔で首を振る。浅田の〝反発〟に対し、この男が「刑事」に抱いているのは、基本的には〝畏怖《いふ》〟の感情のようだった。

「どんな些細《ささい》なことでもいいのですが」

「いいえ、私は何も」

「屋上の方も見にいかれたのですか」

「いいえ、まさか。〝お籠もり〟の期間中は、何人《なんぴと》たりとも神殿へは行ってはならぬ決まりです」

塚原は、白髪混じりの髪がへばりついた卵形の頭を垂れた。

「なのに新しい教主様は、女を引き入れたり、ここを抜け出したり……いや、死んだ方の悪口を云うつもりはありませんが、私は亡くなられた光子様がお可哀想で」

　この男も、開祖光子のシンパだったということである。

「そのことは——つまり、貴伝名剛三が〝お籠もり〟中であるのにもかかわらず愛人を呼び込んでいたということは、前からご存知だったのですか」

「いいえ！」

　塚原は強くかぶりを振った。

「私は全然。先日刑事さんからその話をお聞きするまでは。もしも知っていたら、黙ってはおりません」

「というと？」

「どなたか、会の幹部の方に訴えるなりしたでしょう」

　きっぱりとそう云う彼の目に危険な狂信者の眼光が見えたのは、気のせいだろうか。

「なるほどね」

　響は、同感です、と云うように頷いてみせ、

「事件の夜、浅田さんと交替されてから朝までの間、このビルに出入りした者はいましたか」

「いえ、誰一人いません」

「翌朝一番にここへ来たのは、誰でしたか」

「確か、弓岡さんだったと思いますが」

「弓岡妙子——広報部長か。塚原さん、彼女と貴伝名剛三との関係はご存知でしたか」

「…………」

塚原はあからさまに顔を曇らせ、曖昧《あいまい》に首を振るだけだった。

＊

「一つ妙なことに気づいたんだ。分かるかい」

守衛たちへの質問を終え、ビルを出て車に乗り込むなり、響がそう云った。

「妙なこと？」

映美は首を傾げた。

「分かってた事実の確認だけだったみたいだけれど」

「それはまあそうだけど、実際にあの二人と会ってみてね、気づいたんだ」

「——？」

「まず、あの二人の性格の違いだね。塚原の方は熱心な照命会の信者だったろう？　開祖光子を崇拝していて、会の決まりも重んじていた。それに対して、浅田の方はどうだった」

「まるで関心がないって感じだったわ」

「そう。浅田は信者でも何でもない、ただの雇われ警備員だったのさ。だから貴伝名剛三にしても、彼を金で丸め込んで、愛人たちをノーチェックで屋上へ通させることができた。そういう意味で、浅田は剛三にとって安全な人物だったってことだ」

「そうね」

「そこで、妙に思うわけさ。つまり——。

事件の夜、剛三はビルの裏に怪しい人影を見たと電話してきて、浅田に外を見にいかせた。その隙にこっそりビルを抜け出したってことだけど、相手が塚原ならともかく、どうして〝安全人物〟である浅田を相手に、彼はそんな芝居を打つ必要があったのか。会の決まりを破って出ていくだけなら、また金でも摑ませて口止めすりゃあいいのに」

「そういえば……」

「ビルを抜け出したこと自体を、剛三は誰にも知られたくなかったんだろうか。単に会の規則を破る以上の意味が、そこにはあったと。いや、しかし……」

気になる言葉の濁らせ方をして、響は車をスタートさせた。

## 9

適当なレストランで夕食を済ませると、明日香井偽刑事はS市の中心街へと向かった。剛三の愛人の一人、浜崎サチがやっているスナックを訪れてみようというのである。

映美は迷った末、一緒に行くことにした。

彼の顔を見、彼と話をすることは、ある意味で辛くもあった。彼に対する現在の自分の、あまりにも複雑な想いに当惑した。留置場にいる光彦のことが気にもなった。そのことはもうどうでもいい、と思う投げやりな気持ちもあった。彼と別れてこのまま一人で家へ帰ってしまうことを拒否する感情もまた、強く存在した。一人になりたくない、と思った。一人になるのが、どうしようもなく怖かった。

時刻は八時半。土曜の夜のことでもあり、盛り場を歩く人の数は多かった。車を近くの預かり所に置くと、響が弟から調達しておいた店のマッチを頼りに、二人は〈SIXTY〉という名のそのスナックを探した。

マッチに地図が描いてあったおかげで、案外と早く店は見つかった。雑居ビルの三階にある、小ぢんまりとした店だった。

カウンターと二つのボックス席。照明が少し暗すぎるかとも思えるが、全体的に白を基調とした内装で、雰囲気は悪くない。

二、三人の客がボックス席の方にいて、アルバイトらしき若い女の子がその相手をしていた。BGMは有線放送の歌謡曲ではなく、ローリング・ストーンズの古いナンバー。これはサチの趣味なのだろうか、と意外な気がしたが、ボックスの客たちはきっちりカラオケの選曲を始めている。

二人がカウンター席についたのに気づき、洗い物をしていた女が目を上げた。

「いらっしゃ……あっ」

響の顔を見て、すぐに「先日の刑事」だと分かったらしい。

「どうも。いらっしゃい」

と云って、女——浜崎サチは微笑を繕《つくろ》った。身体の線を強調した黒いワンピースを着ている。派手な顔立ちに厚めの化粧。けれども美人であることは確かだ。

「ジンジャーエールを。——君は？」

「ジンフィーズ」

二人の注文に頷きながらサチは、

「今日は、何か？」

やんわりと探りを入れてきた。

「いや、ちょっと通りかかったもので、寄ってみたんですよ」

と云って、響は愛想笑いのような表情を作った。

「あら、そう。嬉しいわ。明日香井さん、でしたわね。そっちの方は？　いい人かしら」

と微笑《ほほえ》みかける応接の態度は、さすがにプロである。

「残念ながら」

響は肩をすくめ、

「単なる同僚ですよ。岬刑事」

「はあ、一応」

と、映美は軽く頭を下げる。やはりどうにも居心地が悪い。まるで臆する様子もなく「刑事」を名乗る響の度胸は、大したものだと思った。

それからしばらくの間、響は世間話で場をもたせていた。相手の警戒心を解こうという作戦だろうか。映美と付き合っていた頃は、こういう場所ではまったくの話し下手だった彼が、驚くほどスムーズに、うまい話題を持ち出しては相手の気を惹《ひ》いた。おおかた、この一年半の間に「酒場での社交術」とでもいったことに凝ったのだろう。

「明日香井さんも一曲、いかがかしら」

と、やがてサチがカラオケの歌詞集を取り上げた。この時ばかりはさすがに、響は渋い顔を見せた。

「いやあ、僕は苦手なので」

「そんなこと云わずに。あたし、刑事さんの歌う歌、聞いてみたいわあ」

と、頭を掻く。

「いや、しかし……」

響のカラオケ嫌いを、もちろん映美は知っていた。歌が下手なわけではない。むしろ素人《しろうと》離れしてうまいのだが、それだけに「あんなもの」と云って、カラオケ文化の興隆を全否定するのである。

「どうせ刑事さん、何のかんの云って、あたしに何か訊きにきたんでしょ」

赤い唇で艶っぽく微笑みながら、サチが云う。

「歌ってくれないと、何も答えてあげないから」

かくして響は、しぶしぶマイクを取ることとなった。

＊

お勤めを終えると、響は苦々しい顔でマイクを置き、煙草をくわえた。

「お上手なのね、刑事さん。あたし、びっくりしちゃったわ」

と、サチは拍手の手を止めない。響は苦笑して、

「ところでね、浜崎さん」


「お祭しのとおり、ちょっとお訊きしたいわけなんですが」

「どうぞ。あたしは何もやましいことはしてないから、何でもお答えするわ」

「それじゃあ。まず伺いたいのは、あなたのお子さんのことです。お子さんは……」

「ええ。前にも云いましたでしょ。和樹は剛三さんの子です」

「しかし、認知はされていない？」

「ええ」

サチはちょっと表情を翳《かげ》らせた。

「今さら云っても、もうどうしようもありませんから」

「ですが……」

「そのことであたし、あの人を責めるつもりはない。けれど、そりゃあ悔しい思いでいっぱいだわ。だってね、早ければ再来月《さらいげつ》にでもあの人、認知してくれるって約束をしてたんですもの」

「再来月に？」

「ええ。〝お籠もり〟が済んで、教王の引き継ぎが完了したら」

「これまでは、何故？」

「それは――、奥さんの目があったからね」

「彼の浮気は、光子夫人も黙認するところだったんじゃないんですか」

「それはそうでしたけど。でも、子供の認知はどうしても駄目だと」

「あなたは強く云わなかったんですか」

「云ったわよ。けど、取り合ってはくれなかった。あたしも時々頭に来て、お酒が入ったりすると、ずいぶん派手な喧嘩《けんか》もしたわ。でも、このお店を持たせてもらって、子供を育てるお金も貰っていたから……」

「あなたを受取人に指定した生命保険にも、入っておられたんでしょう？」

だわ」


「ええ」

サチはグラスの水割りをあおり、

「あたしね、何だかんだと云いながら、やっぱりあの人のことが好きだったんだろうな。だからこの六年間、他の男が現われても、どうしてもあの人から離れることができなかったんだわ」

意外な思いで、映美はそれを聞いていた。

「馬鹿な女だと思うでしょ。あんな男にどうして、って」

「いやあ……」

「でもね、刑事さん、そういうことってあるものなのよね。つまらない男だと分かってても、どうしようもないことってさ」

BGMは再びストーンズに戻っていたが、話の内容は何だか演歌じみてきた。

「あの人、お世辞にも善人とはいえないけど、とても孤独な人だったんです。若い頃は関西の方で凄く苦労したらしい。恐喝とか盗みとか、やくざまがいのことまでしたって云ってたわ。戦争で家族をみんな亡くして、親戚も全然なくって。

光子さんと一緒になってからも同じよ。あの奥さん、あたしに云わせればちょっと気がふれたような人だったから……。それからは、あの教団を大きくするのが、あの人の生き甲斐《がい》だったっていいます。光子さんが死んだって聞いた時には、だからあたし、何だかほっとして……」

顔には出ていないが、どうやら彼女、響たちが来るまでにもうかなりアルコールが入っていたらしい。水割りの残りをぐいぐいと飲み干すと、すぐにまた新しい酒を注ぎ、口に運ぶ。

「六月の光子夫人の死については、どう考えますか」

響が話の矛先《ほこさき》を転じた。

「彼女は自殺したのか、それとも殺されたのか。殺されたのだとすると犯人は誰か」

「……………」

サチは口をつぐんで、響の顔を見つめた。彼はその潤《うる》んだ瞳にちょっとたじろぎながら、

「光彦君――光子夫人の息子さんは、彼女の死は殺人で、剛三氏が犯人なんだと信じ込んでいるようですが」

「あの人が殺した？　――ええ、そうかもしれないわね」

と、サチは答えた。

「そうかもしれない。あのあと、あの人、何となく怯《おび》えてるふうだったから」

「じゃあ、もう一つお訊きします。警察では今、剛三氏を殺した犯人は光彦君だと見ていますけど、仮にそうじゃなかったとしてですね、あなたは他に誰が怪しいと思いますか」

「光彦さんが犯人じゃないとして……」

口の中で響の言葉を繰り返してから、サチは答えた。

「弓岡妙子」

「えっ」

響はカウンターに少し身を乗り出して、

「そりゃあまた、どうして？」

「だって、あの人が死んで、光彦さんが捕まったってことになると、次の教主の第一候補は彼女だから」

「本当に？」

「ええ。貴伝名家にはもう近い親族なんかいないっていうし、広報部長っていっても彼女、あの教団の中じゃ、剛三さんの片腕みたいな存在だったのよ。だから……」

＊

「さてと、次は斎東美耶か」

浜崎サチのスナックを出ると、響は歩きながら大きく伸びをした。

「今から訪ねるの？」

と、映美は腕時計を見、

「もう十時半だけど」

「ちょっと遅すぎるかな」

「わたし、疲れちゃった。明日にしましょ」

明日も彼と一緒にあちこちをまわることを、無意識のうちに自分の予定にしてしまっていた。それに気づき、映美の心はまた複雑に揺れる。

「疲れたのは僕も同じさ」

響は自分の肩をぽんぽんと叩き、

「特に、さっきのカラオケでどっと疲れた」

「久しぶりに明日香井さんの歌、聞いた……」

酔いが回ってほどよくほてった頬に、夜気《やき》が心地好い。映美は思わず響の細い肩に身を寄せ、そっと腕に手をまわした。

10

翌日の待ち合わせは、午前十時に前日入った喫茶店で、だった。

二人はさっそく、斎東美耶の住むマンションへ向かった。彼女のブティックは、貴伝名剛三の死以来ずっと閉店中らしい。今日の訪問は、響が弟夫婦の家を出る前に電話で知らせておいたという。

車中、響はいやにむっつりとしていた。映美が話しかけても、うわの空のような返事しか返ってこない。考えごとをしているようにも見えたが、単に機嫌が悪いとも取れた。

昨夜、サチの店を出たあとに取った自分の行動を思い出す――。

腕に絡んだ映美の手を、彼はそっとほどいた。そして、思いがけないほどに厳しい声で云ったのだ。

「僕は君の彼氏を助けるために動いてるんだぜ」

それは、映美がこれまで知らなかった明日香井響の顔だった。

「一年半前のことを根に持ってるわけじゃないさ。きっと僕は君の恋人としては失格だったんだろうとすら、あのあと思ったよ。だから、君を探すこともしなかったんだ」

「どうして探してくれなかったのよ!」

とっさの激情にかられて、映美は叫んでいた。

「あなたさえそうしてくれてれば、わたし、こんな……」

泣き崩れてしまった。それまで内に秘めてきた数々の感情が爆発したように。

「今は光彦君が好きなんだろう」

そう訊かれて、大きく頷いたように思う。

「だったら、今するべきことは一つだけさ。彼を助けなきゃあね」

彼の声は優しく、そして厳しかった。

そのあと——そうだ、別れ際に、光彦とのなれそめについて彼に質問された。横浜のプールバーでたまたま知り合ったのだと、それだけ答えたのだったが。

(——まさか)

映美の心は不安にざわめく。

(まさか……ああ、でも……)

＊

斎東美耶は、事前の連絡で心の準備ができていたのだろう、不自然なほどの愛想の良さで二人を迎えた。

例によって響は、映美のことを相棒の女刑事として紹介した。二十畳以上もありそうな広いLDKのソファに落ち着くや、コーヒーの香りが漂ってくる。

「お店の方は閉めたままでいいんですか」

響の問いに、美耶は翳りのある声で、

「体調がすぐれなくって」

と答えた。

「おかしなもんですね。あの人とは単なる契約関係と割り切ってたつもりだったのに、突然あんな死に方をされると、やっぱり……」

「保険金は入るのでしょう？」

「え？　──あ、ええ、まあ」

小柄な女だ。目の大きさと顔の輪郭《りんかく》のバランスが悪いせいか、あまり美人には見えない。

「あのう、今日は何でしょうか。知ってることはもうお話ししたはずですけど」

「電話でも云いましたが、もう一度、事件の夜の模様をお聞きしたいと思いましてね」

云って、響は出されたコーヒーを口に運んだ。

「犯人は捕まったと聞きましたけれども」

「それが微妙なところなんですよ」

「…………」

「どうも僕には、彼──貴伝名光彦の仕業とは思えないのです」

そして響は、問題の夜、美耶が教団ビルのペントハウスを訪れ、帰るまでの出来事について質問を始めた。特に力を入れて訊いていたのは、十時半頃に剛三にかかってきたという電話の件である。

「相手が誰だったのか、まったく心当たりはないのですか」

「はい。あの、わたしは、あまりあの人の仕事とか、プライベートな部分については聞かされていなかったので」

「男か女かも、分かりませんか」

「——はい」

「ふん」

頷いて響は、美耶が再現してみせた電話の受け答えを繰り返した。

「分かっている。約束どおり、誰にも云ってはいない。そっちの指示に従おう。——か」

その電話は貴伝名光彦からのものだろうというのが、警察の見解らしい。つまり、午前零時半に光彦の部屋へ電話がかかってきたのとは別に、あらかじめ光彦の方が剛三に連絡を取っていたのだ、というのである。

その頃、すでに映美は光彦の部屋に来ていたのだが、確かその時間にはシャワーを使っていたと記憶している。だから、そういった見解を否定したくてもできないのだった。

「ところでね、斎東さん」

と、急に響の声が鋭くなった。

「話は変わりますが、六月の貴伝名光子の事件について、新しい事実が発見されたのをご存知ですか」

「えっ?」

美耶の顔が、目に見えてこわばった。いったい彼は何を云うつもりなのだろう、と映美も思わず身を硬くした。

「光子の首を絞めた指の痕が、貴伝名剛三の指の形と一致したのですよ。これは、剛三の死体を詳しく調べた結果、判明したことです」

「そ、そんな……」

「光子を殺した犯人は、彼だった」

蒼《あお》ざめる美耶の顔を見すえ、響は淡々と云った。

「あなたが証明した彼のアリバイは偽物だったことになりますね。いかがですか」

すると途端、

「わたしは――」

美耶は哀れなほどに狼狽《ろうばい》し、力なくこうべを垂れた。

「わたしはただ……」

「彼に頼まれて嘘《うそ》をついたのですね」

「わたしは、そんなこととは知らずに……」

「分かりました」

無表情に云う響の顔がこの時、映美には何だかサディスティックにさえ見えた。

＊

美耶のマンションを出ると、響はすぐに近くの電話ボックスに飛び込んだ。弟の叶刑事に美耶のことを報告したのである。

「ね、明日香井さん」

恐る恐る、映美は訊いてみた。

「指の痕が一致したっていうさっきの話、もしかしてでたらめだったんじゃあ？」

「ちょっと鎌《かま》をかけてみただけさ。光子の首から見つかったのは、紐か何かで絞められた痕だよ。あまり頭のいい女じゃないな、彼女。予想していた以上に呆気《あっけ》なく崩れたんで、こっちが驚いた」

「——ひどいやり方」

「お手柄と云ってほしいな。他人の罪を暴《あば》くなんて、どんな方法を使おうが価値は一緒さ」

そう云って、響は何となく投げやりとも見える笑みを浮かべた。

11

午後から二人は、照命会の本部ビルに向かった。今日は日曜で会の事務は休みなのだが、昨夜、響が電話で野々村と弓岡に連絡を取り、時間を指定して、来てくれるよう頼んでおいたのである。

「ああ、刑事さん」

響の顔を見ると、すでに来ていた中年の小男が、何やらひどく慌てた様子で玄関ロビーのソファから立ち上がった。野々村史朗だ。

「どうも、わざわざご足労いただいてすみません。弓岡さんは？　まだですか」

「その弓岡のことですが」

鼻息も荒く云いかけて、事務局長はふと言葉を止めた。

「刑事さんは、ご存知じゃないんですか」

「といいますと？」

響は怪訝《けげん》そうに眉をひそめた。

「さっきここに連絡がありましてね。私は、今日は午前中から来て、上で仕事をしておったんですよ。そこへ、ついさっきM署の尾関さんから……」

「尾関警部補から？」

響はますます怪訝そうな顔で、

「いったい何が？　僕のところには、その、まだ連絡は入っていないのですが」

「そ、それがですね」

野々村は、手にしていた白いハンカチを揉《も》みながら云った。

「弓岡が今朝、自殺をはかったというんです」

「何ですってえ？」

響は驚いて眉を吊り上げた。

（あの人が自殺を？）

驚いたのは映美も同じだ。

照命会広報部長、弓岡妙子。——彼女の顔を思い出す。貴伝名剛三の死体が見つかったあの日の昼前にも、訪れたレジデンスKのロビーで、映美は妙子の姿を見かけていた。

銀縁の眼鏡をかけた、一見知的で冷たい感じの顔立ち。けれどもあの時は、恐らく剛三の死体を確認させられたあとだったのだろう、化粧っけの少ないその顔は蒼ざめ、こわばり、ひどく醜く見えた。

「自宅で、ガス自殺をしようとしたらしいんです」

野々村が説明する。

「幸い、ちょうど宅配便の配達が来て臭《にお》いに気づき、大事には至らなかったそうなんですが」

「じゃあ、いま彼女は病院に？」

「はい。発見が早かったんで、命にも健康にも大した影響はないということです。ただ、精神状態が……」

これは後になって詳しく聞いた話だが、野々村の言葉どおり、発見が非常に早かったことと、昔と違って一酸化炭素の含まれない天然ガスであったおかげで、妙子はまだ意識を失うにも至っていなかった。が、その精神状態は大変な乱れようだったという。

彼女はどうやら本気で、貴伝名光子が生きていると信じ、そのことに激しい恐怖を感じていたらしい（少なくとも私にはそう見えた、と、S署からの連絡で病院を訪れた尾関警部補は語っている）。救急車の中でも病院に着いてからも、絶えず大声で喚いたり泣き叫んだりしていたのだそうだ。

列車に轢かれた死体は光子のものではなかった。光子は生きている。そして、剛三に復讐をしたのだ。今度は自分が、彼女に殺される番なのだ。剛三と同じように、身体をばらばらにされて……。

いくら警官や医師たちがなだめても、昂《たか》ぶった神経はなかなか鎮まらなかった。病院の看護婦を指さしては、ほら、そこに光子様がいる、と喚く。誰もいない窓の外に目を向けては、今そこに彼女がいた、と訴える。

鎮静剤の効果もあって、この日の夕方には、妙子はそういった状態から回復した。平静を取り戻した彼女は、今度はいやに理性的な口調で、皆を騒がせたことを詫び、家に帰してくれと云いだしたという。もう馬鹿なまねはしない、今朝はどうかしていたんだ、と。

医師の許可も下りて、結局その夜には妙子は病院を出たのだが、その前に彼女の口から語られた、新しいある事実があった。それは――。

例の、ペントハウスの屑籠から発見された貴伝名剛三宛、発送人不明の「脅迫状」と同じ手紙が、先月の初め、彼女の許にも送られてきていたというのである。もっとも、気味が悪いので誰にも話さずにすぐ捨ててしまったらしく、尾関たちがその現物を確認することはできなかった。

「もう照命会は終わりですよ、刑事さん」

いくらか興奮が収まってくると、野々村は放心したように顔を伏せた。

「こんな……立てつづけに人が死んで、光彦君が逮捕されて、幹部には自殺未遂者まで。これが会員に知れれば、もう……」

「光彦さんについてはまだ、どうだか分かりませんよ」

響が云うと、野々村は驚いて顔を上げ、

「本当ですか」

「彼は今も、自分のやったことじゃないと否認を続けています」

「そうですか。いや、光彦君だけは違うと、私は信じているのですが」

その言葉が本心かどうか、映美にはどちらとも判断がつかなかった。

「その辺りを調べ直すために、今日はここへ来たんです」

響は云った。

「もう一度、屋上を見せていただこうと思いましてね」

「は、はい」

弱々しく頷いたところで、野々村はようやく、響の後ろにいる映美の姿に気づいたらしかった。

「そちらの方は？」

響が答えようとした途端、野々村は、ああと声を洩らして、

「彼女は僕の同僚の……」

「あなたは確か、光彦君の……」

いつだったか、光彦と外へ出かけていて偶然野々村と出会い、紹介されたことがあった。

映美はそれを思い出し、

「岬です」

慌《あわ》てて口をつぐむ響の横へ進み出、半ば開き直った気持ちで会釈した。

「わたしも光彦君のことが心配で、だから今日は、刑事さんに頼んでついてきたんです」

12

二人は野々村の案内で、神殿直通のエレベーターに乗り込んだ。

「このビルの屋上へ行くためには、このエレベーターを使うしか方法がないのですか」

屋上神殿——例のドーム内部のホールに降り立ったところで、響が尋ねた。野々村は神妙に頷いて、

「普段はそうです」

「普段は、といいますと？」

「火災や地震の場合に備えて当然、階段もあるわけでして」

「そうでしょうね。その階段はどこに？」

「そこです」

と云って野々村が示したホールの隅に、なるほど、［非常階段］と上に表示された出口があった。だが、今は灰色の頑丈そうなシャッターが下りている。

「あのシャッターは施錠されているのですか」

「ええ」

「鍵の保管は？」

「下の受付の金庫に。ただ、もちろん操作盤には『緊急』のボタンがあって、非常時にはそれで開くようにできているのですが」

「ふうん」

響はつかつかと、そのシャッターの方へ歩み寄っていった。そして、横手の壁に埋め込まれた操作盤の蓋を開く。

「ははあ。これですね」

と云って、中を指さした。映美と野々村もそちらへ足を向ける。響が示したのは、ちょうど火災報知器と同じように薄いガラス板でカバーされた、赤いボタンだった。

「最近——もっと絞って云うと貴伝名剛三が殺された夜、このシャッターが開かれた形跡はありませんでしたか」

「いいえ」

野々村はきっぱりと首を振った。

「そのようなことはなかったはずです」

「この向こうの階段は、普通に各階を通って下へ向かっているんですか」

「いいえ」

とまた、事務局長は首を振った。

「階段もエレベーターと同じで、他の階へは寄らずに直接一階へ通じています」

「変わってますねえ」

「何しろ、この神殿は特別な場所ですので」

「なるほど。階段は一階のどこに？」

「エレベーターの脇の廊下を少し奥へ行ったところです」

「そこからこのビルの外へ出るためには、やはりあの受付の前を通らなければならないわけですか」

「ええ」

結局、この屋上にいる者がビルの外へ出ようと思えば、エレベーターを使おうが階段を使おうが、受付にいる人間の目の前を通っていかなければならないということである。

「ふん。——いや、どうも」

軽く頭を下げ、響はシャッターのそばを離れた。

「じゃあ次は、ペントハウスの方を見せてくださいますか」

＊

御神体「大御玉」が祭られた神殿を抜け、短い廊下を教主用のペントハウスへと向かう。

野々村には、ゆっくり調べたいので下で待っていてくれるよう頼んで、響と映美は順番に部屋を見てまわった。

「実は、昨日から一つ考えていることがあってね」

今朝からずっと、映美に対しては妙に重かった口を、響は開いた。

「そのために、どうしてもここを見てみたかったんだが」

このペントハウスの窓からはビルの下の人影など見えないという話だったが、確かにそのとおりだった。窓から外を覗いてみても、屋上フロアのコンクリート面に阻《はば》まれて、とてもビルの袂《たもと》には目が届かない。

リビングから厨房《ちゅうぼう》、書斎、寝室、そしてバスルーム。どの部屋も、広々とスペースを取った豪勢な造りである。

バスルームは、床も壁も浴槽もすべてつるつるの大理石で造られていた。何を考えたものか、響はその床に這いつくばったり指で擦《こす》ったりしていたが、やがて起き上がって肩をすくめ、

「見つかるわけないか」

と呟いた。

それから響は脱衣室の鏡の前に立ち、乱れた髪のセットを直しはじめた。ふと視線が下に落ちたかと思うと、化粧台の前に置かれていたヘルスメーターに、ひょいと足をのせる。

「明日香井さん」

わけの分からない彼の言動に、映美の神経はだんだんと苛立《いらだ》ってきていた。

「いったい何を……」

「このところ運動不足でね」

響は涼しい顔で云った。

「二十五歳を越えると体重に注意っていうのは、本当だな。君も気をつけろよ」

# 13

なおもあちこちの部屋をうろうろする響から離れ、映美は独りリビングに戻って、ソファに腰を下ろした。

落ち着かない気分だった。これから自分がどうしたらいいのか、途方に暮れる思いですらあった。

今朝からの響の様子は、やはりどこかおかしい。今日はもう、会わない方が良かったのかもしれない。今日は——いや、今日だけじゃなく、もうずっと。

(もうずっと……)

(……ああ、でも)

昨日から考えていることがある、とさっき彼は云っていた。あれはいったい何だというのだろう。何か、事件について重要な手掛かりを見つけたのだろうか。

背もたれに、ぐいと後頭部を押しつける。風邪《かぜ》のひきはなだろうか、今朝から何となく頭が重かった。

昨日から響とともに会った関係者たちの顔を、順に思い出してみる。

熱烈な光子のシンパだったというレジデンスKの管理人、諸口昭平。岸森範也の不審な行動。貴伝名剛三にとっての〝安全人物〟であった浅田常夫。それとは正反対の信者、塚原雄二。剛三のことを本当に愛していたのだという浜崎サチ。

光子が死んだ夜の剛三のアリバイは偽物だった、という斎東美耶の告白。弓岡妙子の自殺未遂。この教団はもうおしまいだ、と嘆く野々村史朗。

いったい響は何を考えているのだろう。何を……？

「明日香井さん」

しんと静まり返った屋上の部屋。その静寂が急に耐えがたいものに思えてきて、映美は、再び寝室の方を見にいった彼にそっと声をかけた。

「ね、明日香井さん」

返事はない。

(何をしてるんだろう)

映美はソファから立ち、寝室に向かった。

そこにはしかし、響の姿はなかった。見ると、ベッドの向こうの青いカーテンがゆらゆらと揺れている。外へ出ていったのだろうか。

カーテンをめくると、その向こうのガラス戸が開かれていた。茶色い煉瓦敷きのテラスが外には設けられている。

映美はスリッパ履きのまま、室外へ飛び出した。

テラスを囲んだ低い柵の切れ目から、コンクリートの屋上へ出る。見まわすと、右手に隆起した白いドームの脇に独り、彼が立っていた。

「明日香井さん」

足速にそちらへ向かう。

映美の声が聞こえてか聞こえずか、昨日と同じ背広姿の響は、黒いフェンスに身を寄せたままこちらを振り向こうとしない。

「明日香井さん？」

もう一度声をかけたところで、ようやく響は映美に気づいたと見えた。

「どうしたんだい」

と、軽く手を挙げる。

「だって、呼んでも返事がないから」

「ああ、悪かったね」

そう応えつつも、どこかしらうわの空といった声だった。泣きだしたいような気持ちで映美がねめつけると、響は小首を傾げて、

「どうしたんだよ、そんな顔して」

「何でもないわ」

「ふん。——面白いものを見せようか」

そう云って、響は上着のポケットに手を潜り込ませた。そして彼が取り出したのは、黒い革の札入れだった。

「それがどうか？」

「僕のものじゃないよ。さっき寝室のベッドの下で見つけたんだ」

「…………」

「中身は十数万の現金、クレジットカードに名刺……」

分厚く膨らんだ札入れに、映美はじっと目を凝らした。

「貴伝名剛三のものさ、これは。剛三の名刺だけで十枚は入ってるから。こいつが寝室に落ちていた——その意味が分かるかい？」

「…………」

「さっき云ってただろ、考えてることがあるって。それを裏づける証拠になるのさ、これが。つまりね、警察をはじめ僕たちはみんな、今までずっと、出来事を逆方向に見せられていたってことで……」

「出来事を、逆に？」

「そうさ」

札入れをポケットに戻すと、響はくるりと背を見せ、屋上の端から斜めに少し外側へ張り出したフェンスのパイプを握った。

「さてと、いよいよ問題は絞られてきたわけだ」

何となく身の置き場に困りながら、映美はそんな台詞を呟く彼の後ろ姿を見つめた。ちょうどその向こうには、境川を挟んでレジデンスKの屋上が見えた。

川に面したこちら側の壁面には、窓が一つもない。通いなれたマンションのたたずまいが、こうして見るといつもとはまるで違って感じられる。

「次はとりあえず、どうやって死者に翼を持たせるかってことか」

さらに響が呟いた時、不意に、曇り空からぽつぽつと細かな雨が落ちてきた。

# 明日香井叶のノートより　(4)

〔主要な問題点の整理〕

1　犯人は何故、貴伝名剛三の死体をレジデンスKの屋上に運び込んだのか。
a　給水塔の中に隠すため？
b　貴伝名光彦に容疑がかかるように？

2　犯人はいかにして、貴伝名剛三の死体をレジデンスKに運び込んだのか。
a　貴伝名光彦が自分の車で？
b　光彦が犯人ではない場合は？

3　犯人は何故、貴伝名剛三の死体の衣服を剝ぎ、頭部と左腕部を切断したのか。
①　衣服について
a　身元の判別を遅らせるため？
②　頭部について
a　①のaに同じ。
b　貴伝名光子を剛三が殺したと考えた上での復讐？
c　これをレジデンスK二階の廊下に残していったのは何故か。
③　左腕部について
a　①のaに同じ。すなわち指紋を隠すため。しかしそれならば、右腕も切った方がより確かだったのでは？
b　②のbに同じ。
c　これを貴伝名光彦の車の中に残していったのは何故か。
②③に関して思うこと
頭部および左腕部を切断した死体の〝形〟そのものに、何か意味があるとは考えられないか。

あるいは、他に何か意味があるのか。

○「この三つの問題点に正しい答えが出せれば、事件は解決するはずだと思うね」
——八月二十日午後十一時半、明日香井響いわく。

# V 明日香井家における事件の「不可能性」の検討

## 1

その夜、明日香井叶が帰宅したのは、午後十二時を回ってから——すなわち八月二十二日月曜日の午前のことだった。

兄の響はもう帰っているようだった。深雪はというと、だいたいが朝は遅くて夜更かしが得意なので、この時間帯にはまだぴんぴんしている。

ネクタイを緩め、疲れた身体をぐったりソファに投げ出しながら、

「兄貴は？　風呂かい」

お茶の支度を始めた深雪に尋ねた。

「カナウ君の書斎にいるわよ。何か調べ物みたい」

「調べ物？」

まったく、あの兄には困ったものだ。あれほど無茶はしてくれるなと云っておいたのに、「明日香井刑事」の名をかたってあちこちを嗅《か》ぎまわっている。

バレなきゃいいだろ、別に捜査の邪魔をしようってんじゃないんだし、と簡単に云うが、もしもバレたら一大事だ。下手をすれば、こっちは懲戒《ちょうかい》免職《めんしょく》ものである。

今日はしかし、驚いた。

昼前に突然電話がかかってきて、斎東美耶が偽証を自白したぜ、と来たのだ。何でも、彼女のマンションを訪ねていって、新しい証拠が出たとか何とかでまかせを云って白状させたらしい。例の岬映美という女が相棒の刑事だと身分を偽って同行していたから、その辺の辻《つじ》褄《つま》合わせもよろしく、と云われた。

あの時はたまたま、うまく連絡が取れたから良かったようなものの、もしも取れなければどうするつもりだったのだろう。こっちのフォローがないままに美耶が警察へ出頭していたら、相当に話がこじれたに違いない。

まったくもう、重要な証言を得られたのはありがたいけれど、これでは先が思いやられる。早いところ刑事ごっこに飽きて京都へ帰ってくれた方が、叶としては安心だった。

「やあ、お帰り」

と、奥の洋間から響が出てきた。

「今日はいろいろと大変だったんだろう？」

「おかげさまでね」

皮肉のつもりで云ってやったが、彼はにやにやと目を細めながら、

「いや、礼を云われるほどのことでもないさ」

馬耳東風とはこのことである。

「弓岡妙子の方はどういう状態かな」

「耳が早いなあ。どこで聞いたんだい」

「午後に照命会のビルを訪ねてきてね、そこで野々村史朗から」

やれやれ、と思うが、いざ兄を前にすると、あまり強く釘を刺す気も失せてしまう。刑事になりすましてこれ以上動きまわるのはやめてくれ、と今さら云ったところで、気が済むまでやらない限り、どうせやめてはくれないに決まっているのだ。

「それにしても、今日はちょっと焦《あせ》ったよ」

響は云った。

「夕方にまたレジデンスKへ足を運んだんだがね、用を済ませて出てきたところで、お仲間と出くわしてさ」

「お仲間？」

嫌な予感がした。

「まさか、誰か警察の……」

「ああ。M署の刑事さん二人と、ばったり」

「だ、誰と？」

「尾関警部補と、芳野っていう若い刑事。弓岡妙子が担ぎ込まれた病院へ行った、その帰りだったらしい。光彦の部屋をもう一度調べたいんだとか云ってた。どうも、うまく自白が取れないんで焦ってるようだな」

「正体がバレたなんていうことはないだろうね」

「映美が耳打ちして名前を教えてくれたんで、何とか話を合わせて切り抜けたさ。けれども、どうしてこんなところに彼女と？　ってね、だいぶ怪訝そうな顔はしてたから、今度会ったらうまく云っといてくれ」

そういえば、今夜の捜査会議の席上で、尾関たちが妙な目でこちらを窺《うかが》っていたような気もする。

叶と深雪の結婚式の時、響は折り悪《あ》しく体調を崩していて出席できなかった。今となれば、あれは「折り良く」であったといえそうだ。もしもあの時彼が来ていて、披露宴で尾関に紹介などしていたら……。

「つたくもう。云わんこっちゃない」

と、自分にそっくりな顔を睨みつける。

「まあまあ。そう悲愴《ひそう》な顔をしなさんなって」

向かい合ったソファに腰を下ろすと、響は小脇に挟んでいた一冊の本をぽんとテーブルに置いた。書斎の棚から持ち出してきたらしい。『基礎物理学講座』——叶が大学時代に使っていたテキストである。

「どうしたの、今度はそんな本を持ってきて」

「見てのとおり、物理のおさらいさ」

澄ました顔でそう云うと、響は新しい煙草の封を切りながら、

「ところでカナウ、斎東美耶が口を割ったことで、六月の光子事件の捜査は一歩前進なんだろう？」

「ああ。まあ、一応ね。もっとも捜査本部じゃあ、かなり戸惑ってるみたいだけど」

「というと？」

「確かに美耶は証言の内容を改めたんだけれども、その改め方に問題があって。つまり、彼女はこう云うんだ。事件の夜、剛三は一度黙って部屋を出ていった。車のエンジン音も聞こえた。ところがその時間がね、出ていったのが午前二時頃、帰ってきたのが四時過ぎだっていうんだよ」

「四時過ぎ……」

「そう。光子が列車に轢かれた時間は五時頃だった。もしも美耶の云うことが本当で、なおかつ剛三が光子を殺したんだとすると、彼は首を絞めて気を失わせた光子を鉄橋手前の線路

に寝かせて、列車が来る一時間も前にその場を去ってしまったことになる」

「なるほど」

響は難しい顔で腕を組んだ。

「そいつは変だな」

「だろう？　光子が意識を取り戻して、逃げてしまわないとも限らない。彼女がすでに死んでいると思い込んでいたってことも考えられるけど、にしても、ちゃんと列車が来るのを見届けてからっていうのが心理だものね。

それに、これは捜査の最初の時点から云われてたことだけど、もしも光子を飛び込み自殺に見せかけて殺すのが剛三の計画なんだったとしたら、まず首を絞めたというのがおかしい。事前に気を失わせたいんだったら、せめて頭を殴るとかね、そういった方法を採ったはずじゃないか」

「確かに」

「まあそういうわけで、肝心の剛三が死んでしまってることもあるしね、多分あの事件ははっきりした解決がつかないんじゃないかな。尾関さんも頭を痛めてるふうだったよ」

次に叶は、弓岡妙子の自殺未遂とその後の状態に関して響に話した。

「ふうん。もう病院を出たのか」

「無理やり精神病院に押し込めるわけにもいかないらしくてね」

「光子が生きている、か」

「いつも誰かに、敵意のある目で見張られているような気がしてならない。現に、夜中に部屋の近くをうろついている怪しい女の影を見たことも何度かある、っていうよ。それも、例の脅迫状まがいの手紙をよこしたのも、すべて光子だと信じてるみたいだってさ」

「怪しい女の影ねえ。——ふん」

「そう思いたくなる気持ちも分からなくはないけど。兄貴は、本物のばらばら死体なんて見たことないだろう」

「一度見てみたいもんだな」

「やめといた方がいいって」

と、叶はむきになってしまう。あの貴伝名剛三の首なし死体……思い出しただけで、胸が悪くなった。

やがて深雪がキッチンからやって来て、テーブルにカップとケーキを配る。

「たまにはコーヒーをどうぞ。これ、ヒビク君のおみやげ」

「京都は三条、イノダ・ブレンド」

と云われても、叶にはぴんとこない。

「さあさ、会議を始めましょ」

深雪が云う。「会議」とは、一昨夜、昨夜と、明日香井家では恒例となっている事件の

「捜査会議」のことだ。

夫の心労も知らないで……と思いながらも、叶は軽く咳払いをして、

「実は」

と言葉を切った。

「今日はもう一つ、警察の方じゃあ新しい展開があったんだ」

「ふうん？」

「展開っていうほどたいそうなことじゃないのかもしれないけどね、実は夕方に公安の方から連絡が入って、ある情報を提供してくれたんだよ」

「公安？　今度は何を」

「それがおかしな話でね、例のほら、あのマンションに住んでる荒木治って男……」

である。過激派幹部とのつながりでマークしていた荒木治の逮捕が、この日に行なわれたというのである。逮捕に至る詳しい事情は、叶たち刑事部の人間には知らされてはいない。ただ、そうして連行された荒木が、取り調べ中に奇妙な供述をした。それが、先日の貴伝名剛三殺害事件に関わり合いのあることだったのだ。

事件の夜、荒木は四階の端、４０３号室の自室にいて、一人で酒を飲んでいたらしい。ずいぶん酔いが回った頃、彼は風に当たろうとベランダへ出た。そこで何気なくフェンスから身を乗り出して裏手の川の方を眺めていたところ、妙なものを見たというのである。

「妙なもの?」

響が鋭く尋ねた。

「何を見たっていうんだ」

「それがね、何でも川の向こうの、照命会の本部ビルの屋上から、人が落ちたっていうんだよ。人間のものじゃないような、何か異様な叫び声も聞いたっていう」

「叫び声? 落ちた人間のか」

「その辺が、どうも曖昧なんだね。

荒木はかなり酔っ払っていたみたいで、いっこうに話の内容がまとまらない。それは本当かと訊くと、暗かったし距離もだいぶ離れていたから、はっきりとは見えなかったと云いだすらしいし、かと思うと、いや、あれは絶対に人影だった、誰かがあの夜あそこから飛び下りて自殺したんだ、とかね」

「それは何時頃のこと?」

「午前一時は過ぎていた、としか。要は、酔っていてよく覚えてないんだな」

「ふうむ」

と唸る響は、真剣な表情である。叶は続けて、

「もしも荒木の云うことが本当だとすると、変だろう? そもそも午前一時よりあとの時間に、あのビルの屋上に人がいたはずがない。貴伝名剛三はもうビルを抜け出したあとだし

……しかも、そこから人が落ちたっていうのはねえ。

　四階建てっていっても、あのビルの屋上までの高さ、十五メートルぐらいはあるよ。人が落ちて、無事でいられたわけがない。もちろん、あの夜あのビルで飛び下り騒ぎなんてものはなかった」

「その話を聞いて、捜査本部ではどう？」

「酔っ払ってあらぬものを見たんだろうって、みんな云ってる。当然の反応だね」

「お前はどう思うんだ？」

「まあ、僕も同じ意見だね」

　肩をすくめてみせると、

「駄目だなあ」

　呆れ果てたような調子で、響は云った。

「何が駄目なんだい」

「そんな安易な解釈にくみしてるようじゃ、いつまで経っても事件の本質が見えてこないってことさ」

「へえ？　じゃあ兄貴は、荒木の話を信じるって云うのかい」

「信じるさ。きわめて積極的にね」

　天井を仰いで煙突のように煙草の煙を吹き出すと、響は真顔で高らかと宣言した。

「その荒木の証言で、ダメ押しってとこだ」

「ダメ押し？」

「答えを見つけたのさ。昨夜云ってた三つの問題点の正しい答え。そしてもちろん、事件の犯人も真相もね。何ならここで、昔の探偵小説ばりに例の『読者への挑戦』でも挿入《そうにゅう》してみようか？」

2

「犯人の計画と、それに有利に働いた偶然。警察をはじめとして僕らはみんな、それらの演出に騙《だま》されていたってことさ」

叶と深雪が驚いて口を開く前に、響はそう云ってコーヒーを啜った。

「騙されていたって？」

叶はわけが分からずに訊いた。

「何をどう騙されていたって云うんだい」

「事件の、そもそもの見方からすでに」

と答えて、響はもったいをつけるように新しい煙草をくわえる。

「貴伝名剛三が事件の夜〝お籠もり〟中の神殿からこっそり抜け出した、っていうのが、今まで僕らが思い込まされてきたことだろう？　それがそもそも違うんだ。いいか。事実はそうじゃなかった。剛三はあの夜、一歩もあのビルの屋上から外へ出やしなかったんだ」

「ええっ？」

「そうなの？」

同時に云って、叶と深雪が顔を見合わせる。響は軽く頷いて、

「彼はあのペントハウスから動かなかった。少なくとも、生きた状態ではね」

「じゃあ……」

「浅田常夫と野々村史朗、斎東美耶の証言を検討してみれば、おのずとその可能性が見えてくるだろう。

守衛の浅田は午前零時頃に剛三から電話を受け、玄関の持ち場を離れた。この間、約二十分。僕らは、この隙に剛三がビルを抜け出していったと考えた。けれども、どうだい？　まったく逆の考え方も当然成り立つわけさ。つまり、この二十分の空白の間に起こったのは、剛三の脱出ではなくて犯人の侵入だったのだ、と」

「犯人の方が？」

「そうさ。こう考えるとね、昨夜もちょっと話したろう？　僕が浅田と塚原に会ったあとに感じた疑問が氷解《ひようかい》する。

剛三にとって浅田は〝安全人物〟だったはずだ。なのに何故、彼はあの夜、浅田に持ち場

を外させなければならなかったのか。自分がビルを抜け出すためではなかったんだ。誰か外部の者がビルに入ってくる、それを浅田に見咎《みとが》められるのを避けるために、彼は電話で嘘を伝えたのさ。

これは多分、その誰か——つまり犯人が、剛三に命令してそうさせたんだと思う。十六日の午前零時過ぎに、その人物は剛三と密会する約束をしていたんだな。守衛に持ち場を外させることも含めて、その約束の確認のためにかかってきたのが、十時半頃に斎東美耶が聞いた例の電話だった。

『分かっている。約束どおり、誰にも云ってはいない。そっちの指示に従おう』——どうだ？　まさにそのとおりの言葉だろう」

「そう云われれば、まあ」

叶はいったん頷いたものの、

「だけど、それじゃあ野々村が見たエレベーターの動きは？　直通エレベーターが上から下へ動いていったっていう……」

「ふん。それが、有利に働いた偶然の一つだった」

「偶然？」

「ああ。野々村がその時間、エレベーターの前にいるなんてことは、当人以外には予想できなかったことだからね。

思うに、守衛のいない玄関からビルに忍び込んだ人物某は、エレベーターが屋上に到着すると、一階へ戻るボタンを押してから出たんだ。これは、翌朝になって誰かが屋上を調べにやって来た時、エレベーターのケージが一階にある状態にしておきたかったからだ。剛三がビルを抜け出したのだとすると、そのあとのケージの位置は一階のはずだろう？　最初から犯人は、捜査陣の目を〝剛三の脱出〟の方向へ誘導するつもりで、そのための布石を打っておこうとしたわけさ。

ところが、この時のケージの動きを、たまたま野々村が目撃した。彼は当然のように、誰かがエレベーターに乗って下へ向かっているのだ、と解釈した。思わぬところで、犯人は自分の意図する偽装を補強してくれる証人を得たことになる」

「なるほど」

確かに筋は通っている。

「けどね、兄貴、それはあくまで、そういうふうにも考えられるっていう程度のことで」

「証拠もあるさ」

響はにやりと笑った。

「今日、あそこのペントハウスで見つけたんだ」

「本当に？」

「お前相手に嘘をついても仕方がないだろ」

と云って彼は、上着のポケットから、ハンカチに包んだその品物を取り出した。

「悪いけど、勝手に持ち出してきた。あそこに残しておいて、万が一のことがあれば大事《おおごと》だから」

「何なんだい」

「財布だよ」

ハンカチを開くと、黒い革の札入れが現われた。

「中身は現金とカード類、それから名刺。調べれば分かるが、貴伝名剛三のものだ。これが、あのペントハウスの寝室のベッドの下に落ちてたんだ。こりゃあ捜査陣の手落ちだぜ」

「ベッドの下？」

深雪が首を傾げる。

「どうしてそれが証拠になるの」

「単純な理屈さ」

響は札入れをハンカチごとテーブルに置きながら、

「剛三が夜中に外出したとして、自分の財布を持たずに出ていくはずがあると思うかい。近所をぶらぶらするとかいうのならともかく、彼は光彦と会うために出かけたことになってるんだろう？　しかも自分の車は使っていない。タクシーを拾うにしろ、金が要る。一歩譲って、相手の方が車で迎えにきたのだとしても、剛三のような人物が財布を持たずに人と会いに出るとは考えられない」

「うーん。そういえばそうねえ」

と、深雪は頷く。

「この札入れがベッドの下にあったのは、たぶん剛三自身が、着替えか何かの時にポケットから落としたんだろうと思う。もしも外出するのならば、彼はそれを探したはずだね。そして見つけたはずだ。ベッドの下といっても、そんなに分かりにくいような位置じゃなかった。にもかかわらず、財布はあそこにあったんだ。――よって、剛三はあの夜、外出しなかったということになる」

「確かに、理屈の上じゃあそうなるね」

叶はしかし、いま一つ納得がいかない。

「不満かい」

響は眉をひそめ、

「まあ、続きを聞けば納得せざるをえなくなるさ」

「あたしは不満じゃないわ」

深雪がせっついた。

「早く続き、話して」

「はいはい。――で、こうして犯人は、誰にも見られることなくビルの屋上に侵入した。

〝お籠もり〟中で外へ出ることができない剛三と、内密の話をするためにね。そして、このあとに犯行が行なわれたわけだ。場所は恐らく、あのペントハウスのリビング。あるいは寝室だったかもしれない。寝室だった場合、この札入れがベッドの下に紛れ込んだのはその時だったという可能性も出てくる」

「だけどね」

と、ここで叶は反論に出た。

「仮にそうだとすると、それはそれでいろいろと難しい問題が出てくるじゃないか」

「そのとおり」

「このあいだから、光彦が犯人じゃなかったとした場合の事件の不可能状況が問題になってたよね。どうやって犯人は死体をレジデンスKに運び込んだのか、ってやつ。それだけでも頭を痛めていたのに、いま兄貴が云ったとおり犯行現場があのペントハウスだったとすると、事件はいよいよ不可能犯罪になってしまう」

「どうして？」

と、深雪が訊いてくる。まったく無邪気なもんだな、と思って説明しようとすると、その前に響が云った。

「だってね、あのビルの玄関には、浅田が剛三の指示で外を見にいって以降は、ずっと監視の目が光ってたんだ。朝までずっとね」

「そうだったっけ」

「午前一時までは浅田が、そのあと朝の八時までは塚原が、ずっと人の出入りをチェックしていた。その間ビルに出入りした者は、彼らの証言を信じる限り誰もいない」

「非常口とかは？」

「それも無理なんだな。直通エレベーターの扉は受付からよく見える位置にある。非常用の階段を使ったとしても、そこからビルの他の出口へ行くためには、どうしても守衛の視野の中を通らなければならない」

「ふーん」

「だからね、今カナウが云ったとおりなんだよ。ペントハウスで犯行が行なわれた。翌朝死体が発見された場所はレジデンスKだった。犯人は当然、死体を持ってビルを出ていったことになるけど、そもそもそれが不可能な状況だったわけさ。しかも、どうやって公安の刑事たちの目に触れずにマンションへ死体を運び込んだのかっていう問題にも依然、変わりがないときてる」

「また不可能状況かあ」

深雪はポニーテールの先を前へ持ってきて、指で弄んでいる。髪をいじる女は欲求不満、という俗説を教えて注意するが、どうしても直らない昔からの癖である。

「うーん。やっぱり何か、トリックがあるんだ」

やがて彼女がそう云いだすのを聞いて、叶は頭を抱えそうになった。

「トリックよね、トリック……」

「あのねえ」

と叶が云うのを遮って、

「深雪ちゃんの云うとおりさ」

響がまた、高らかに宣言した。

「犯人はトリックを用いた。それもかなり大胆で、見方によっちゃあ非常に危険な、あるいは馬鹿馬鹿しいような大技を」

3

「最も単純な考え方をすると、ビルからの脱出についてはこういう方法がある」

啞然とする叶を後目《しりめ》に、響は説明を始めた。

「守衛の目によって玄関からの脱出が阻まれていた以上、犯人はエレベーターも階段も使わず、屋上から直接外へ出たものと考えられる。例えばね、ロープを使ってビルの壁を垂直下降したとか」

「死体を担《かつ》いでかい？」

「死体は先に、ロープで下ろしておいた」

と云ってから、響は自ら軽く首を左右に振って、

「しかし、こいつは相当に困難な作業だ。

仮にこれが実行されたのだとすると、その位置はビルの東側——川に面した側だった可能性が高い。いくらあの辺りには人家がないといっても、他の側だと車道からまる見えだからな。盆休みの深夜という条件でも、通る車が皆無というわけじゃなかったろうし。

これが川に面した側となると、ぐっと人に見られる可能性は低くなる。車道からは見えない。近くには橋もない。問題は対岸の方だけれども、レジデンスKの西側の壁には窓がない。

とまあ、好都合な条件は揃っているんだが、それにしても、首と腕を切っても六十キロ近く重さのある死体を、よけいな傷がつかないようにロープで地上へ下ろし、そのあと自分が垂直下降するという作業には、相当な労力と時間が必要だろう。高さは十五メートルほどもあるんだ。いくら川に面した方向だといっても、時間がかかればかかるほど、誰かに見られる可能性は高くなる」

「さっきカナウ君が云ってた、荒木っていう人が見た人影って、その時の？」

と、深雪が訊いた。

「ああ。まあ、その時といえばそうなんだけどね」

慎重に言葉を選ぶような口ぶりで、響は答えた。

「しかし、ちょっと違うんだな。実際のところ犯人は、いま云ったような方法を使いはしなかったはずだから」

「どうして？　大変な作業なのは分かるけど、絶対に無理ってわけじゃないでしょ」

「速度の問題さ」

響は云った。

「もしも、犯人が死体をロープで下ろして、そのあと自分もロッククライミングまがいの芸当に挑戦したのだとして、その際の降下速度はいったい、荒木に『人が落ちた』と云わせるようなものだったろうか。答えはノーだと思うね。

死体は慎重に扱わなければならない。自分が下りる時も、アクション映画の主人公みたいにはいかなかっただろう。どちらにしても、その速さはかなりゆっくりとしたものだったはずだ。ところが荒木は、人影の動きを『落ちた』と表現している」

「荒木は酔ってたんだよ。その辺の言葉はあまり信用しなくていいんじゃないかな」

叶が云うと、響は頷いて、

「そりゃあまあ、そういうふうにも云えるさ。じゃあね、もう一つ——。

たとえ、今の方法で犯人が死体の搬出と自らの脱出に成功したのだとしても、そのあとにはさらに大きな壁があったわけだろう？　どこか近くに停めておいた車で死体をレジデンス

Kまで運ぶことはできても、そこには公安の刑事たちの目が光っていたんだから。

あの夜刑事があそこの門を見張っていたことを、犯人があらかじめ知りえたはずはない。死体をあのマンションに運び込むことそれ自体は、オートロックのキーさえ持っていれば容易にできる状況だった。しかし実際には、刑事たちの証言によって、犯人はそれをしなかったという事実が明らかになっているわけだ。

仮に犯人が、刑事たちのマークⅡを見つけて不審を感じ、門を通って中へ入るわけにはいかないとその場で判断したのだとしよう。それにしても、あそこの高い塀を乗り越えて死体を運び込むなんてことができたはずはない。警察の方でも、そんな形跡はなかったと確認してるんだったよな。

以上により、この仮説は棄却《ききやく》されることになる」

「ふうん」

叶はとりあえず頷くしかなかった。なるほど、これも筋が通っている。

「それじゃあ、他にどんな方法が可能だったのか」

と、響は話を続けた。

「エレベーターでもなく階段でもなく、ロープで下へ下ろしたのでもない。どうやって犯人は死体をビルから運び出し、レジデンスKに運び入れたのか」

「…………」

「簡単な問題だろう。素直に考えてみれば、答えは一つさ」

「──まさか」

そんな馬鹿馬鹿しいことが、と叶は思った。けれども、今の文脈でいくと確かに答えは一つしか考えられない。

「本部ビルの屋上から、レジデンスKの屋上へ、直接？」

「ご名答」

響は煙草をくわえながら薄く笑った。

「それしかない」

「けど……」

「問題は、どうやって川を挟んだ二十メートルの距離を克服するか、だけさ」

「そんなことは……」

「死体に翼でもあって、勝手に飛んでいってくれたっていうのなら話が早いんだがね」

「あ、分かった」

深雪が突然、声を上げた。

「そうか。やっぱりね」

「本当に分かったのかい」

響が疑わしそうな目を向ける。深雪は、うん、と少し胸を張って、

「やっぱり、最初にあたしが云ったのが正解だったんだ。ね、気球でしょ、気球」

「ああん？」

「気球に死体をぶら下げて、それで……」

「おいおい」

響の呆れ顔を見て、深雪は小首を傾げた。

「あれ、違った？　じゃあね、ええと……あ、そっか。きっと凧《たこ》ね。おっきな凧に死体をくくりつけて……」

「気球を飛ばしたり凧上げをしたり、ちょっと呑気《のんき》すぎやしないかい」

「そうかなあ」

「せめて、ロープを屋上の間に渡してロープウェイみたいにして送ったとかね、その程度の答えを出してほしいな」

「あ、ナルホド」

深雪はその言葉を真に受けて、

「ロープウエイか。ふーん」

「ちょ、ちょっと待ってくれよ」

響は慌てて手を振り、

「そうあっさりと納得しないでほしいな」

「何だ。違うの？」

「喩《たと》えで云っただけだよ。ロープウェイ説は、これも、あまりにも時間がかかりすぎるだろう。川の上の空間を、えっちらおっちら死体を送るなんてね、あまりに非合理的——労力と効果の釣り合いが取れてない。

それにね、一つ最も大切なファクターを忘れてるんじゃないかな」

「って？」

「どうして犯人は死体の首と腕を切ったのか」

「ああ。そういえば……」

「じゃあ、ここで深雪ちゃんに質問してみようか。例えばだね」

そう云って響は、テーブルに放り出してあった煙草の箱と黒いジッポーを取り上げた。

「この煙草とライター、どっちが重い？」

「ライターでしょ」

「そうだね。今、仮に箱の重さが十グラム、ライターが六十グラムだとするよ。そして」

と、二つの品物を両手で一つずつ持ち、目の高さに差し上げる。

「同時にここから落とすと、どっちが先にテーブルに落ちる？」

「えっと——」

深雪はポニーテールの先をいじりながら、

「ライターの方？」

その答えを聞くなり、響は拍子《ひょうし》抜けしたように身体を前に折った。思わず叶は噴き出しそうになる。深雪の科学音痴を、兄は知らなかったらしい。

「あのねえ、こういう場合、重さに関係なく両方とも同時に落ちるっていうのが、常識なんだぜ」

云われて、深雪はきょとんと目を丸くする。

「ホントに？」

「小学校で習ったろう」

「理科、苦手だったの」

と云って、深雪は響の手から煙草とライターを奪い取った。実験してみるつもりらしい。

結果は当然、ニュートン物理学の示すとおり──。

「いきなり大ボケされると、話が続かなくなるんだなあ」

響は頭を掻きながら、

「重力は物の重さに関係なく一定だから、一グラムであろうと一トンであろうと、加速度は同じなんだよ。もちろん、現実には空気の摩擦抵抗とかさ、いろいろ考えなくちゃならないことがあるけど」

「ふーん」

深雪はさしてめげる様子もなく、

「でも、それと事件のトリックがどう関係あるっていうの？」

「すべての辻褄が合って、しかもある点で非常に合理的な方法を、一つ僕は思いついたんだ。ところが、それを具体的に考えていく段階で、悩んでしまったんだな。いま云った、重さが違おうと加速度は同じっていう常識が邪魔してね」

そして響は、テーブルに置いてあった先ほどの『基礎物理学講座』を目で示した。

「そこで急遽、物理の復習をしたってわけさ。要は、僕の思いつきは正しかったったことなんだけどね。ニュートンの運動方程式を使って考えれば、答えは明白だった」

「運動方程式ぃ？」

難しい呪文でも口にするような顔で、深雪が首を傾げる。

「そう。理系のカナウの方がこいつには詳しいんだろうがね、力と質量と加速度に関する公式——ええと、F＝ma……」

「ちょっと待ってよ」

と、叶が口を挟んだ。このまま放っておけば、どこまで深雪相手の理科の授業が続くか分かったものではないからだ。

「死体を何とかして直接マンションの屋上へ運んだ、っていう理屈は分かったよ。けど、発見された場所の問題はどうなるんだい。死体は、あの屋上の東の端の、給水塔のところにあったんだ。それに、そもそもね、兄貴がどんな方法を思いついたのかは知らないけど、ミーちゃんの云った気球にしても凧にしても、さっきのロープウェイ説にしても、一人じゃあ絶対にできないことだろう。向かいの屋上にいて、死体を受け取る人間がいないと」

「それは、むろんいたさ」

こともなげに、響は云った。

「共犯者——というよりも、犯人に操られて死体の搬入を手伝わされた人間が、あのマンションにはいた」

共犯者がいた？

響はさっきからずっと、自信たっぷりといった態度を崩さない。これはもしかしたら、彼が辿《たど》り着いたという解決は本物なのかもしれないぞ、と叶はようやく思いはじめた。

「そいつは——、誰だか分かってるのかい」

「ああ。まず間違いないね」

「いったい……」

その時である。

部屋の隅に置かれていた電話が——もちろん何の予告もなく——鳴りだした。

時刻は午前二時を過ぎている。こんな時間にかかってくる電話といえば……。

深雪が立ち上がり、電話台に向かった。

「もしもし？　はい。――あ、どうもいつもお世話になっております。はい。少々お待ちください」

受話器の送話口を押さえながら、深雪はくるりとこちらを振り返り、

「カナウ君」

と手招きした。

「多田さんからよ。何かあったみたい」

やっぱり、と思いながら、叶は受話器を受け取った。

「はい。替わりました」

「おお。夜中にすまんな」

かい、がなるような多田警部の声が返ってくる。

「何か事件が？」

「そうなんだ。たった今M署の方から連絡を受けたんだがな、レジデンスKの、例の岸森って学生の自殺死体が見つかったっていうんだ。もしかしたら、こないだの事件に何か関係があるかもしれん。近くだから、ちょっと行ってみてくれんか」

4

多田警部は無責任に「近く」だと云ったが、必ずしもそうではなかった。確かにM市内だけれども、叶の家からはずいぶん離れた場所である。

市の北外れにある、ゴルフ場の建設用地だった。未舗装の道路をかなり深く山手に入り込んだところで、付近には人家の一つも見当たらない。夜のことでもあって、地図と標識を頼りに目的地を探すのは思った以上の苦労だった。

結局、叶が現場に辿り着いたのは、もう午前四時になろうかという頃だった。

前日の夕方に降った雨はとうに上がっていたが、地面にはあちこちにぬかるみが残っている。杭《くい》と針金で大雑把《おおざっぱ》に囲い込まれた、だだっ広い用地。その入口の横手に、丈高《たけたか》く茂った雑草に埋もれるようにして赤いプレリュードがあった。何台かのパトカーが、赤く鋭い光を回転させながら、入口付近に溜まっている。

この二日間、兄に貸しっぱなしだった愛車をその近くに停めると、叶は集まった警官たちの群れの中へ入っていった。

岸森の死という知らせを聞いた時の、響の反応を思い出す。

しまった、と口の中で低く呟いたかと思うと、いかにも悔しそうに唇を噛んでいた。そして、すぐに出かけなければならないと云う叶に向かって、憮然とした表情でこう告げた。

「岸森は多分、自殺したんじゃない」

いい、殺されたんだ、と彼は云った。貴伝名剛三殺しの犯人によって、殺されたんだ、と。

「夕方にまたレジデンスKへ行ったって、さっき話したろう。あれは、岸森をつかまえて話を聞くためだったんだ。ところが彼はいなかった。車もガレージになかった」

「じゃあ……」

「彼がさっき云った共犯者だったのさ。口封じのために、殺されたんだ。まさか、相手がこんなに早く手を打ってくるとは思わなかったな」

その具体的な根拠の説明は、聞く暇がなかった。響が見抜いたという死体運搬のトリックや事件の真相についても、だ。

「よく現場を見ておいてくれよ」

眠気覚ましのコーヒーを胃に流し込む叶に、響はそう頼んだ。

「他殺の痕跡があるかどうか、よく観察してみてくれ。ただし、さっきから話していたことはまだ他言しない方がいい」

云われなくても、誰にも話すつもりはなかった。響がそれまでに述べた推理は、確かに論理的ではあるが、あくまでも机上の空論にすぎない。叶にはまだそう思えたからだ。

「明日香井さん」

警官たちの中から、自分の名を呼ぶ声が聞こえた。見ると、M署の芳野刑事である。

「やあ」

と、叶は手を挙げ、

「多田警部に云われてね、一応見にきたんだけれども」

「尾関さんも来てますよ」

芳野は、すでに検証が進められている岸森の車の方を示した。

「こんな時間にこんな場所まで、お互い大変ですよねぇ。もう休んでられたんっすか」

「いや、まだ」

「よりによってあの学生が、この時期に自殺だなんてねぇ」

「あの車の中で、自殺を？」

「ええ。ビニールホースを排気管につないで、窓から車内に引き込んでね」

「排ガス自殺か」

「その前に相当、酒を飲んでたみたいですね。ウィスキーの空壜《あきびん》が車内に転がってましたよ。ま、例によって詳しいことは解剖待ちでしょうけど」

「発見者は？」

「深夜のドライブでよろしくやってた大学生のカップルが、偶然」

「何時頃？」

「十二時半頃だそうです。僕はまた、たまたま署で宿直にあたってたんでね、すぐにここへ。いやぁしかし、死体の顔を見て岸森だと分かった時にはびっくりしましたねぇ」

「死亡時刻の推定は？」

「それがね、死んだのは二十四時間ほども前らしいんっすよ。つまり、二十日の夜から二十一日の朝にかけて」

「やあ、明日香井君」

と、そこへ尾関警部補が駆け寄ってきた。愛用のハンチングの下で、彫りの深い顔を険しくしかめながら、

「わざわざすまないな」

「いえ……」

「何せホトケさんがホトケさんだもんで、一応多田さんにも報告しておいた方がいいと思ったんだが。どうやらこいつは、このあいだの件とは関係ないようだ」

「といいますと？」

「遺書が残っていたんだ」

憮然と答える尾関は、口の端に火の点いていない煙草をくわえている。よく見てみると、それはプラスティックでできた禁煙用のシガレットだった。今度は本格的に禁煙を試みるつもりらしい。

「それによると、何でも岸森は、先月中旬にM市内であった轢き逃げ事件の犯人だったっていうんだな」

「ああ――、あの、林の中に死体が隠してあったたっていう？」

「そうだ。死体の腐乱がひどいこととか現場が特定できないこととかで、あの捜査は難航していたんだがね、当の岸森の方はだんだんと罪の意識に耐えきれなくなってきていたらしい。そんなところへ、このあいだはあのマンションで人が殺されて、その首を自分が見つけたり、警官にあれこれ質問を受けたりと、その辺のことも相当なプレッシャーになっていたみたいでね」

「その遺書は、今どこに？」

「それが実は、あの車内から見つかったんじゃなくてね、彼の部屋から発見された」

「彼の部屋？」

「うちの刑事が、レジデンスKの岸森の部屋を調べにいったんだ。そこで、封筒に入った遺書が見つかった」

(遺書があったのか)

となると俄然、響の主張する他殺説は弱くなってくるが……。

「確かにそれは、岸森の？」

叶の問いに、尾関は鋭く眉をひそめ、

「疑わしいんじゃないか、と？」

「別にそういうわけじゃないんですが」

「いや、実をいうと私も、ちょっと引っかかってはいるんだよ」

尾関は禁煙用シガレットを気ぜわしく嚙みながら、

「遺書の内容には問題はないんだ。轢き逃げのあと、車のバンパーを直した修理屋の名前まで告白してあった。ただし、その文字が全部ワープロで打たれていたんだ」

「ワープロ……」

「だから、筆跡の確認はできないんだな。作成に使ったワープロは岸森の部屋にあったし、熱転写用のインクリボンにも、打ち出された文字の跡が確認されているんだが」

これはもしかしたら——とこの時、叶は思った。

（偽の遺書？）

「ただ、現場の状況はことごとく自殺を示している。無理やり酒を飲まされたような形跡はないし、抵抗した様子もない」

「死体は、まだここに？」

「ああ」

「あの、ちょっと見せてもらえますか」

「死体を？」

尾関は驚いた顔で、

「君が見るのか」

「は、はあ……」

尾関がびっくりするのも無理はない。いまだかつて、叶が自分から死体を見たいと云いだしたことなど、一度もなかったからである。

「大丈夫なんですかぁ、明日香井さん」

と、横で芳野が、半ばからかうような調子で云う。大丈夫かどうか、叶自身も自信がない。が、家を出る時に兄に命じられたことでもあるし、ここはとにかくこの目で死体を見ておくべきだと決心したのだった。

尾関のあとに従って、プレリュードの方へ足を向けた。死体はすでに車から出され、担架に載せられて傍らの地面に置かれていた。

「ま、このあいだの死体に比べりゃ、どうってことないさ」

と云って、尾関が掛けられていた白い布を取り去る。

岸森範也は、予想外に安らかな死に顔をしていた。先日、貴伝名剛三の首を発見した時に見せていた、いやに怯えた、落ち着きのない表情が印象に残っていたから、目を閉じたその安らかな顔はまるで別人のようにも見えた。

そのおかげか、幸いいつものような悪心《おしん》に見舞われることはなかった。叶は担架の横に片膝をつき、仰向けに寝かされた死体の様子を頭から足の先まで、意識してゆっくりと観察した。

さっき尾関が云ったとおり、白いスラックスに紫の半袖シャツを着た岸森の身体には、ほとんど乱れがない。ところどころズボンに付いている染みは、ウィスキーをこぼした跡だろうか――。

胴の両側でまっすぐに伸ばされた腕。うぶ毛の少ない肌はすっかり血色《けっしょく》を失い、死斑を浮き上がらせている。

ふと、その右腕の手首の辺りに目を留めた。おや？　と思い、顔を近づける。

（これは？）

はっきりとしたものではなかった。もしかしたら、夜の闇と外灯の光が作り出した単なる陰影かなとも思ったのだが、そうでもなさそうだ。うっすらとではあるが、何やら紫っぽい色の痣《あざ》が、そこに付いているのである。

左手の方も見てみた。こちらにも同じような変色がある。

（縄《なわ》で両手を縛られていた？）

そう思ってさらに目を凝らしてみたが、縄目の痕は残っていない。

（緊縛《きんばく》されていたって感じじゃあないな）

いったいどう考えたらいいものか、叶は判断に迷った。もしかしたら気のまわしすぎなのかもしれない。この程度の痕なら、腕時計やブレスレットでもできてしまうものだ。

（どう考えたらいいんだろう）

妙に冴《さ》えてきた頭の中に、十六日の事件発生以来会ってきた多くの人物の顔が浮かび上がる。

斎東美耶。浜崎サチ。弓岡妙子。野々村史朗。浅田常夫。塚原雄二。諸口昭平。岬映美。それから貴伝名光彦――。

光彦が第一の容疑者であることに今も変わりはない。もっとも、この岸森の死が、響の云うように口封じのための他殺なのだとすると、その時点で留置場にいる光彦は完全に容疑を免れることになるわけだが。

この中の誰が真犯人なのか、正直なところ叶には何とも判断がつかない。先ほど家で響が披露した推理は、事件のある一面を鋭く抉《えぐ》り出してくれる一方で、かえって彼の頭を混乱させもした。

可能性は他にも考えられる。

まったく未知の人物が犯人であるということも、ないとは云いきれない。あるいは、最初の段階であっさりと消去してしまっていたけれど、事件の夜レジデンスKに残っていた他の家族――藤井夫妻と塩見夫妻、彼らをもう一度洗い直す必要もあるのだろうか。

ゆるゆると頭を振りながら、眼前の岸森の死体に意識を戻す。

響の云うとおり、この男が殺されたのだとしよう。例えば、犯人は岸森をここへ呼び出し、何らかの方法で自由を奪い、酒を飲ませて泥酔《でいすい》させた。その上で「排ガス自殺」を偽装したのだとすると……。

そのあと、犯人はレジデンスKの岸森の部屋へ忍び込み、ワープロを使って偽の遺書を作成しておいた。すると当然、犯人はあのマンションのカードキーを持っていたということになる。また、この現場から立ち去った手段を考えると、彼（もしくは彼女）はここまで車で来ていたことになる。

岸森範也は貴伝名剛三殺しの共犯者だったのだ、と響は云っていた。

（共犯者——というよりも、犯人に操られて死体の搬入を手伝わされた人間が……）

操られて、というのは、例えばこういうことだろうか。

先月中旬、岸森が轢き逃げを犯した現場を、たまたま剛三殺しの犯人が目撃していた。それをネタに犯人は岸森を脅し、自分の犯行の片棒を担がせたのではないか。

「明日香井さん、大丈夫ですかぁ」

後ろで芳野の声がした。叶が膝をついたまま黙り込んでしまったのを、また気分が悪くなったものと勘違いしたらしい。

「明日香井君、大丈夫か」

と、尾関も心配そうに声をかける。

黙って頷きながら、とにかくなるべく早くに家へ帰ろう、と思った。早く帰って、とにかく響の話の続きを聞かなければ。

5

明日香井家、午前六時。

弟の帰りを待っていたのかもしれない、響はリビングのソファで眠り込んでしまっていた。深雪は、さすがにもう寝室らしい。

コーヒーを入れてやってから、叶は兄を叩き起こした。岸森の「自殺」の模様を手早く話して聞かせると、響は眠そうな目をしばたたきながら、やっぱりな、と呟いた。そして……。

＊

一時間後、明日香井響はすべての説明を終えて、またソファに横になった。

「何か質問は？」

という彼の問いかけに、叶はただ呆然と首を振るばかりだった。

「納得したようだな」

と云って、響は大きな欠伸《あくび》をした。

「そこでだ、お前に調べてほしいことがあるわけさ。何を調べろっていうのかは、もう分かるだろう」

「――うん」

「わざわざあっちまで出向く必要はないと思う。電話で依頼して、調べてもらえばいい」

寝そべったまま、響は煙草をくわえる。

「どのくらい時間がかかるかな」

「さあ。――早ければ、今日明日にでも」

「よし」

「それで、そのあとどうするんだい」

「罠《わな》を仕掛けるしかないだろうな」

眉間に皺を寄せ、響は云った。

「何しろこっちには決定的な証拠がない。いきなり逮捕状を請求してみても、恐らく駄目だろうから」

「でも、罠といってもいったい……」

「そうせっつくなよ」

響はまた大欠伸をした。

「今日中には何とか作戦を立てるさ」

# 明日香井叶のノートより　(5)

［岸森範也変死事件について］

○死体所見
死因は車の排気ガスによる一酸化炭素中毒。血液および消化器中より多量のアルコールを検出。死亡時、かなりの酩酊《めいてい》状態であったと推測される。外傷はないが、両手首に若干の皮下出血。死亡推定時刻は、八月二十一日午前零時から午前六時の間。

○現場の鑑識結果
車内にあったウィスキーのボトルからは、岸森の指紋および唾液《だえき》が検出。また、排気ガスの引き込みに用いられたビニールホースからも、岸森の指紋が検出された。

その他には、有意味な指紋・毛髪・血液・足跡の類は発見されず。これは、遺書が発見された岸森の部屋に関しても同様。

○目撃者

岸森を最後に目撃したのは、レジデンスK・401号室に住む会社員森川明彦《もりかわあきひこ》(三二)。二十日午後十二時前、車で帰宅した際に、入れ違いでガレージから出ていく岸森の車を見たと証言している。

○貴伝名剛三殺害事件の関係者のうち、岸森の死亡推定時刻におけるアリバイが完全に成立する者はなし。ただし、拘留中の貴伝名光彦は除く。

# Ⅵ　罠、そして事件の終局

## 1

受話器を取り上げる。クッと息を詰める。

手許のメモを見ながら、岬映美はゆっくりと電話のダイヤルを回した。

とくとくと胸の鼓動が聞こえる。微かに指が震えている。

すぐに電話はつながった。やがて聞こえてきた、その人物の声……。

「……あの、わたし、岬映美といいます。あの、貴伝名光彦さんの友だちの。突然の電話、申し訳ありません。ええと、実は……」

そして、何度もそれまで復唱してきたとおり、用件を告げた。

その人物は、最初は不審げにそれを聞いていた。が、話が進み、映美の伝えたい事柄と、何故彼女が自分のところへ連絡を取ってきたのかが分かってくるにつれ、徐々に声の表情が変わっていった。不審から緊張、そして緩和《かんわ》へと。

電話が切れると、映美はふうと長い溜息をついて受話器を置いた。何とかうまく、相手の心を動かすことに成功したようだ。

腕時計で時間を確かめる。

午後十一時半。三十分後にはここへやって来ると、その人物は約束した。

見なれたリビング＆ダイニング。レジデンスＫの６０３号室——殺人犯として逮捕された恋人、貴伝名光彦の部屋である。

カウンターのコーヒーメイカー——〈ロト〉のスイッチは入っている。すでにドリップは完了。サーバーのコーヒーをなみなみとカップに注ぐと、映美はそれを持ってリビングのソファに坐った。

テーブルの上に、封筒が一枚置いてあった。それを取り上げ、中身をもう一度確認する。

Ａ４判の白い熱転写用紙。整然と並んだ、二十四ドットの黒い文字——。

岬映美様へ——

いきなりあまり親しくもない男からこんな手紙を受けとり、さぞ驚かれたことと思います。けれども、直接電話したりする勇気もないし、かといって、他に自分のことを告白する相手もいない。何より、こうして手紙を書いておけば、もしもの時に証拠品として残る。

もしもの時、とは、僕の身に何かがあった場合、ということです。これはちょっと、心配のしすぎなのかもしれません。でも、絶対にないとは云いきれないんだ。

何故わたしに？　と不審に思っていることでしょう。僕自身も不思議な気持ちです。あなたとは、一度もまともに話したことがないというのに。こんなところで云うのも変だけれど、時々マンションのロビーなどで顔を合わすあなたのことが、僕はいつのまにか好きになっていたのかもしれません。

いつかの夜のことを覚えていますか。先月の中頃のことです。エレベーターから降りてきたあなたと、ばったり出くわしたこと。

あのあと実は、僕はこっそりとまた一階に戻って、ガレージを覗いてみたのです。あなたは彼氏の車に何かを取りにいったのでしょう？　それから、僕の車をじっと見ていた。ヤバい、と思いました。というのも、あの時僕は、あの車で人を轢いてしまっていたからです。

今のところ、何とか警察の手は及ばずに済んでいるけれども、もしかしたらあの時、あなたは僕の車の異状に気づいたのではなかったんですか。

勝手な思い込みかもしれないけど、僕はあなたが、僕のことを庇《かば》ってくれているのだと思っています。そうでしょう？　そう思うから、こうして今、僕はあなたに、あのあとのことを打ち明けようとしているんです。

あのあと、ある人物から僕のところへ電話があったのです。あの夜——事故を起こした夜、その人物は、その事故の模様を偶然目撃したのだと云うんだ。お前が轢き逃げの犯人だ、と。

そして、僕は脅迫された。黙っていてやるから、これから行なおうとしていることの手伝いをしろ、と云って。

僕には逆らうことができなかった。それがどんなに恐ろしい犯罪の手助けだとしても、断わることなんてできなかった。

もう分かったでしょう。その犯罪というのが、このあいだこのマンションで見つかった首なし死体の事件なのです。僕は、あの事件の共犯者だった。

このことを警察に知らせるかどうかは、あなたの判断に任せます。時間が経つにつれて、どんどんと自分のしたことが恐ろしくなって、いま僕は気が狂いそうなんだ。いっそのこと、すべてを話して楽になりたいと思う。でも、自分でどうしたらいいか決める勇気がないんだ。

それで、あなたに手紙を書きました。あなたの彼氏には、すまないと思っています。彼が犯人じゃないことは、僕が一番よく知っている。

あの電話の声の主が誰なのか、いま僕には分かっています。最後に、その名前を書いておきます。いつかの若い刑事さんに相談してくれるのもいいかもしれません。


ぎっしりと文字が詰まった手紙。ちょうどここで、一枚目が終わっている。

二枚目の冒頭に、「そいつの名は」として、その名前が記されていた。そのあとには、一九八八年八月二十日という日付に続いて、手書きのサイン——「岸森範也」。

この手紙が昨日映美の許に届いた、というのが、明日香井響によってでっちあげられた筋書だった。文章も彼がワープロで打ったものである。岸森が映美のことをひそかに想っていた——とは、何とも都合のいい設定だが。

映美はわざと微苦笑を頬に作って、速くなってくる動悸《どうき》を抑えた。

## 2

八月二十三日火曜日の夜。

昨夜、響から連絡を受けた。事件の真相がすべて分かった、ついては解決に向けて協力を要請したい、というのである。

その前日、日曜の午後に、照命会本部ビルの屋上ですでに彼は何かに気づきはじめていた。あの時、そしてあのあと、映美は何とか彼からその内容を聞き出そうとしたのだが、結局うやむやにされたまま別れたのだった。

ただ、別れ際に彼は云っていた。もうすぐ事件は解決だから、と。光彦君は今週中にでも釈放されるから、とも。

会社を休み、今日は午後から響と会った。そこで映美は、ようやく事件の真相を知らされたのだ——。

一人きりになった部屋。ブラックのままコーヒーを啜《すす》りながら、奥の寝室へ続くドアをちらと見やる。

光彦はすでに送検され、今は検事による取り調べを受けている。依然、彼は犯行を全面的に否認しているという。拘置期限は原則として十日。この間に、彼の態度が変わろうが変わるまいが、起訴に持っていかれることは確実らしい。

響の考えが正しければ、そしてこれから行なおうとしている計略がうまくいけば、確かに光彦は無事釈放されることになるだろう。

（その時、わたしはどんな顔で彼を迎えたらいいんだろう）

母を失い、憎んでいた義父が死に……壊滅的な打撃を受けた御玉神照命会を、光彦は開祖光子の一人息子として、今後どうしていくつもりなのだろうか。もしも彼が、会の運営を引き継ぐというようなことになれば……。

張りつめた心の中に浮かんだ、光彦の顔。そこに明日香井響の顔が重なっていく。

＊　＊　＊

「……というわけでね、犯人は岸森範也に協力させて、貴伝名剛三の死体を本部ビルの屋上からレジデンスKの屋上へと運んだんだ。で、その方法なんだけど」

今日の午後、とある喫茶店の一席で、映美は響の説明を聞いた。

「本部ビルの高さは地上約十五メートル、マンションの方は二十メートルくらいだろう。ただ、敷地の高さがもともと数メートル違うから、実際には、二つの建物の屋上はほぼ同じ高さにある、と考えていい。

一方、川を挟んだ二つの建物の距離は、これも二十メートル程度。分かりやすいように、図に描いてみようか」

響はそして、手帳のページを破り取ってテーブルに置くと、サインペンで簡単な図を描いてみせた（Fig. 1参照）。

「僕が考えたのは、一口に云ってしまえば、滑車を使った運搬方法なんだ」

「滑車？」

映美が聞き直すのに、彼は軽く頷いて、

「滑車を二つ、犯人は用意しておいた。そんなに大きなものじゃない。金物屋で売ってるような、小さな金属製のものでいい。相当頑丈にできてるからね。できれば、釣り下げ部分が輪になっているやつ。うまいものがなければ何とか加工してやればいい。云うまでもないけど、実際に物を選ぶにあたって、犯人は慎重にその強度を吟味したことだろう。

この二つの滑車を、一つは本部ビルの屋上に、もう一つはレジデンスKの屋上に、ちょうど向かい合った位置に固定する。どちらも、フェンスの手すりは外側に向かって張り出しているから、そこに例えば、ロッククライミングに使うカラビナなんかを使って取り付けるわけさ。もちろん、マンションの方は岸森がやったんだよ。

さて、次はこの二つの滑車にロープを掛ける作業だ。

まず犯人は、用意しておいたロープ――これはなるべく細くて軽くて丈夫なものがいいね、闇に紛れるよう黒く塗っておいたかもしれない――、この端に長い釣り糸か何かを結び

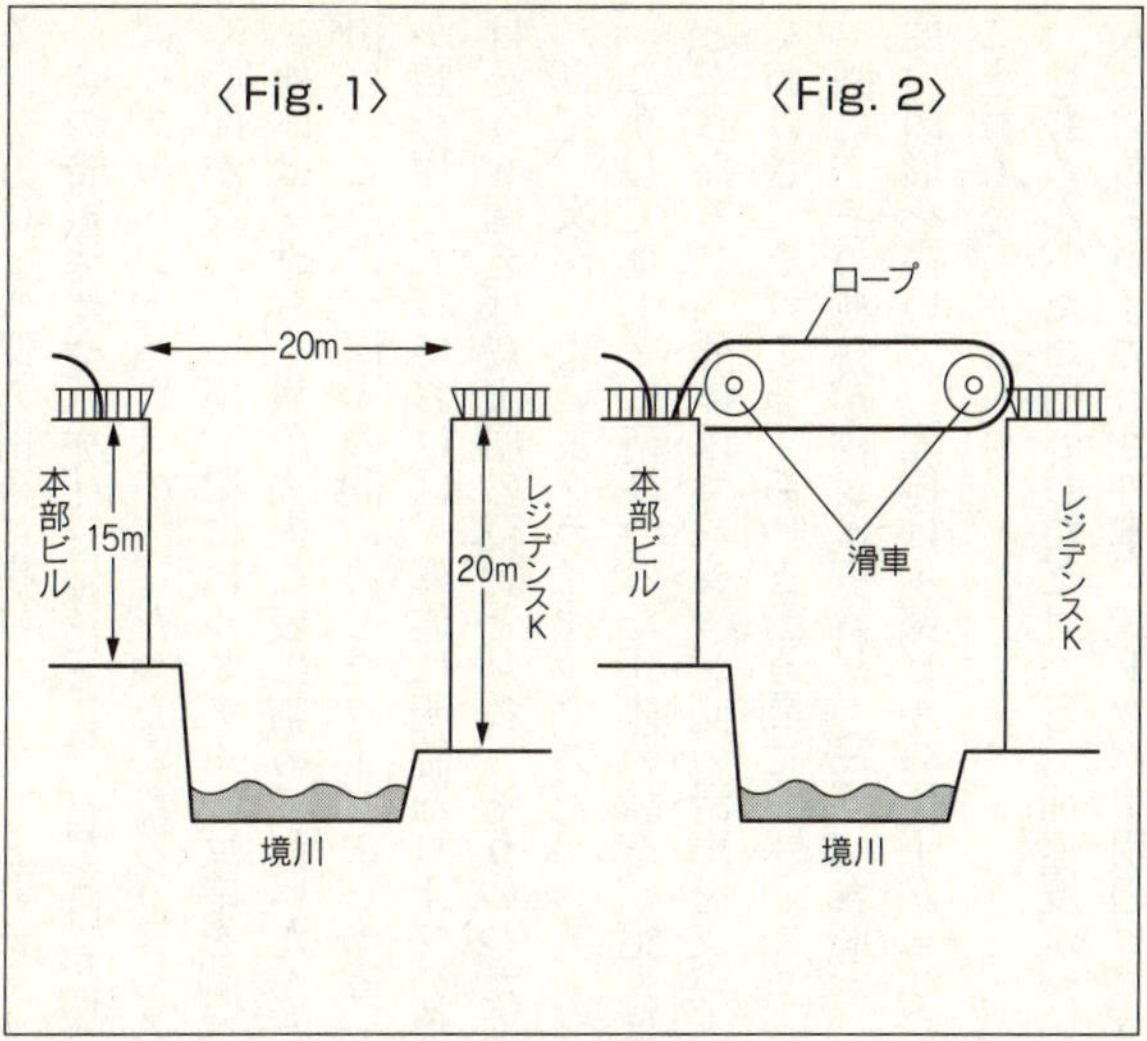


つけて、さらにその糸の反対の端を、おもりになるもの――例えばテニスの硬球のようなボールに結びつける。そして、このボールを向かいの屋上に投げた。

ボールを受け取った岸森が、糸とそれにくっついたロープを手繰り寄せる。ロープを滑車に掛けると、同じ要領でボールを投げ返す。犯人がこれを受け取り、また糸とロープを手繰り寄せる。

つまりこうやって、滑車に掛けたロープを二つの建物の間に往復させたわけだ。こんなふうに――」

響はさっき描いた図の中に、滑車とロープを描き加えた（Fig. 2参照）。

「犯人の側には今、ロープの両端があ

る。一方はビル側の滑車に掛けた上で、とりあえず手すりに固定しておく。

この時点ですでに死体は裸にされ、首と腕が切ってあった。切断作業が行なわれた場所は、あのペントハウスの浴室だったんだろう。つるつるの大理石だから、血や脂がこびりつく心配がない。一応、弟にはルミノール反応を調べてみるように云ってあるけどね。

死体は、恐らく何か丈夫な袋に詰めておいたんだと思う。その上からしっかりとロープを掛け、これに、屋上の間に渡したロープの、もう一方の端を結びつける。袋と死体の間に何か詰め物を入れておけば、死体に明確なロープの痕を残すことは避けられただろう。あるいはそう、例えば登山用の寝袋《シュラフ》とかね、そういったものを使ったのかもしれない。

　さて、次がいよいよクライマックスだ。

　こうしてロープに結びつけた死体の袋を、犯人はフェンス越しに屋上から落とした。するとどうなる？　死体はマンション側の滑車を支点として、こう、振子状に川の上を飛んでいくわけさ。それこそ、あっと云う間にね」

図に、その軌跡が描き込まれる（Fig. 3参照）。ちょうど半径二十メートル、中心角九十度の扇形を描いて、死体は本部ビルの屋上からレジデンスKの西側の塀の部分へと移動したことになる。

「もちろん、ただ落としただけだと、加速度がついて死体は塀に激突してしまう。だから犯人は、あらかじめもう一本、ストッパー用のロープを袋に結びつけておいたんだろう。

屋上間の距離を二十メートルとすると、死体が到着するマンションの袂《たもと》までの直線距離は、二十のルート二倍だから、約二十八メートル。ストッパーをこの長さ以下に設定して、屋上の手すりに固定しておいてやれば、袋は塀に激突する手前で停止するわけだ。

あと残るのは、犯人がビルの屋上から脱出することと死体をマンションの屋上へ持ち上げること。この方法の優れた点は、この二つの作業を、一つのプロセスで、同じエネルギーを使って行なえるというところだと思う。一見面倒臭そうではあるけど、いろんな要素を考え合わせると、最も労力と効果のバランスが取れた方法だといえないこともない。

犯人は、ビル側の滑車に掛かったロープの端を自分の身体に固定して、屋上から飛び下りた。それだけで良かったわけさ。犯人の体重が、二つの滑車によって方向を変え、対岸にぶら下がった死体を吊り上げる。ビルの裏手に着地すると、犯人は残り五メートル分、ロープを下へ引っぱる。岸森の方でも、上からロープを引っぱって手助けをしただろう。

こうだ」

犯人の動きと死体の動きが、矢印で図に描き加えられた(Fig. 4参照)。

「さっき云った、四階の荒木治が見た人影っていうのは、恐らくこの時の犯人の落下だったんだと思う。自由落下ほど速くなかったにしても、少なくとも自力で壁を下りるよりはずっと速度があったはずだからね」

「じゃ、その時にその人が聞いた叫び声っていうのは……」

「滑車の回る音だったんだろうと思う。きりきりと甲高い、まるで何かの叫び声みたいな音がしたんじゃないかな。

　さて、続きだ。上がってきた死体を岸森が屋上へ引き込み、ロープを外す。さらに死体を給水塔に運んだのは、捜査陣の目をなるべく川に面した方向へ向けさせないためでもあった。死体が入れてあった袋や袋に掛けてあったロープは、川に投げ捨てたか、あるいはいったん自分の部屋に隠しておいて、あとで処分するかした。一方、地上に下りた犯人は、川の上に渡したロープを手繰り落とし、これを持って逃走する。

　以上が、犯人の使ったトリックさ。この物理トリック自体は、仮にこれをネタにしたミステリがあったとしても、僕は大した評価はしないけどね。よく似た前例もいくつかあることだし。むしろ、面白いのはこのあとなんだな。

　まず、どうだい？　ここまで来れば、事件の最初からあった一つの問題が解けるだろう。犯人は何故、死体の首や腕を切断する必要があったのか」

「…………」

「それはつまり、いま説明したトリックを実現させるため、だったわけだよ」

そこまで云われて、映美はやっと分かったような気がした。

「もしかしてそれ、死体を軽くするため、とか」

「そう」

〈Fig. 3〉
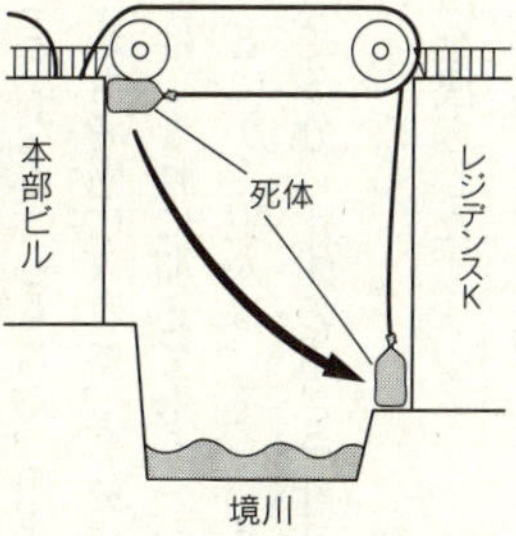


〈Fig. 4〉
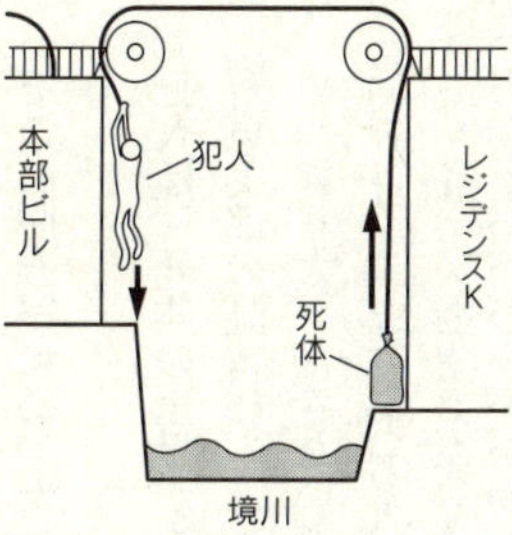


響は頷いた。
「犯人に必要だったのは、死体の重さを減らすことだった。
死体の首については、犯人は最初から切るつもりでいたんだと思う。その理由の一つは、死体の重量を調節するため。あらかじめ犯人は、剛三の体重がどれだけあるかを聞き出し、それと自分の体重との差を計算しておいた。その差が、恐らく十キロ弱だったんだろうね。
人間の頭部の重さは、普通四キロ程度のものだっていう。首を切れば、当然かなりの血液が流れ出る。血液の量は四から六リットルで比重はほぼ一。これをある程度流し出せば、頭部と合わせて七、八キロは軽くなるね。さらに、切り取った首と脱がせた服をリュックに詰めて背負えば、差し引き十数キロは犯人の方に重さが加わることになる。もちろん、川に渡すロープの重さや死体を詰める袋の重さ、滑車の摩擦抵抗なんかも考慮に入れて、多めに差を作ってやる必要もあっただろうな。

　首を切ったのには、これに加えてもう一つ大きな理由があるんだけど、それはあとで説明するとして——。とにかく犯人は、そういうつもりで鋸や包丁を用意してやって来た。首の切断を終えた時点で多分、死体の重さを計ることもした」

「あ……」

　映美は思わず声を洩らした。

「それで、あのヘルスメーターを？」

「そういうこと。あそこの脱衣室にあったヘルスメーターが、その計量に使われたんだろうと思う。

　ところが、そこで犯人は、死体の重量がまだ重すぎることに気づいたんだ。

　カナウから聞いた斎東美耶の証言にもあった。貴伝名剛三はこのところ——特に〝お籠もり〟を始めてから、めっきり太ったみたいだったってね。心理的なプレッシャーがあると痩せるっていうのが普通だけど、逆に太る人間もいるらしいから。これはつまり、慣れない〝お籠もり〟と、それから恐らく光子が死んだ事件にまつわるプレッシャーだ。

　犯人はさらに数キロ、死体と自分の体重の差を作る必要に迫られた。そこで、今度は腕を切断したんだ。腕の重さは、これも頭と同じで四キロくらいはあるからね」

「でも、自分の方を重くしようと思えば、別に死体を切り刻まなくったって、何かおもりになるものを持てばいいんじゃあ？」

「それはそうだけど、さっきも云ったように、首を切るというのは、体重の調節とは別に、犯人にとってどうしても必要な行為だったんだ。ならば、それを体重調節に利用しない手はない。――自分の脱出と死体の吊り上げを同時に行なうさっきのトリックとかね、この犯人は、ある意味じゃあ非常に危険で大胆な一発勝負を実行しつつも、こういったところでは妙に合理的な思考回路の持ち主なんだな。

　腕を切ったのは、そうすることによって死体の特徴がある種の統一性を持つことになる、それをメリットだと判断したんじゃないか。例えば、あのペントハウスにあった置物や何かを持ち出してあとで不審を買うよりも、ずっと合理的だ、と」

「合理的、か」

　いったん映美は納得顔で頷いたが、そこでまた一つ疑問を覚えた。

「でもね、この滑車のトリックなんだけど」

「今度は何だい」

「そうやって重さを調整して、犯人の方が死体よりも、仮に五キロ重くなったとするでしょ。仮に――そうね、死体の方が六十キロで、犯人が六十五キロ。で、犯人がロープの端を持って飛び下りたんだとして、その時の速さって、どうなるものなの？」

「ふんふん」

響は何故かにやにやとして、

「君はどう思う」

「うまく遅くなるような気もするんだけど。でも例えばね、違う重さのものを二つ同じ高さから落とした時って、重さに関係なく同じ速さで落ちるでしょ。だからこの場合も、六十五マイナス六十で犯人の方は五キロ、それが十五メートルの高さを落ちるわけで……これって、五十キロの人間が自然に落下するのと結局変わらないんじゃないのかなって。だとすると、凄い速度で地面にぶつかっちゃうわけだから……」

「そうそう。そんなふうに疑いだすと、確かにそう思えてくるんだよな」

響は愉快そうに目を細めた。

「実は不本意ながら、僕も同じように考えて、同じように混乱しかけたんだ」

「そうなの？」

「しかしよく考えてみれば、どっちが正解なのか分かる。中学か高校程度の物理の計算で」

「物理？　わたし、苦手……」

「僕だって得意じゃなかったさ。でも、ニュートンの運動方程式くらいなら覚えてないかい」

〈Fig. 5〉

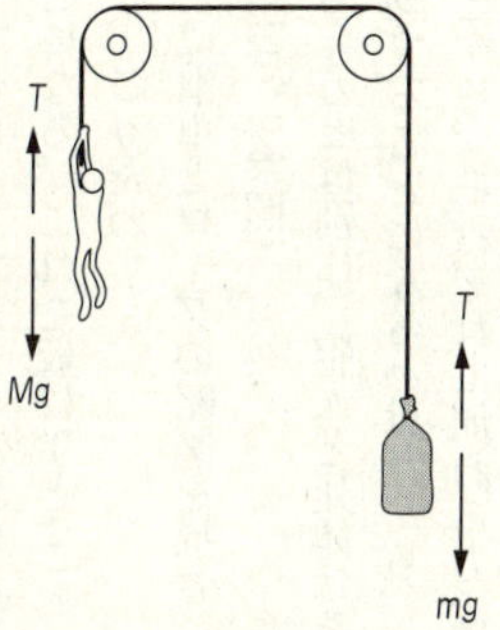


〈Fig. 6〉

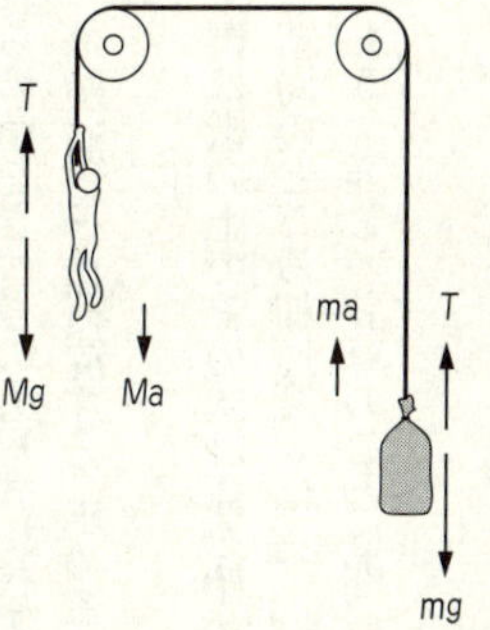


そう云って、響は先ほどの図の裏にその公式を書いた。

Ｆ＝ｍａ

「ある物体に働いている力をＦ、物体の質量をｍ、その時に生じる加速度をａとすると、Ｆはｍとａの積で表わされる。どうだい？」

「………」

「今、犯人の体重をＭ《ラージエム》、死体の重さをｍ《スモールエム》とする。この二つの物体には当然、同じように下向きの重力加速度がかかっているよね。重力加速度は普通、ｇで表わされる。よって、それぞれに加わっている重力の力は、Ｍｇおよびｍｇ。さらに、この二つの物体はそれぞれ同じ一本のロープで支えられているわけだから、そこには同じ力が、反対方向に加わっていることになる。これを仮にTとする。

図で表わすと、こうだね」

と、響は新たに滑車とロープの略図を描き、そこに、いま云った記号と力の方向を示す矢印を記入した（Fig. 5参照）。

「一方、今の考え方とは別に、犯人と死体はそれぞれ、犯人は下方向に、死体は上方向に、同じ速度で移動することになるわけだから、そこには同じ加速度が加わっていることになる。これをaとする。それぞれに加わる力はMaおよびマイナスma――つまり、こうだ（Fig. 6参照）。

ここで、これらの値をさっきの方程式に代入してやるわけさ。そして二つの方程式を連立させて解くと、Tが消えて加速度aを求めることができる。いいかい？　こういうふうに――」

さらさらと、響は紙の上でその式計算を始めた。

「このとおり、結局のところ加速度aは $\frac{M-m}{M+m}g$ によって求められる。つまり……」

「分かったわ、もう。詳しい計算のことは聞いても仕方ないから」

$$
\begin{array}{rl}
 & Mg - T = Ma \\
- ) & mg - T = -ma \\
\hline
 & (M-m)g = (M+m)a
\end{array}
$$

$$a = \frac{M-m}{M+m}g$$

「まあそう云わずに、せっかくだから最後まで聞けよ」

響は続けて、結論を述べた。

「重力加速度のｇは当然一定だから、犯人が落ちる時の加速度は結局、死体と犯人の重さの和と差によって決まってくるわけだね。その差が小さければ小さいほど、加速度も小さくなるというのが結論さ」

「要は、さっきのトリックは成り立つっていうわけでしょ」

「そういうこと」

響は言葉を切り、図と式の並んだ紙をくしゃりと丸めた。

「さてと、次は……」

「首を切ったもう一つの理由？」

「ああ。それも説明しなきゃならないな。

だけどその前に、ここでちょっと考えてみてほしいんだ。こうして犯人は、死体を本部ビルからレジデンスKに運んだわけなんだけれど、いったい何でこんな手間暇をかけてまでそれを行なう必要があったのか」

映美は思いつくままに答えた。

「光彦君に罪を着せるために」

「もちろん、それはある」

響は目を光らせた。

「けれども、単にそれだけじゃない」

## 3

ピーンポーン……

不意に響いたチャイムの音で、映美は回想を中断させられた。

ピーンポーン……

（――来た）

一階のエレベーターホールの手前――オートロックのドアのところで鳴らされる呼び鈴の音だ。

ソファを立つと、映美は壁のインターホンに向かった。

「はい。603号室です」

「岬さんですか」

「――はい」

「私です」

「あ、はい。今ロックを外しますから」

答えて、映美はインターホンの横にあるパネルのボタンを押した。これで下のロックが解除されるのである。

「どうぞ……」

しばらくして、部屋のドアがノックされた。映美はゆっくりと玄関へ向かい、ドアスコープから外を覗いた。

「私です。開けてくれますか」

と、相手の声。

「——はい」

大きく息を吸う。緊張に震える心を抑えながら、ドアを開けた。

「あの、どうぞ中へ」

「お邪魔します」

黒い靴。ダークグレイのズボンに同じ色の背広。ネクタイは締めていない。

先にリビングの方へ引っ込むと、映美はカウンターに背をつけ、相手にソファを勧めた。

「彼が捕まってからも、ここへはよく来るわけですか」

腰を下ろしながら、相手が訊いてくる。

「いえ。今夜が初めてです」

そのとおりのことを、映美は答えた。

「どうやって入ったんです？」

「合鍵を彼から貰ってますから」

「なるほど。——で」

と、相手は立ったままでいる映美の顔を見すえ、

「問題の手紙というのは？」

「これです」

映美は努めて平静な声で云って、先ほどの手紙を封筒ごと差し出した。

「ふん。読ませてもらいますよ」

相手はそれを受け取り、中の手紙を開いた。

「――ふうん。あの男がこんなものをね」

呟きながら、読み進む。

「あの、わたし、どういうことなのかさっぱり分からなくって。昨日からずいぶん悩んだんです。それで……」

「それで私に？」

「ええ」

手紙に目を落とした相手の表情を、それとなく観察する。眉一つ動かさない。唇を引きしめ、眉間に深い皺を寄せている。

やがて手紙の二枚目に進んだところで、その眉が微かに震えるのが分かった。

「これを、あなたは信じたのですか」

そろりと探りを入れるように、相手は質問してきた。

「いえ。――あの、ですから、どう考えたらいいのか分からなくて」

「ふん」

「そいつの名は」で始まる二枚目冒頭の文章に、相手はまた目を落とした。「そいつの名は」――その続きには、彼自身の名前が記されている。

彼自身の名――尾関弘之警部補。

＊　＊　＊

「どうやって犯人は、死体の首をあのマンションの中に持ち込んだのか」

死体運搬のトリックを説明したあと、明日香井響はこう続けた。

「これが云ってみれば、この事件の犯人を限定するための最大のポイントになるんだ。

さっきの方法で死体をマンションの屋上へ運んだ段階で、切り取った死体の首と左腕は当然、犯人の手中にあった。服をどこかで処分したとして、このあと犯人は、この首と腕をマンションに運び込んだわけだね。

じゃあ、いつ、どうやってそれらを持ち込んだのか。――ここでまた、レジデンスKの門を見張っていた公安の刑事たちの目が問題となってくる。彼らがあの夜出入りをチェックしているのは、光彦君の車だけだからだ。光彦君が犯人じゃないことは、午前零時過ぎに犯人の方が本部ビルに忍び込んだのだと分かった時点で証明されている。その時間、彼はまだ君と一緒に部屋にいたんだから。

とすると、どういうことになる？　あの日は新聞は休刊で、新聞配達も来なかった。あのマンションに人が入ってきたのは、そのさらにあと、諸口昭平の通報で駆けつけた警官たちが最初だったわけだ。

まず駆けつけたのは、最寄りの派出所の警官が二人。それから、所轄のＭ署の宿直にあたっていた刑事が三人。彼らに首を持ち込むことができたか。できなかった、と僕は思う。人間の頭部といえば、かなり大きなものだろう。それを入れた袋や鞄《かばん》を、現場へ急行した警官や刑事たちが持っていたとは思えない。もしもそんな大きな鞄を持っていたとしたら、きっと一緒に現場へ向かった同僚たちから不審の目で見られたはずだ。だから、彼らではない。

さて、そこで、次に現場へやって来たのが、僕の弟——警視庁の明日香井刑事とＭ署の尾関警部補だった。

二人は、尾関警部補の車で一緒に来た。尾関は車をマンションのガレージに入れた。二人はすぐに屋上へ向かった。そして死体を一度見たあと、いいかい？　煙草を車に忘れてきたと云って尾関が一人でガレージへ下りていったっていうんだな。しばらくして彼は屋上へ戻ってきたが、死体の首が二階の廊下で発見されたのは、それからまもなくのことだった。この間、新たに数名の刑事たちがマンションに到着したらしいけど、彼らは揃って、まっすぐに屋上へやって来ている。

従って、首を持ち込むことができた人間は彼しかいなかったんだよ。尾関警部補——彼一人しかね。

煙草を取りにいくという口実でガレージに下りた彼は、自分の車の後部座席、もしくはトランクに積んでおいた首の袋を持って、ロビーの警官の目を注意しながらエレベーターに飛び込んだ。そしていったん二階で降りると、これを廊下に置いて、すぐに屋上へ戻った。かなり危険な行為ではあるけれども、万が一それを見咎められた場合には、自分が発見したことにしてしまえばいい。

左腕や凶器を光彦君の車に放り込んだのも、この時のことだった。彼の車のドアがこの時ロックされていなかったとは限らないけど、当然ながら尾関はロックを外すための道具を用意していただろうし、ロック解除の練習も充分にしておいただろうしね。

頃合いを見計らって、岸森が首の袋を発見する。そういう手はずになっていたわけだ。あるいは、二階に下りた時に岸森の部屋のドアを叩いて、もういいぞ、という合図をしたのかもしれないね」

犯人は尾関警部補——。

二、三度会ったことのあるその男の顔を思い浮かべながら、映美は信じられぬ気持ちで目をしばたたかせていた。

4

ふん、とまた鼻を鳴らし、尾関は目を上げた。

「この手紙のことを、誰か他の人には云いましたか」

「いいえ」

すかさず映美はかぶりを振った。

「誰にも、まだ」

「明日香井刑事に相談しようとは思わなかったのですか。このあいだの日曜、彼と一緒にいたでしょう」

「ああ、いえ……」

尾関はまだ、あれが本物の明日香井刑事だったと信じているようだ。

「ここだけの話なんですけど、あの刑事さん、何だか嫌で」

「どうしてです？」

「あの、いやらしいこと、しようとするんです」

これは映美の勝手な創作である。

「それに何となく、あの、尾関さんの方がしっかりしているように見えたし、それに警部補さんだし」

「しかしこの手紙には、この私が犯人だと書かれていますよ。なのに、あなたはわざわざ私に相談を持ちかけてきた」

尾関は鋭い目で映美をねめつけた。

「どうも妙ですね。岬さん、あなたは何を考えているのです」

「何をって、わたしはただ……」

「本当は、この手紙にあるとおり私が犯人だと、そう思って呼び出したんじゃないんですか」

云うなり、尾関は突然ソファから立ち上がった。驚いて身をひく映美をよそに、彼は黙って奥の寝室の方へ足を向ける。

いけない、と映美は思った。

(いけない。今あそこを見られたら……)

「あのう、尾関さん」

映美の言葉を無視して、尾関は寝室のドアを勢いよく開いた。

「——ふん。誰もいないな」

(誰もいない?)

映美は戸惑った。

(——そんな)

(じゃあ……?)

続いて尾関は、その隣りの、光彦の勉強部屋を覗き込んだ。

「あなた一人だけだというのは、本当だったようですね」

やがてリビングのソファに戻ると、尾関は口許を歪めて云った。

「ちょっと気のまわしすぎだったようだ」

「お、尾関さん……」

「どうしました。震えていますよ」

尾関は、背広のポケットから白いプラスティックのシガレットを取り出してくわえた。

「立っていないで、あなたも坐ったらどうですか」

「…………」

「やはり私を疑っているのですね」

「…………」

映美の沈黙を、尾関は肯定の返事と受け取ったようだった。

「何故そう思うのですか。この手紙が来たから？　岸森範也は、土曜の夜に自殺しているんですよ。この手紙を書いた時、すでに精神状態がおかしかったんだとは思いませんか」

口調こそ穏やかだが、尾関の表情は能面のように冷たく凍っていた。意を決し、映美はカウンターに背を寄せたまま、

「あなたが殺したんでしょう」

と云った。

「岸森さんも、あなたが殺したのよ。自殺に見せかけて」

＊　＊　＊

「多分こういうことだと思うよ」

岸森範也の死について、明日香井響はこのように説明した。

岸森の方が自分を脅迫する相手の正体を知っていたのかどうかは、微妙なところだと思う。それが現職の刑事だと知らされた上での脅迫だったのかもしれないし、あるいはまったく正体を知らずに、完全に陰から操られていたのかもしれない。ただ、仮に彼が相手の正体を知らなかったのだとしても、事件後、尾関と実際に会って話をした時点で、それに気づいた可能性は高いと思うね。

そして、このあいだの土曜――二十日の深夜、岸森は尾関と会うことになった。彼の方からそれを持ちかけたのか、尾関の方が呼び出したのかは分からない。いずれにせよ尾関は、そこで共犯者の口を封じることにしたわけだ。

しかし思うに、この犯行は、貴伝名剛三殺しに比べると、はるかに計画性の乏しいものだった。というのも――。

まず尾関は、何とかうまく云いくるめて、岸森を人気《ひとけ》のないあの現場へ連れていった。そうして岸森に酒を飲ませたわけだけれども、無理に飲ませようとして予想以上の抵抗に遭った。殴ったりして身体に傷を負わせるわけにはいかない。そこで彼は、ある方法で岸森の自由を奪うことにした。その痕跡と思われるものが死体の手首に残っていたらしいんだが、弟が云うには、あれは縄や紐で縛った痕ではなかった、と。

分かるだろう？　抵抗する岸森の両手の自由を奪うため、尾関はとっさに、普段から使いなれている商売道具を使ってしまったのさ。手錠をね。

泥酔させた岸森を車に残し、『排ガス自殺』させる。ウィスキーの壜やホースに岸森の指紋を付ける工作も、もちろん行なわれただろう。いったんドアを開けて手錠を外すと、死体からカードキーを取り上げ、レジデンスＫへ直行した。岸森の部屋を調べて、何かまずい文書などが残っていないかを確認するため、そして偽の遺書を作成するためだ。

このキーは恐らく、岸森の『自殺現場』へ駆けつけた際、現場検証のどさくさに紛れて車中に戻しておいたんじゃないかと思う。

どうだい？　かなり――というよりも、ほとんどが僕の想像だけど、これでちゃんと辻褄が合うだろう」

## 5

「本音が出ましたね」

尾関は無表情に云った。

「わたし、いろいろ考えてみたのよ」

開き直った強い声で、映美は応じた。

「光彦君が犯人じゃないって、信じていたから」

(——本当に?)

「ほう」

「彼を助けたいと思ったから」

(本当にそうなの?)

「で、すべてはこの私の仕業だという結論が?」

「そうよ」

映美は相手の目を見たまま頷いた。スカートの下で、膝頭が細かく震えはじめていた。

「そこへ、岸森さんの手紙が届いたの。わたし、自分の手であなたに罪を認めさせようと思って、それで……」

ふっ、と尾関は薄く笑った。

「それはまた、大それたことを考えたものですね。気の強いお嬢さんだ。素直に警察へ届ければいいものを」

「警察なんて信用できないわ。どうせ、あなたがうまく捻《ひね》り潰《つぶ》してしまうに決まってるもの」

「それで、直接対決を望んだわけですか。やれやれ、アニメ世代のお嬢さんにはかなわないな。ちょっと私を甘く見すぎてはいませんか」

(その調子で、もっと喋って)

(そして……)

「ま、結局その向こう見ずな行動は、私にとっては幸運だったってことだがね」

(幸運……)

(だからどうしようっていうの？)

映美は、震える足をゆっくりとテーブルの方へ進めた。そして、その上に投げ出されていた先ほどの手紙に手を伸ばす。

「おっと」

と云って、尾関が手紙をさらった。

「これは私が預からせてもらいますよ」

「返して」

「そういうわけにはいきませんね」

「返してよ」

「うるさい！」

いきなり乱暴な声を投げつけられて、映美はひっと喉を鳴らし、足をすくませた。尾関は冷然とそれを一瞥《いちべつ》し、手紙を背広のポケットにねじ込んだ。それから、同じ右の手を懐《ふところ》に差し込む。

「おとなしく私の指示に従ってもらいましょうか、岬映美さん」

懐の中で握られたものの姿が、容易に想像できた。叫びだしたい衝動を抑え、映美はぎゅっと目を閉じた。

「手荒なまねは避けたい」

目を開いた時、懐から出された尾関の手には、黒い銃口を光らせた凶器があった。

「こ、殺すの？　わたしを」

「仕方がないでしょう」

尾関は低い声で云った。

「こんな手紙を受け取ったのが不幸だったと思いなさい」

「ここでわたしを殺して、疑われないと思う？」

「自殺に見せかけることにしましょうか、また。そこのベランダから飛び下りる、というのはどうかな」

「叫ぶわよ」

「撃ちますよ」

「そんなことをしたら、あなたが殺したってバレるわ」

「いくらでも云い逃れはきく。恋人を逮捕されたことを怨んで、あなたが刃物を持って切りかかってきた、とかね。正当防衛というやつです」

「そんな……」

「私は刑事なんですよ。ベテランの、部内でも非常に人望の厚い」

＊　＊　＊

「何故犯人は、そこまでして死体をレジデンスKに運ばなければならなかったのか。光彦君に罪を着せるため、というのはむろんあった。いや、むしろそれこそが第一の目的だったんだけど、それをより確実に行なうためにこそ、死体の運搬は必要だったんだ」

明日香井響は語った。

「公安の刑事があの夜あそこを見張っていて、結果として光彦君以外の人間の犯行可能性を否定してしまったのは、尾関も予期していなかった事態だったはずだ。それ以前に、ある決定的なメリットが彼にとってはあったのさ。

それはね、つまり、死体が境川のこちら側——M市内で発見されるっていうことだ……」

殺人事件が発生した時、警察の捜査担当は死体が発見された場所によって決定される。このM市内だと、所轄のM署の刑事一課および警視庁の捜査一課が、合同で捜査にあたることとなる。これは、被害者がどこに住んでいようと関係ない。

もしも死体をあのまま本部ビルに残しておけば、その事件の捜査は、S市の所轄署と神奈川県警との合同で行なわれることになる。そうなれば当然、M署の刑事である尾関には出る幕がない。ところが、県境を流れる川のこちら側に死体を持ってきておいてやれば、自動的に、その捜査は彼自身の所属するM署刑事一課の手にゆだねられることとなるのだ。

「……自分の行なった犯罪を自分で捜査する。これほどのメリットがあると思うかい？　偽の証拠をでっちあげるのも簡単だ。ある人物に、意識的に疑いの目が向くよう仕向けるのも、尾関ぐらいの地位《ポジション》であれば容易だろう。極端な話、捜査会議で一言嘘を云うだけで、捜査を自分の都合のいい方向へ持っていくことができるんだ。

あの時期にあの場所で凶悪事件が発生した場合、それを自分が担当することになるであろうと充分に予測した上で、尾関はあの犯行を計画・実行した。そしてまんまと、光彦君を犯人に仕立て上げることに成功したわけさ」

＊　＊　＊

「そうよね、尾関さん」

映美は、尾関の構える銃から目をそらしながら云った。

「あなたは刑事だから――だから、自分が事件を担当するために、死体をわざわざこのマンションに運んだのよね」

「ほう」

尾関はちょっと驚いたふうに片頰を引きつらせた。

「そこまで考えていたんですか」

「それだけじゃないわ。あなたがどうやって死体をここの屋上に運んだか、その方法だって分かってるんだから。滑車とロープを使って……そして、光彦君に罪を着せるために、死体の腕や刃物を彼の車に入れておいたのよ。そうなんでしょう?」

＊　＊　＊

「どうして死体の首を切る必要があったのか。これにはもう一つ理由があると、さっき云ったよね。

それは、服を剝ぎ取っておいたのと同様に、死体の身元を分からなくするためだった。そしてなおかつ、持ち込んだ死体の首を岸森に発見させ、それを自分が見ることによって、尾関自身が最初に死体の身元に気づく——そういった状況を作り出すためだったんだ。

どうしてかって? ——単純な話さ。

尾関自身が、最初に死体の顔を貴伝名剛三だと判定する。これによって、彼はきわめて自然な成り行きの下に、自ら照命会の本部ビルに赴くことができたわけだからね。

本部ビルに電話をかけ、剛三が〝お籠もり〟中であると聞かされるや、彼はこちらの事情を説明することもせずに、明日香井刑事を連れてビルへ直行した。そして、野々村を説き伏せて自ら屋上を調べにいった。一貫して、尾関が行動のイニシアティヴを取っているだろう？　それも、かなり強引なものを感じる。

彼にはそうする必要があったんだ。誰よりも先に、自分自身があのビルの屋上を調べにいく必要がね。

明日香井刑事がペントハウスの中を調べている間に、尾関は一人で外を見にいった。この分担も、彼自身の指図だった。そこで彼が行なわなければならなかったこと……。もう分かっただろう。死体の運搬および自分の脱出の際に使った、例の滑車を始末したわけさ。手すりに残っていた滑車を外し、彼はそれを上着のポケットに隠すか、あるいは思い切って下の川へ投げ捨てたんだ。向かいのマンションの屋上には刑事たちがいたけど、彼らは現場検証に忙しくて、対岸のビルに注目している者などいなかっただろうから」

## 6

「驚きましたね」

ぴたりと銃を映美の胸に向けたまま、尾関は云った。

「こりゃあ、いよいよあなたには口をふさいでもらわなければならなくなってきた」

映美は横目でそっと、先ほど尾関が覗いた寝室のドアを窺った。

（まだなの？）

（もういいでしょ。これでもう……）

「あなたの知恵と、恋人を思う情熱に敬意を表しましょう」

云いながら尾関はソファを離れ、映美の方へ一歩歩み寄った。

「人殺しにそんなふうに云われても、嬉しくないわ」

「足が震えてますよ、岬さん」

そう云うと、尾関は一瞬、自嘲のような笑みを見せた。

「人殺し……か。ふん。しかしね、私だって好き好んで人殺しをしたわけじゃない。むしろ、私はずっと警察官として、この社会の正義のために働いてきた。それが正しいことだと信じてね。ただ、あいつに関してだけは別だった。あの男、貴伝名剛三に関してだけは。冥途《めいど》のみやげに――なんて云うとクサいと笑われますかね――、話してあげましょうか。どうして私が、あの男を殺さなければならなかったのか」

「…………」

「もうずいぶんと昔の話になるな。三十年ほども前のことです。私はその頃、大阪に住んでいた」

そして尾関は、自ら語った。彼が小学校三年生の夏、家に押し入った強盗によって自分の母が殺され、姉が強姦された事件のことを。その直後に、姉が自殺したことを。

「その時私は、隣りの部屋に隠れて一部始終を見ていた。母や姉を助けに飛び出す勇気もなく、ただ怯えきって……。

明日香井君にも話していたことですけどね、だから私は刑事になったんです。母を殺し、姉を自殺へ追いやった、その強盗を捕まえるためにね。

私はその男の顔をはっきりと見ていた。二十歳くらいの、チンピラ風の若い男だった。猫背で、鼻の横に大きなホクロがある、ね。私は懸命にそのことを警察に訴えたけれども、結局のところ犯人は捕まらなかった。

親戚に引き取られてこっちに出てきた私は、そして刑事になった。事件はとうに迷宮入りになっていた。けれども、これまで一瞬たりとも、母と姉を殺したあの男への憎しみを忘れたことはなかった。

そしてね、この六月、私は遂に、まったくの偶然にだが、あの男を見つけたのです。貴伝名光子事件の捜査の際に会ったその夫――貴伝名剛三。あいつの顔を見た瞬間に、私には分かった。顔つき、それから鼻の横のホクロの位置が、完全に昔の記憶と一致したからです。

三十年目の偶然……あまりにも気まぐれな天の悪戯《いたずら》に、私は感謝したらいいのか嘆いたらいいのか、何とも複雑な心境だった。

それとなく、私は彼に探りを入れてみた。若い頃はどこに住んでいたのか、と。大阪だ、と彼は答えましたよ。昔はかなり危ない橋も渡ったもんでした、などとも、しゃあしゃあと……」

浜崎サチが云っていたのを思い出す。剛三は若い頃、大阪で相当「苦労」したらしい、恐喝《かつ》やら盗みやら「やくざまがいのこと」までしていたらしい、と。

「私はあの男を殺さねばならなかった。すでに時効が成立しているから、法律は彼を罰してはくれない。だから、どうしてもこの手で、ね。それもなるべく早く。あれこれと考えすぎて、復讐の意志がくじけてしまわないうちに……」

しかし尾関には、今や守るべき妻と娘がいた。復讐はしなければならないが、それによって自分が捕まってしまうわけにはいかない。何とかして、うまく警察の目を逃れなければならない。そのための一番の良策は、誰か身代わりの犯人をでっちあげてしまうことだと、彼は考えた。そしてそのでっちあげを行なうのに最も都合のいい立場が、事件を捜査する担当刑事である、とも。

ところが貴伝名剛三は、そんな彼の思惑をよそに、七月に入るや否《いな》や、〝お籠もり〟と称してビルの屋上に閉じこもってしまったのだった。

「……実際、あいつは実にくだらない奴でしたよ」

さらに尾関は続ける。

「私は彼に密談を持ちかけた。〝お籠もり〟が終わるのを待つことも考えたけれども、それだと十月になってしまう。そんな時期まで待つことは、私にはどうしてもできなかった。それに、たとえ〝お籠もり〟が終わったとしても、教主は聖地のS市から外へ出てはいけないという妙な決まりが、あの教団にはありましたからね、自分が事件を担当するためには、どのみち、あいつを殺したあとで死体をM市内まで運ばなければならない。

私は〝お籠もり〟を始めた彼に電話をかけ、まず外へ呼び出すことを試みた。自分の身分を明かして、六月の光子事件をネタに、その犯人が彼である決定的な証拠を持っている、と嘘を云ってね。話し合いいかんではその証拠を握り潰してやってもいい、といった具合に悪徳刑事を演じたのです。

実際のところ、彼が光子を殺した犯人だったのかどうか、確信は持てていなかった。それは今も同じです。しかし、何しろこっちは担当の刑事だもんでね、彼は相当にビビったようだった。話し合いに応じよう、とすぐに返事をしてきました。

ところが彼は、話し合いには応じるが、〝お籠もり〟を抜け出すのだけは勘弁してくれ、と強硬に云ってきた。他のことならともかく、教主引き継ぎのこの儀式を抜け出すことだけはできない、と。

愛人を呼び込むことはできても、自分が外へ出ていくのはまずい。それがあいつの、会の決まりに対する判断だったんですよ。愛人については、守衛に金を握らせるなりして隠しおおすことができるけれども、外へ出るとなると、どこで誰に見られるか分からない。いくら何でも外出がバレるのはまずいから、という。要は、悪人のくせに非常な小心者でもあった。そんな、本当にくだらない男だった。

そこで私は、こちらからあのビルを訪ねていく方法を検討することにしたのです。岸森の事故をたまたま目撃したのが、ちょうどその頃。殺したあの男の死体を川のこちら側に運んでくるうまい方策はないものかと、あのビルやこのマンションの近辺を視察してまわっていた時のことだった……」

尾関はそして、剛三に本部ビル屋上での密会を持ちかけ、その日時を指定した。もちろん、このことは誰にも云ってはならないと強く釘を刺した上でだ。もしも誰かに洩らせば、すぐにでもお前をしょっぴいて、光子殺しの犯人に仕立て上げてやる、と脅して。

約束の夜、確認の電話をかけたあと、約束の時間に、必要な道具を詰めたリュックを持って尾関はビルを訪れた。守衛に持ち場を外させたのも、彼の指示による工作だった。

「……光彦に電話をかけさせたのも私です。銃を突きつけて、脅しながらね。貴伝名剛三がビルを抜け出したという事実を強調するため。それから、そうして光彦を外へ呼び出すことで、彼に不利な状況を作り上げようとしたわけですよ」

「光彦君には、何も罪はなかったはずだわ」

思わず映美はそう云った。

（そう。彼には何の罪も……）

尾関は小さく目で頷いて、

「そのとおりですね。彼には罪はない。私が憎む男の血を引いてすらいない。けれども、そんなことに気を遣ってはいられなかった。あの男への復讐を遂げる一方で、私は自分の身を守らなければならなかったし、それ以上に、私は私の家族を守らねばならなかった。彼は、この上ないスケープゴートだった」

「だから、岸森さんも殺したっていうの？」

「そうですよ。緊張に耐えかねて、いつ口を割ってしまうか分からないタイプの男でしたからね。こっちの正体は知らせていなかったが、電話で声は聞かれている。生かしておくのはあまりにも危険だった。

もっともあの学生は、すでに死に値する罪を自ら犯してもいましたがねえ」

「そして今度は、わたしを殺そうっていうんでしょ」

自分に向けられている銃のことも一瞬忘れて、映美は強い言葉を吐きつけた。

「勝手すぎるわ。いくら正当化しようとしても、人殺しは人殺しよ。あんたなんか……」

「口の減らない人ですね」

と云って、さらに尾関は一歩、映美に近づいた。

「犯人の告白は、こんなものでいいでしょう。あまり時間を喰ってばかりもいられない。さてと――」

「…………」

（まだなの？）

映美は強く目をつぶり、そして開いた。

（明日香井さん！）

「そろそろあなたにも、黙ってもらうことにしましょうか」

「いやっ！」

と叫んで、映美はほとんど無意識のうちに身体を翻《ひるがえ》していた。

「動くな」

尾関の恫喝《どうかつ》。

「いやよ」

爆発する銃声を覚悟しつつ、映美は〈ロト〉を引っくり返してカウンターを飛び越え、その後ろに身を沈ませた。

その時——。

「そこまでにしてください」

突然の声とともに、寝室のドアが開いた。

「尾関さん。銃を捨ててください。さもなければ……」

拳銃を構えた明日香井叶刑事が、ようやくドアの向こうから現われたのだ。

# 7

「銃を捨ててください、尾関さん」

両手で構えた銃を尾関に向けて、明日香井刑事はそう繰り返した。

「もう馬鹿なまねはやめてください」

「――ふん」

ゆっくりと尾関の右手が下がる。

「やっと登場したか」

「えっ？」

「あと一人ぐらいいるんだろう」

「………」

若い刑事の背後から、のっそりと大きな影が進み出てくる。丸い赤ら顔の巨漢である。その男の手にもまた、尾関に向けて構えられた拳銃があった。

「全部こっちで聞かせてもらったぞ、尾関君」

「おやおや」

「今の話は全部録音してある。覚悟するんだな」

「多田警部自らのご登場ですか」

尾関は厚い唇を歪め、少し肩をすくめてみせた。

「警視庁の鬼警部が、こんな姑息《こそく》な罠をね」

カウンターの後ろからその様子を覗きながら、

（いったいこの人は……）

映美は尾関の、すべては承知の上だったかのような口ぶりに驚いていた。

「おおかた、この岸森の手紙も偽物《にせもの》なんでしょう」

と、さらに尾関は云う。

「いや、しかし、そのお嬢さんの演技も大したものだった」

「ふん。まさか今さら、今のは全部冗談だったとでも云うんじゃあるまいな」

多田警部が突き放すように云う。尾関はまた肩をすくめ、

「まさかね。そこまで虫のいい男じゃありませんよ、私は」

「それじゃあ……」

「さっきその寝室を覗いて、あなたたちがいるのには気がついた」

「何だと？」

「うまく隠れていたつもりだったんでしょうがね、ベランダに立っている影がカーテンを透けて見えてましたよ。ちゃんと二人分ね」

呆気に取られる警視庁の二人。どういうことなのかと、映美は睨み合った尾関と二人の間に視線を往復させた。

「じゃあ尾関さん」

明日香井刑事が云った。

「あなたは、これが罠だと承知の上で？」

「私だって、二十年間もこの仕事で飯を喰ってきた人間だよ、明日香井君。人一倍、勘は鋭いつもりさ」

「…………」

「このあいだ岸森の死体を見にきた時から、君の様子がおかしいことには気づいていたんだ。自分から進んであの死体を調べてみたり、とね。ことに、死体の手首の痣《あざ》が気に懸《か》かる様子だったろう。あれで、まずいなとは思っていた」

「…………」

「手錠の痕じゃないかと、疑っていたんじゃなかったのか？　あれを見て。――ありゃあ下手をしたな、私も。あんまり岸森が抵抗するものだから、つい使いなれている道具を使ってしまった」

尾関は右手の銃を、そっと後ろのソファに置いた。

「あれ以来、君の動きに注意していたさ。いや、それ以前にも、君がそのお嬢さんと二人であれこれ嗅《か》ぎまわっているようだったから、気にはなっていたな。そこで本庁の知り合いに、君の行動を報告してくれるよう頼んでおいた。すると、案の定だ。昨日さっそく、君が大阪府警にある問い合わせをしたってことが分かった。そうだったね」

「…………」

「これだけ長く刑事をやってると、あちこちの署に親しい奴がたくさんいるからね。私はすぐに大阪府警の友人に電話をかけ、君の問い合わせの内容を探ってもらったよ。君が調べようとしたのは、三十年前の、私が母と姉を失った事件の記録だった。そしてその記録には、小学生の私が訴えた、犯人の男の特徴が記されていた。鼻の横に大きなホクロがある、二十歳前後の若い男、と」

「どうしてなんです」

銃を構えたまま、明日香井刑事が訊いた。

「どうしてそこまで分かっていて、今夜……」

「まあ――、それはもういいじゃないか」

と答えて、尾関は薄く笑った。

「貴伝名剛三を殺したことは後悔してないさ。しかしね、そのあと、私と同様にあいつを憎んでいた光彦を捕まえたり、あの気の弱い大学生を殺したりして、私は……」

その続きが語られることはなかった。尾関は口を閉ざし、突然ひらりと二人に背を向けた。

「動くなっ」

と、多田警部が一喝する。同時に尾関は駆けだしていた。玄関の方へ向かって、猛然と突進していく。

「尾関君！」

「尾関さん！」

尾関は玄関のドアを開け、裸足のまま廊下に飛び出した。明日香井刑事と多田警部が、慌ててそのあとを追う。——と。

ガシャーン……！

廊下の方から、ガラスの割れる物凄い音が聞こえてきた。

「尾関さん！」

明日香井刑事の叫び声。

「尾関さあん！」

カウンターの後ろから立ち上がり、呆然とそちらに目をやる映美の視界の中でその時、玄関に続く廊下に面して造り付けられたクローゼットの扉が開いた。

「僕の出る幕はなかったな」

と、中から出てきた明日香井響が云った。万が一の場合に備えて、彼もそこに潜んでいたのである。

小走りに玄関へ向かい、ドアの外を覗く。すぐにこちらへ戻ってくると、彼は憮然とした顔で云った。

「廊下の窓を破って飛び下りたみたいだ。二十メートルを、最後は自然落下――か」

「ああ……」

急にくらりとめまいを感じ、映美はカウンターに寄りかかった。

「大丈夫かい」

「――ええ」

不意に込み上げてきた涙を手の甲で拭いながら、映美は弱々しく頷いた。響が、ほんの少し口許で微笑んでみせる。映美は身をかがめ、床でばらばらになった〈ロト〉の破片を拾い集めはじめた。

# エピローグ(1)——電話——

八月二十六日金曜日。事件が終局を迎えて三日後の夜——。

岬映美の部屋に、京都へ帰った明日香井響から電話があった。

「君は本当に、貴伝名光彦のことを愛しているのかい」

いきなりそう訊かれた時、映美はその言葉だけで、彼の用件が分かったように思った。

「すべてを承知した上で、彼を好きになったのかな」

「——そう」

電話口で、映美は頷いた。

「やっぱり知ってたのね、明日香井さん」

「こっちへ帰ってから、ずっと考えあぐねていたんだ。君ともう一度、話をするべきかどうか」

「…………」

「一年半前、僕は君のことを何一つ分かっちゃいなかった。そのことを今、謝ろうと思う」

「…………」

「先週の土曜日、君と別れて帰った夜、妙に気に懸かってね、君の実家に電話をしてみたんだ」

「えっ？」

「君の実家は中野《なかの》の方だったよね。なのにどうして、わざわざS市なんかに離れて住んでいるのか。それに、君が京都を出ていった時のことを思い出してね、どうしても気になったから。悪いとは思ったが、弟の身分を使って……」

「お母さんに、訊いたの？」

「ああ」

「そうだったの。——もしかしたら、って思ってた。明日香井さん、あの次の日、何だか様子が変だったから」

「さんざん迷ってたのさ。まさかとは思ったけど、君に貴伝名剛三を殺す強い動機が見つかったんだからね。どう考えたらいいか。僕がそれを知ったことを、君に話していいものかどうか」

「…………」

「一九八七年の二月、岬優作《ゆうさく》——君のお父さんが亡くなった。自殺だった。中央線の始発電車に飛び込んで」

「そして、その自殺の原因が他ならぬ照命会にあった。少なくとも君はそう解釈した。——そうだね」

「——ええ」

「…………」

映美の父が、胃の調子がおかしいので都内のある病院へ検査に行ったのが、一年半前——映美が大学卒業を控えた一月のことだった。検査の結果、ストレスによる軽い胃潰瘍と診断されたのだが、この時、その病院に勤めていた照命会の「工作員」が彼に接触をはかったのだった。

例によって、その会員は「病院作戦」を実施した。つまり、父に対して実はあなたは癌なのだと吹聴し、入会を勧めてきたのである。

昔から父は、娘の映美も心配になるほど神経質な性格だった。思わぬところから癌の告知を受けた彼は、それを鵜呑《うの》みにし、会の勧誘に乗るよりも前にノイローゼになってしまった。そして、挙句の果ての飛び込み自殺……。

後に母からその事実を知らされた映美は、癌でも何でもなかった父を死に追いつめた、新興宗教団体のあくどい勧誘工作に心底怒りを覚えた。できることなら自分の手で、その教団を叩き潰してやりたいとさえ思った。

「……君は照命会について調べはじめた。そして、最高責任者である教主貴伝名光子、教団経営の実質的な推進者である会長貴伝名剛三、彼の片腕として勧誘作戦の指揮を執《と》ってきた弓岡妙子——彼らの名を知った。彼らに対して、君が何らかの復讐を考えたということも容易に想像できる。

剛三と光子の間には、大学院生の息子がいた。名前は光彦。S市に住まいを移した君は、偶然を装って彼に接近することに決めた。光子や剛三、あるいは照命会全体に対する復讐の足がかりとするため……」

そうだ。そのつもりだった。

光彦と近づき、彼と親しくなることで、少しでも照命会の内部事情や貴伝名家に関する情報を得ようと考えたのである。そうして機会があれば、何らかの形で〝復讐〟を実行しようとも。

そういうつもりだった。光彦のことを好きになってしまうなんて——、最初はまるでそんな気ではなかったのだ。それが……。

「釈放された彼には、会いにいったかい」

「——まだ」

「会いにいかないのかい」

「——分からないわ」

「この際だからもう一つ、僕が想像したことを云っておくよ」

「…………」

「貴伝名剛三や弓岡妙子に宛てた例の手紙――『次はお前の番だ』っていう――あれは、君が出したものだったんじゃないのかな」

「…………」

「妙子は、自分のまわりをうろうろしている怪しい女がいると訴えていた。彼女はそれを光子だと信じてしまったようだけど、もしかしたらそれも」

「…………」

「それから……」

「ごめんなさい」

響の言葉を遮り、映美は云った。

「お願いだから、それ以上は云わないで」

「しかし」

「あなたの好きなように考えてくれていい。それがいいと思うのなら、弟さんに全部話してしまっても……」

それは、今の映美の本心だった。

「そんなことをするつもりはないよ」

と、響は云った。

「僕の考えは誰にも話さない。事件は終わったんだ。もう誰も掘り返そうとする奴なんていないさ」

「でも」

「光彦君との関係については、僕がとやかく云うことじゃない、か。釈放の時、弟と一緒に会ってちょっと話をしたよ。なかなかいい男だね、彼……」

＊

どうしたらいいんだろう。

切れた電話を見つめながら、映美は膝を抱えた。

どうしたらいいんだろう。これからわたしは……。

選択肢はいくつかある。けれども、どれを選べばいいのか、どれを選ぶべきなのか、いくら考えても答えは出そうになかった。

# エピローグ(2)　——回想——

……貴伝名光彦の部屋を訪れた、土曜の夜だった。

午前二時を過ぎてから、映美は彼と別れ、レジデンスKを出た。次の日、午前中に用が入っていたからだ。

夕方からずっと降りつづいてやまぬ小雨。濡れそぼった深夜の街を、一人暮らしの部屋へ向けて車を走らせる。

その途上、いつものように通りかかったその家の前で、ふと心に降りかかった予感は——あれは何だったのだろう(何だったんだろう……)。

その予感と、それに伴って現われた妖しい浮遊感、あるいは分裂感めいた心地。不穏な衝動に逆らうことができず、映美はその家から少し離れた公園の脇に車を停めた。

閑静な住宅街、その外れに建つ家の一階。明かりの点いた部屋の窓。じっとりと重く湿気を含んだ闇に身を潜め……。

窓の外の軒下——閉ざされたカーテンにできていた隙間から、映美はその部屋の中を覗き込んだ。

……広い洋間の光景。

男と女が、差し向かいで話をしていた。いや、話をしている、といった雰囲気ではない。何やらひどく険悪なムードが感じられた。

男が立ち上がり、女に近寄っていく。しゃがれた声が、ぼそぼそとその口から発せられる。女の方は白い寝間着姿だった。茶色い革張り寝椅子に腰かけて、冷然と相手を見つめていた。

二人の顔と名前を、映美は知っていた。昨年の春以来、数限りなく呪《のろ》いの言葉を吐きつけてきた相手——貴伝名剛三、そして貴伝名光子。

剛三の表情は醜く引きつっていた。てらてらと脂ぎった額。たるんだ頰と顎の肉をひくつかせ、分厚い唇をしきりに舌で湿らせながら、じりじりと光子の方へ近づいていく。

——と。

充分に間を詰めおえた剛三が、いきなり光子に飛びかかった。光子は——夫がそういった行動に出ることを予期していなかったようだ——短い悲鳴を上げた。微かに、窓のガラスが震えた。

光子の華奢な身を押し倒し、剛三が馬乗りになる。長い黒髪が寝椅子の上に乱れ広がる。大きく開いた口を片手で押さえつけながら、剛三は上着のポケットから黒いネクタイを取り出し、妻の細い首に巻きつけた。そして……。

……喉に喰い込んだネクタイ。

白眼を剝き、唇の端から舌を垂らした貴伝名光子の形相。

ずんぐりとした肩を激しく上下させながら、剛三は動かなくなった妻の身体から離れた。

蒼ざめた顔で、きょろきょろと部屋の中を見まわす。

映美は驚いて（殺人だ！）、窓の下に身をかがめた。

やがて深い息を一つつくと、剛三は気ぜわしげに次の行動を起こした。

妻の首に巻きついたネクタイを外す。部屋の家具や置物を倒す。戸棚を開け放ち、中のものを乱暴に引っぱり出す。

己れの犯罪を強盗か何かの仕業に見せかけようと工作しているのだ——と、映美には分かった。

しばらくの後、剛三は明かりを消し、部屋を出ていった。裏の勝手口を開く音、庭を歩いてくる足音……。

映美は庭の植込みの陰に隠れ、自分の家を立ち去る彼の姿を見送った。

あのあと——。

あのあとに自分が取った行動を思い出すと、映美は叫びだしたいほどの恐怖にかられる。

どうしてわたしは、あんなことをしてしまったんだろう。いったい何が、わたしをあんなに強い力で突き動かしたんだろう。

それは、自分の行なってしまった行為そのものよりもむしろ、それを行なった自分自身の、抑えようのなかった激しい意志に対する恐れだった。

あそこまでしなければならなかったのだろうか。あの時わたしは、正気だったのだろうか。

正気ではなかったのだ。——そう。今は少なくとも、そう思う。

あの時だけじゃない。あのさらにあとも。貴伝名剛三や弓岡妙子にあんな手紙を書いたり、怯える妙子の様子を遠巻きに窺ってはその反応を楽しんでいたり……。

正気ではなかった。正気であったはずがない。

……剛三が戻ってこないことを見極めると、映美はそっと家の勝手口にまわった。ドアの鍵は外されていた。指紋を残さぬよう、ハンカチを手に当ててドアを開くと、暗い家の中に忍び込んだ。

問題の洋間を探し当てた。貴伝名光子の身体は、さっき窓の外から覗いていた時のままに、寝椅子の上に仰向けに横たわっていた。

美貌を誇った照命会教主の顔は、カーテンを通して射し込む街灯の光の下で、哀れなほどに醜くねじ曲がり、凍りついていた。一瞬、つい一時間ほど前まで一緒にいた光彦の顔がそれに（光彦君……）重なる。けれどすぐに、掻き消されるように消えた。

（この女が——）

その身体を、映美は抱き上げた。

（この女がお父さんを……）

勝手口から外に運び出した。いくら光子が華奢な体格だといっても、映美一人の力でそれを行なうのは相当な苦労だった。それでも黙々と、その異常な作業を行なっていた自分の姿（その時顔に貼り付いていたであろう、氷のような表情……）を想像すると、まるですべては悪い夢の中の出来事であったかのように思えてくる。

いったん光子の身体を門の陰に下ろすと、映美は停めておいた車を取りにいった。まばらに建つ人家。小雨が降りつづく暗い路上。——時刻はすでに三時半を回っていた。車の助手席に光子を乗せた。そして映美は、境川を渡る例の鉄橋に向かったのだ。川を越えてM市の側になるけれども、そこが光子の家から一番近い、手頃な踏切だった。川沿いに走る細い道が、二組の黒い線路を横切っていた。

踏切から川の方へ、少し離れた線路上に、白い寝間着姿の光子の身体を置いた。急いでその場を離れながら、映美は一度後ろを振り向いた。夜明け前の薄れはじめた闇の中で、その時、うつぶせに横たわった光子の身体が微かに動いたような気がした。

いま思うと、あの時彼女はまだ生きていたのだということになる。剛三に首を絞められた彼女は、それによって完全に死に落ちることはなかった——一時的な仮死状態にあった、ということだろうか。

車を動かし、踏切から充分に距離をおいた場所に停めて、時を待った。

どのくらいの時間、待っただろうか。

やがて聞こえてきた列車の轟音《ごうおん》（「お父さんが飛び込み自殺を！」）――電話で泣き叫んだ母の声……）――線路を驀進《ばくしん》してくる巨大な凶器（「お気の毒です」「癌だと思い込んでおられたようですね」「何もこんな死に方を選ばなくても良かったのに」……）――響きわたる警笛（……ひどい死に方）（列車の車輪に巻き込まれて）（これがお父さんの……？）（ばらばらに轢断《れきだん》された肉塊）（ひどい……）――甲高いブレーキの音（あなたも同じように）（同じように）（同じように！）…………

＊

…………

…………

……とにかく眠ろう、と映美は思った。

あの朝――光子へのいびつな〝復讐〟を遂げて部屋に帰った朝も、同じように考えたことを覚えている。父を殺した者たちへの怨み、光彦への想い、自分が行なってしまったこと（行なわせた自分自身）への恐れや不安……さまざまな激しい感情の渦に弄ばれながら。

とにかく眠ってしまおう。

眠って、明日になれば、これから自分がどうしたらいいのか、その答えが見つかるかもしれない。

——了——

# 講談社文庫版あとがき

さてさて、一九八九年五月にカッパ・ノベルスより上梓した書き下ろし長編『殺人方程式——切断された死体の問題——』の、講談社文庫へのお色直しであります。

まずこの場を借りて、今回の再文庫化で初めてこの作品を読まれる方に対して、お約束の「読者への挑戦」を敢行しておくことにしましょう。

本文三〇四ページ五行目までの段階で、事件の真相を看破するのに必要な手掛かりはすべて出揃います。いったんそこで本を閉じて、「犯人は誰か」という問題に挑んでみていただければ、と思います。「何故死体の頭部と左腕が切断されていたのか」という謎も含めて、いかい、いい、山勘ではなく論理的に云い当てることが可能なはず、ですので。

＊

ところでこの作品、本格ミステリとしての完成度は決して低くないだろうと自己評価はしているのですが、いかんせん十六年も前に発表した代物です。まだキャリアも浅かったのだから仕方あるまいとは思い切りつつも、正直なところ、いま改めて読み返してみると赤面ものという部分が多々あって困ってしまいました。

一九九四年刊の光文社文庫版を底本にして、当初はもういっさい手を入れないつもりでいたのですが、結局やはり、文章には細々とした修正を加えずにおれませんでした。この作品に限らず、いつか全面的に改稿して決定版を作りたいものだという衝動にもしばしばかられる昨今です。そんなことをやっている時間もそうそうないだろうしなあ、と半ば諦めてはいるのですが……はてさて。

当時の記憶を手繰《たぐ》ると、この作品の執筆に当たったのは『迷路館の殺人』を脱稿したあと——一九八八年の夏から冬にかけての数ヵ月間でした。二度の書き直し作業を経てやっと編集部のＯＫは出たものの、それで即出版というわけにはいかず、その次に講談社ノベルスで書き下ろした『人形館の殺人』の方が先に刊行される順番となりました。

現在ではいささか状況が変わってしまった観がありますが、当時はカッパ・ノベルスといえば推理小説のトップブランドでした。デビュー二年目の新人がそのブランドから初めての本を出す、ということである意味、妙なプレッシャーを引き受けていたふしもあります。プロであるからには、こういうタイプのもの（「館」シリーズのような閉鎖環境を舞台とはせず、比較的あっさりした文章で、主人公の一人が警視庁の刑事で……という）も書けなきゃ駄目だろう、みたいな。

果たしてそれが良かったのかどうか、一概には判断しかねるところですが、幸い発表当時の評判は恐れていたほど悪くはなかったようです。で、売れ行きも上々であると見るや、編集部からは「すぐに続編を書くように。年に三作ずつ、このシリーズを」というオファーが来て、目を白黒させたりもしました。職業作家として身を立てていくつもりならばそのくらいの生産量は当たり前、という認識が、その頃は広く共有されていたのですね。そんな要請に応える能力は、とうてい僕にはなかったわけですが——。

ご存じのとおり、今や綾辻行人といえばすっかり「遅筆」「寡作」が看板になってしまいました。それでも今日に至るまで何とか作家業を続けられているのは、まことにありがたい——と云うか、幸運なことだと思っております。

＊

このたびの再文庫化にあたり、巻末の乾《いぬい》くるみさんによる「解説」とは別に、十六年前のカッパ・ノベルス版に鮎川哲也《あゆかわてつや》先生が「讃」と題して寄せてくださった文章を再録させていただくことになりました。思えば、過分なお褒めの言葉に恐縮しながらも、敬愛する大先達からの力強いエールはやはり、あの当時の僕にとって云い知れぬほど大きな励みになったものでした。十一年前の光文社文庫版に寄せてくださった由良三郎《ゆらさぶろう》先生の、心優しい「解説」についても同様です。

その鮎川先生も由良先生も、この数年の間に鬼籍に入ってしまわれました。そんなところにまた、今さらながら時の移ろいの無常と無情を痛感しつつ——。
大いなる感謝を込めて、今回装いを新たにしたこの『殺人方程式』を両先生の墓前に捧げることができれば、と思います。

二〇〇五年　二月

綾辻　行人

## 讃《さん》

鮎川哲也《あゆかわてつや》（作家）

綾辻《あやつじ》氏は非常なテクニシャンである。本篇を読むと、誰しもそうした印象をつよく持つことだろう。

読了《どくりよう》したのは深夜だったが、終幕の見せ場に大きなショックを受けて、こと本格ミステリーに関しては並大抵のことでは驚かない私が興奮のあまり、床に入ったまま朝まで熟眠できぬほどだった。一体この人の頭の中にはどんな歯車が回転しているのか、覗《のぞ》いてみたい気がする。

新興宗教の教祖が首なし屍体で発見されるがそこに出入りしたものはいない。どんな方法で現場に侵入し逃走したのか、いかなる理由で首を切断したのか、そして犯人は誰なのか。これらの巧《たく》みにつくられた謎を看破《かんぱ》できる読者の数はせいぜい〇・五パーセント程度でしかないだろう。しかし推理力とぼしきものは幸いなり、私もそうした才能は持ち合わせていなかったので、終章でときあかされる真相を知って驚嘆《きょうたん》し、出来のいい本格物を読んだときにのみ味わえるあの満足感にとっぷりとひたれたのであった。

一夜明けて気がしずまると、あらためて全篇いたる処に張りめぐらされた伏線に気づいて、作者の非凡な構成力、周到な筆のはこびに再度「感嘆これを久しう」する。それがまた楽しい。特に、犯人が首を切断した理由は、かつて洋の東西を問わずどの推理作家も思いつけなかったもので、私はそこにも非常に感心した。

作者は「古きよき時代の探偵小説」にならって、読者に対する「挑戦状」を付すべきであった。そうしなかったことが、この優れた本格長篇の唯一の瑕瑾《かきん》だと思う。

# 解説

乾くるみ

綾辻行人さんは現在、国内に数多《あまた》いる本格ミステリ作家の中でも特別な存在として認識されています。国内のミステリ史を語るときに「○○以前／以降」といった用語が使われることがあるのですが、その「○○」に入るのは「清張」と「綾辻」のどちらかであることが多い、ということからも、それがうかがえます。松本清張の登場は社会派ミステリ全盛の流れを作り、綾辻行人の登場は本格ミステリ復興（いわゆる「新本格」）の流れを作りました。綾辻さんはただの本格ミステリ作家ではなく、新本格の「開祖」的な存在として紹介されることが多いのです。

ただし新本格の潮流は時代の要請であって、綾辻行人はたまたまそのトップバッターとして登場しただけだ、という見方もあります。実際、社会派の場合には、清張作品がもたらした成功を見て、追随者たちがその作風を真似《まね》る、という形でムーブメントが形成された気配が濃厚であり、清張さんの果たした役割はそのぶん大きかったわけですが、それに対して新本格の場合には、綾辻以降の作家たちは別に綾辻さんの作風をことさら真似したわけではありません。法月綸太郎は『密閉教室』の原型を、綾辻さんのデビュー以前にすでに書いていたわけですし、歌野晶午は島田荘司に心酔して（つまり綾辻さんの登場とは無関係に）『長い家の殺人』を書いていました。そういった意味では「たまたまトップバッターとして登場しただけ」という見方もあながち間違ってはいないようにも思えます。

それでも綾辻さんが新本格のトップバッターとして登場したことは、重要な意味を持っています。松本清張は社会派ミステリの勃興期に「探偵小説を『お化屋敷』の掛小屋からリアリズムの外に出したかった」という一文を残しているのですが、それに対抗するように、綾辻行人はそのデビュー作『十角館の殺人』の中で登場人物のひとり（エラリイ）に以下のようなセリフを言わせています。

「僕にとって推理小説《ミステリ》は、あくまでも知的な遊びの一つなんだ。小説という形式を使った、読者対名探偵、読者対作者の刺激的な論理の遊び《ゲーム》。それ以上でも以下でもない。

だから、一時期日本でもてはやされた〝社会派〟式のリアリズム云々は、もうまっぴらなわけさ。１ＤＫのマンションでＯＬが殺されて、靴底を擦り減らした刑事が苦心の末、愛人だった上司を捕まえる。――やめてほしいね。（後略）」

特に重要なのは後段です。オジサン向けのミステリに魅力を感じられないということ。それは当時の若手ミステリファンの多くが感じていたことであり、エラリイのこの「社会派拒否宣言」は、わたしたちの気持ちを代弁するものでもありました。清張さんの場合と同様、こういったアジテーションが、潮流を生み出すためには必要だったのです（実際には、綾辻さん自身のスタンスは、エラリイほど過激なものではなかったようですが）。

その綾辻さんがデビューから二年後に著《あらわ》したのが本書です。初刊時の版元叢書は「カッパ・ノベルス」で、当時のイメージで言うと「オジサン向けのミステリを数多く出しているところ」でした。いわば敵の牙城に乗り込んでいっての初仕事です。いったいどんな作品に仕上がっていることか。まさか相手の言いなりに「オジサン向け」の作品を書いてやしないだろうな——と思いつつ内容を確認してみると……。

一章でいきなり「愛人」が登場します。二章に入ると今度は「刑事」が出てきます。どうやら主人公のようです。相棒の中年刑事にいたっては、禁煙したいと思いつつどうしても煙草をやめられない、などという（本格読者にとってはどうでもいい）人物造形に紙面が割かれていたりします。おいおい、「靴底を擦り減らした刑事」が「愛人」関係のもつれで起きた事件を調べたりする話なんじゃないだろうな、とだんだん心配になってきます。

ところが……と、ここであまり多くを書きすぎてしまってはいけません。とにかく大丈夫ですよ、とだけ未読の方に対して言っておきましょう。

で、以下には関連作品の情報を記しておきます。読書の幅がひろがれば幸いです。

本書で活躍した明日香井兄弟の登場するシリーズの続編に『鳴風荘事件』があります。本書一〇三ページで「ある事件に巻き込まれたことがきっかけで叶と深雪は親しくなったのだ」と書かれている「ある事件」も、そこで語られています。

また法月綸太郎の『誰彼《たそがれ》』も要チェックです。「新興宗教の教祖が」「一人でお籠もりをしているはずの場所からいなくなり」「別な場所で首なし死体となって発見される」という事件の大筋や、「エレベーター」「双子」などといった要素が、本書と共通しています。同年に発表されたこの二作、別に示し合わせて書いたというわけでもないのですが、まるでこれらの共通点を「お題」として出された二人が競作をしたようにも見えます。読み比べてみるのも一興でしょう。

首の切断理由に関しては、エラリー・クイーン『エジプト十字架の謎』、横溝正史『黒猫亭事件』『悪魔の手毬唄』、笠井潔『バイバイ、エンジェル』などの先例を踏まえて本書が書かれていることを認識すると、よりいっそう楽しめるかもしれません。

もうひとつ、本書のトリックや「叫び声」から連想される国内作品があります。具体的な作品名は書けませんが、八五年刊の作品です。あるいはそれが本書の着想に影響を与えているかもしれません。これだけのヒントでピンときた人は脳内で両作を比べてみましょう。

と、ここまでは未読の人に配慮した一般的な解説を書きました。以降の技術的な解説では**事件の真相に言及しています。本編を未読の方は以降を読まないでください。**

先に書いたことを補足します。

物語の冒頭に「愛人」が登場することには必然性があります。ヘルスメーターなどの伏線を張る意味もありますが、彼女の役割でいちばん重要なのは、エレベーターの動きに注目させることです。物語の冒頭部分で彼女が神殿から出て行くことによって、読者はそれ以降、エレベーターの箱が一階にあるということを強く意識します。それがあるからこそ、次にエレベーターの下降が野々村によって目撃されたときに、貴伝名剛三がビルを抜け出しているのだと思い込まされるのです。

二章が「刑事」の視点で語られることにも必然性があります。犯人を論理的に特定するための重要な手掛りを自然な形で読者に提示するためです。また尾関警部補が「煙草をやめられない」のは、彼自身がトリックのためにそういうふうに演じる必要性があったからです。

さらにこの章で注目すべき点は、明日香井叶が尾関の車に同乗させてもらうシーンです。後になって、その車には切断された死体の一部が載せられていたということが明かされます。死体移動トリックにはいろいろなパターンがありますが、演出の仕方としては、視点人物が（つまり読者も）まさにその場面に居合わせたというのが、いちばんインパクトがあります。ディクスン・カーがある作品でその手を使い、それにいたく感心した横溝正史が別な形で死体移動のシーンを読者に目撃させるといった形で、この手法は伝承されてきました。

綾辻さんが本書でやりたかったことのひとつが、この死体移動トリックに関する大胆な演出だったことは明らかです。

もうひとつ、綾辻さんが本書で狙った点について補足しておきましょう。本格ミステリには「操りテーマ」と呼ばれる作品群があります。実行犯が（自覚のないままに）実は誰かに操られていたのだ、といったパターンが典型例なのですが、本書ではその亜種が意図されているのです。

操られた実行犯はもちろん尾関であり、操り主の役は岬映美に割り振られています。ただし彼女は操りの構造を自覚していません。亜種というのはその点を指して言っています。

岬映美には動機（復讐心）があります。教団に復讐するために、教祖の息子である貴伝名光彦に意図的に近づき、恋人にもなっています。しかし彼女が実際に行ったのは、すでに死んでいる（ように見えた）光子の身体を列車に轢《ひ》かせたということだけです（実際には光子が仮死状態だったため、映美の行為は殺人に相当するのですが、本人の意図は死体損壊にとどまっています。また映美が何もしなかった場合でも、光子はおそらくそのまま死んでいたか、あるいは戻ってきた剛三によってトドメを刺されていたであろうことが予想されるため、読者の目にも彼女の罪は軽減されて見えます）。光彦に対する愛情が涌いているらしき様子もうかがえます。彼女の復讐は中途半端なまま挫折したかのように見えます。

しかし彼女が意図しないまま死体を神奈川県S市から東京都M市へと移動させたことが、

さらなる事件を惹き起こします。M署に勤務する尾関が光子の事件を担当することになり、彼は家族の仇・貴伝名剛三との邂逅を果たすのです。そして今回の事件が起きました。映美が余計なことをしなければ、本来その二人が出会うことはありませんでした（教主がS市から一歩も外に出てはいけないという教義は、この点を強調する役割も果たしています）。結果的に映美はみずからの行為によって尾関を動かし、教団に対する復讐を完遂したのです。この奇妙にねじれた「操り」の構図が、最後の最後で明かされます。物語のフィナーレを飾るにふさわしい、本書の読みどころのひとつです。

## 〈綾辻行人著作リスト〉（2005年2月現在）

1　『十角館の殺人』
講談社ノベルス　1987年9月
講談社文庫　1991年9月

2　『水車館の殺人』
講談社ノベルス　1988年2月
講談社文庫　1992年3月

3　『迷路館の殺人』
講談社ノベルス　1988年9月
講談社文庫　1992年9月

4　『緋色の囁き』
祥伝社ノン・ノベル　1988年10月
祥伝社ノン・ポシェット　1993年7月
講談社文庫　1997年11月

5　『人形館の殺人』
講談社ノベルス　1989年4月
講談社文庫　1993年5月

6 『殺人方程式――切断された死体の問題――』
光文社カッパ・ノベルス　1989年5月
光文社文庫　1994年2月
講談社文庫（本書）　2005年2月

7 『暗闇の囁き』
祥伝社ノン・ノベル　1989年9月
祥伝社ノン・ポシェット　1994年7月
講談社文庫　1998年6月

8 『殺人鬼』
双葉社　1990年1月
双葉ノベルズ　1994年10月
新潮文庫　1996年2月

9 『霧越邸殺人事件』
新潮社　1990年9月
新潮文庫　1995年2月
祥伝社ノン・ノベル　2002年6月

10 『時計館の殺人』
講談社ノベルス　1991年9月
講談社文庫　1995年6月

11 『黒猫館の殺人』
講談社ノベルス　1992年4月
講談社文庫　1996年6月

12　『黄昏の囁き』
祥伝社ノン・ノベル　1993年1月
祥伝社ノン・ポシェット　1996年7月
講談社文庫　2001年5月

13　『四〇九号室の患者』（中編）
森田塾出版（南雲堂）　1993年9月

14　『殺人鬼II――逆襲篇――』
双葉社　1993年10月
双葉ノベルズ　1995年8月
新潮文庫　1997年2月

15　『鳴風荘事件――殺人方程式II――』
光文社カッパ・ノベルス　1995年5月
光文社文庫　1999年3月

16　『眼球綺譚』（短編集）
集英社　1995年10月
祥伝社ノン・ノベル　1998年1月
集英社文庫　1999年9月

17　『フリークス』（中編集）
光文社カッパ・ノベルス　1996年4月
光文社文庫　2000年3月

18　『アヤツジ・ユキト　1987―1995』（雑文集）
講談社　1996年5月
講談社文庫　1999年6月

19　『どんどん橋、落ちた』（中短編集）　講談社　1999年10月
　　講談社ノベルス　2001年11月
　　講談社文庫　2002年10月
20　『最後の記憶』　角川書店　2002年8月
21　『暗黒館の殺人』（上）（下）　講談社ノベルス　2004年9月

〈共著〉

＊『本格ミステリー館にて』（島田荘司との対談）　森田塾出版　1992年11月
　　角川文庫（『本格ミステリー館』と改題）　1997年12月
＊『セッション――綾辻行人対談集』　集英社　1996年11月
　　集英社文庫　1999年11月
＊『眼球綺譚―Ｙｕｉ―』（漫画化／児嶋都画）　角川書店　2001年1月
＊『緋色の囁き』（漫画化／児嶋都画）　角川書店　2002年10月

〈アンソロジー編集〉

＊『綾辻行人が選ぶ！　楳図かずお怪奇幻想館』
ちくま文庫　２０００年11月

＊『贈る物語　Mystery』
光文社　２００２年11月

〈ゲームソフト〉

＊『黒ノ十三』（監修）
トンキンハウス／ＰＳ用　１９９６年９月

＊『ナイトメア・プロジェクト　ＹＡＫＡＴＡ』（原作・原案・脚本・監修）
アスク／ＰＳ用　１９９８年６月

〈関連書籍〉

＊『ＹＡＫＡＴＡ――Nightmare Project――』（ゲーム攻略本／監修）
メディアファクトリー　１９９８年８月

＊『綾辻行人　ミステリ作家徹底解剖』（監修／スニーカー・ミステリ倶楽部編）
角川書店　２００２年10月

一九八九年五月　カッパ・ノベルス刊
一九九四年二月　光文社文庫刊

|著者|綾辻行人　1960年京都府に生まれる。京都大学教育学部卒業、同大学院修了。『十角館の殺人』で本格推理の大型新人としてデビュー。『時計館の殺人』で第45回日本推理作家協会賞受賞。主な作品に『緋色の囁き』『暗闇の囁き』『黄昏の囁き』などの〝囁きシリーズ〟、『水車館の殺人』『迷路館の殺人』などの〝館シリーズ〟がある。2500枚にも及ぶシリーズ最新作『暗黒館の殺人』も大きな反響をよんだ。

殺人方程式《さつじんほうていしき》──切断《せつだん》された死体《したい》の問題《もんだい》──

綾辻行《あやつじゆき》人《と》



2005年２月15日第１刷発行

発行者──野間佐和子

発行所──株式会社　講談社

東京都文京区音羽2-12-21　〒112-8001

電話　出版部（03）5395-3510

販売部（03）5395-5817

業務部（03）5395-3615

Printed in Japan

講談社文庫

定価はカバーに表示してあります

デザイン─菊地信義

本文データ制作─講談社プリプレス制作部

印刷───大日本印刷株式会社

製本───大日本印刷株式会社

落丁本・乱丁本は購入書店名を明記のうえ、小社書籍業務部あてにお送りください。送料は小社負担にてお取替えします。なお、この本の内容についてのお問い合わせは文庫出版部あてにお願いいたします。

ISBN4-06-274991-2

# 講談社文庫刊行の辞

二十一世紀の到来を目睫に望みながら、われわれはいま、人類史上かつて例を見ない巨大な転換期をむかえようとしている。

世界も、日本も、激動の予兆に対する期待とおののきを内に蔵して、未知の時代に歩み入ろうとしている。このときにあたり、創業の人野間清治の「ナショナル・エデュケイター」への志を現代に甦らせようと意図して、われわれはここに古今の文芸作品はいうまでもなく、ひろく人文・社会・自然の諸科学から東西の名著を網羅する、新しい綜合文庫の発刊を決意した。

激動の転換期はまた断絶の時代である。われわれは戦後二十五年間の出版文化のありかたへの深い反省をこめて、この断絶の時代にあえて人間的な持続を求めようとする。いたずらに浮薄な商業主義のあだ花を追い求めることなく、長期にわたって良書に生命をあたえようとつとめるところにしか、今後の出版文化の真の繁栄はあり得ないと信じるからである。

同時にわれわれはこの綜合文庫の刊行を通じて、人文・社会・自然の諸科学が、結局人間の学にほかならないことを立証しようと願っている。かつて知識とは、「汝自身を知る」ことにつきていた。現代社会の瑣末な情報の氾濫のなかから、力強い知識の源泉を掘り起し、技術文明のただなかに、生きた人間の姿を復活させること。それこそわれわれの切なる希求である。

われわれは権威に盲従せず、俗流に媚びることなく、渾然一体となって日本の「草の根」をかたちづくる若く新しい世代の人々に、心をこめてこの新しい綜合文庫をおくり届けたい。それは知識の泉であるとともに感受性のふるさとであり、もっとも有機的に組織され、社会に開かれた万人のための大学をめざしている。大方の支援と協力を衷心より切望してやまない。

一九七一年七月

野間省一

# 講談社文庫 最新刊

**福井晴敏**
**終戦のローレライ III**
その日、核の業火が広島を包んだ。「国家としての切腹」という浅倉大佐の計画の真意とは？

**終戦のローレライ IV**
第三の原子爆弾の投下を阻止するため、伊507は最後の闘いへ。渾身の大作ついに完結。

**笹生陽子**
**ぼくらのサイテーの夏**
「階段落ち」でケガをしてプール掃除の罰。小学6年生たちのひと夏を描いたデビュー作。

**綾辻行人**
**殺人方程式**
〈切断された死体の問題〉
首と左腕を切断された不可解な死体。鮎川哲也氏も絶賛した正統派本格ミステリの傑作！

**笠井　潔**
**ヴァンパイヤー戦争《ウォーズ》**
8〈ブドゥールの黒人王国〉
死を覚悟した冒険の果てに辿り着いた〝影の都〟。九鬼鴻三郎たちに想像を絶する試練が！

**井上夢人**
**オルファクトグラム(上)(下)**
'01年度「このミステリーがすごい！」4位作品。究極の嗅覚で犯人に迫る新感覚ミステリー。

**西澤保彦**
**転・送・密・室**
いま、ミステリ界でいちばん人気の美少女が活躍する〝神麻嗣子の超能力事件簿〟第4弾。

**雨宮処凛**
**暴力恋愛**
好きだから相手を追い詰めてしまう。二人の間では暴力が日常に。心が痛くなる長編小説。

**阿刀田　高　編**
**ショートショートの広場16**
1本2800字以内で勝負する超短小説作品集《アンソロジー》。人気シリーズ第16弾。〈文庫オリジナル〉

**グレッグ・ルッカ　古沢嘉通　訳**
**耽溺者《ジャンキー》**
親友を救うため自ら囮《おとり》となって麻薬密売組織に戦いを挑む女性私立探偵。極上サスペンス。

**T・ジェファーソン・パーカー　渋谷比佐子　訳**
**レッド・ライト(上)(下)**
残虐な娼婦殺人事件の容疑者は、恋人の同僚刑事だった。好評の女刑事シリーズ第2弾。